¿Has visto a Luis Vélez?

Catherine Ryan Hyde

¿Has visto a Luis Vélez?

Traducción de
Beatriz Villena Sánchez

AMAZON CROSSING

Título original: *Have you seen Luis Velez?*
Publicado originalmente por Lake Union Publishing, Estados Unidos, 2019

Edición en español publicada por:
Amazon Crossing, Amazon Media EU Sàrl
38, avenue John F. Kennedy, L-1855 Luxembourg
Octubre, 2022

Adaptación de cubierta por PEPE *nymi*, Milano
Imagen de cubierta © Joselito Briones / Stocksy United;
© Ulrike Schmitt-Hartmann © Ascent/PKS Media Inc.
© RUNSTUDIO / Getty Images; © FabrikaSimf / Shutterstock

Impreso por: Ver última página

Primera edición digital 2022

ISBN Edición tapa blanda: 9782496709865

www.apub.com

SOBRE LA AUTORA

Catherine Ryan Hyde es autora de más de treinta obras, entre las que destacan *Pay It Forward* (*Cadena de favores*), llevada al cine y traducida a más veinte idiomas, *Becoming Chloe* y *Jumpstart the World*, así como *Where We Belong* y *The Language of Hoofbeats*, reconocidas en los Rainbow Awards de 2013 y 2015, respectivamente. También sus relatos cortos han sido nominados al O. Hery Award y el Pushcart Prize, y galardonados en el Raymond Carver Short Story Contest o el Tobias Wolff Award. Ávida excursionista, viajera y amante de la fotografía, es asimismo miembro fundador de Pay It Forward y ha impartido conferencias en instituciones como la National Conference on Education o la Cornell University.

PRIMERA PARTE

OCTUBRE

Capítulo 1

Esos ojos

Raymond salió del apartamento familiar y cruzó el rellano, camino de las escaleras. Miró por el hueco largo y rectangular de la escalera, cuatro plantas más abajo hasta el vestíbulo. Al principio, no vio a nadie.

Era temprano por la mañana y una luz intensa, procedente de las ventanas que había en los extremos de los pasillos de cada planta, bañaba la estancia. A pesar de todo, como solo había otro edificio al otro lado de esas ventanas —que no se habían limpiado—, todo parecía húmedo y apagado. No se correspondía con su idea de luz solar.

El rostro de André no tardó en aparecer en el vestíbulo. Miró hacia arriba, a Raymond, que le hizo una señal con el dedo para que esperara.

Volvió a entrar.

Su padrastro, que acababa de volver a casa después de hacer el turno de noche, estaba sentado en la cocina, bebiéndose un café y leyendo la sección de deportes del periódico. Su hermanastra menor, demasiado pequeña para ir al colegio, estaba comiendo cereales, aporreando el cuenco con su cuchara unas cuantas veces por cada cucharada. Miró a Raymond y sonrió.

—Hola, Ray Ray —dijo.

—Hola, Clarissa.

Al parecer, sus otras dos hermanastras ya se habían ido al colegio.

Raymond sacó una barrita de cereales de una caja del armario y se la metió en el bolsillo de la camisa. Se plantó, haciéndose notar por lo alto que era, delante del periódico de su padrastro.

Nada.

Tendría que haber funcionado. Ser alto era el punto fuerte de Raymond.

Se aclaró la garganta.

Todavía nada.

Raymond no llamaba a su padrastro «papá». Jamás. Podía llamarlo Ed, pero nunca se había sentido cómodo llamándolo por su nombre.

—Hum... —empezó.

Ed bajó el periódico y lo miró. Esperó.

—Me preguntaba si podrías...

—Si no me dices qué, no creo que pueda.

—¿Me puedes dar algo de dinero para el almuerzo?

Ed suspiró y Raymond supo al instante que no se lo iba a dar.

—¿Cuántas veces tenemos que repetir esto? Es más barato comerte el almuerzo que te ha preparado tu madre.

—No ha preparado nada.

Ed dejó el periódico en la mesa. Se levantó, se acercó con brío a la nevera y abrió la puerta. Vale, a Raymond eso le parecía lógico, pero lo que no acababa de entender es que se quedara allí, de pie, dejando que se escapara todo el frío del interior. No había ningún almuerzo preparado, esperando en una bolsa marrón. Llegados a ese punto, ya debería de ser algo obvio. ¿Acaso creía que, al quedarse allí, mirando fijamente, aparecería uno?

Clarissa tiró la cuchara dentro de su cuenco de cereales, salpicando la leche por toda la mesa. Se abrazó a sí misma con sus pequeños bracitos, como si, de repente, la hubieran empujado a una tundra congelada de Alaska en pijama.

—Brrr —dijo.

Ed sacó un paquete de mortadela de una de las baldas del frigorífico y la mostaza del compartimento de la puerta.

Raymond suspiró. Se habría preparado su propio almuerzo con gusto, pero su padrastro siempre se quejaba de que usaba demasiada carne y mucho queso.

—Llegaré tarde.

—Solo tardaré un minuto.

—André me está esperando.

—Pues si tiene tanta prisa, que se vaya sin ti. No tienes que estar todo el día con él.

—Es su último día.

Las manos de Ed dejaron de moverse. Cuando se detuvo, estaba abriendo la bolsa del pan. Miró a Raymond por encima del hombro.

—¿Pero a qué diablos... te refieres?

—Te lo he dicho —dijo Raymond, deseando desesperadamente poder teletransportarse a otro lugar. A cualquier otro lugar.

—No lo recuerdo.

«Por supuesto que no lo recuerdas, porque nunca escuchas».

—Se muda.

—¿Y? Solo tienes que coger el metro para ir a verlo. Ya eres mayor. Al menos lo bastante como para coger el metro tú solito. Maldita sea, eres prácticamente un adulto. Lo bastante mayor como para tener trabajo. Yo tuve mi primer trabajo con dieciséis. Puedes ir a visitarlo.

Ed tenía la extraña habilidad de deslizar el asunto del trabajo en casi cualquier conversación.

—Se muda a California.

—Oh —dijo Ed—. Me suena que me lo comentaste.

Usó un cuchillo para untar una enorme cantidad de mostaza en la rebanada de pan. A continuación, puso una sola rodaja de mortadela sobre la mostaza y terminó con otra rebanada de pan. Lo metió en una bolsa de sándwich de plástico. Cogió una triste naranja de un cuenco de la encimera. Metió ambas cosas en una bolsa de papel marrón que parecía haber hecho veinte viajes o más al instituto.

—¿Solo? —preguntó Ed mientras se la entregaba a Raymond—. ¿O con su familia?

«Por supuesto que con su familia. Todavía no ha cumplido los diecisiete. ¿Adónde va a ir él solo? Y como me digas "Yo, con su edad..."».

—Con su familia.

—Despídete de mi parte.

—Vale. Lo haré.

Raymond cogió su mochila en la entrada, camino de la puerta. Se pasó una de las correas por el hombro. Abrió la puerta de par en par y casi tira a André al salir. Cogió a su amigo de un brazo para evitar que se cayera hacia atrás. En cuanto estuvo seguro de que había recuperado el equilibrio, lo soltó y se quedaron así unos instantes, a pesar de que ambos sabían que llegaban tarde.

—Oh —dijo Raymond.

Miró a su amigo, al que le sacaba unas dos cabezas.

—Ah, estás aquí.

—Creía que te habías olvidado de mí, tío.

—No, hombre. Lo siento. Estaba intentando sacarle algo de dinero para el almuerzo a ya sabes quién.

Bajaron las escaleras de dos en dos peldaños.

—No me lo digas —dijo André—. Déjame que lo adivine. Te ha preparado un sándwich.

—Exactamente.

—Uno bien indigesto, ¿verdad?

—Bastante.

Aterrizaron en el tercer piso, se agarraron a la barandilla para hacer un giro y siguieron bajando.

—Y luego te ha dicho que, cuando él tenía dieciséis, ya estaba trabajando.

Raymond esbozó una sonrisa, lo que le sorprendió porque no era algo que sintiera con frecuencia. Al principio, le gustó la sensación, pero entonces se dio cuenta de que echaría mucho de menos a André cuando no estuviera.

Bajaron al segundo piso en silencio.

En ese momento, Raymond sentía su yo físico desde el interior. Era la única forma que se le ocurría de describirlo. En ocasiones, era extrañamente consciente de que era demasiado alto. Otras, creía poder sentir la protuberancia de su nuez. O no podía apartar su atención mental de sus propios hombros. O era tan consciente de su propia expresión facial —la disposición de sus labios, por ejemplo— que era casi como si pudiera verse desde fuera.

Camino del segundo piso, sentía todo eso, más una gran tristeza en la mirada. Siempre era una sensación desagradable porque no le gustaba nada de lo que pudiera sentir.

Cuando giraron en el rellano del segundo piso, Raymond oyó la voz de una mujer mayor llamándolos.

—¿Hola?

Raymond se detuvo en seco. André siguió andando.

Miró al pasillo y vio a una anciana de pie, junto a la puerta de su apartamento. Una mujer muy mayor. Calculaba que tendría unos noventa años. Iba vestida con una bata de flores desteñida y unas zapatillas de felpa blancas. Llevaba el pelo, blanco como la nieve, recogido en una trenza. Parecía mirar fijamente las escaleras, como si lo estuviera observando. Pero no lo hacía. En realidad, no. Tenía la mirada perdida. Aunque estuviera justo en su línea de visión, no parecía verlo.

Le produjo una sensación espeluznante. Como si algo no fuera bien en la cabeza de aquella mujer.

André se giró y volvió a buscarlo. Lo cogió por el puño de la manga de su camiseta.

—Venga, tío.

—¿Hola? —repitió la anciana, como si fuera incapaz de determinar si había algo delante de ella.

«*Sí. Algo no va bien*».

—No. Te. Pares —le susurró André.

—¿Hay alguien ahí? —preguntó la mujer.

—Sí. Soy Raymond. Jaffe. De la cuarta planta.

André se tapó la cara con las manos y suspiró.

—¿Sabes quién es Luis Vélez? —preguntó—. ¿Lo has visto?

—No. Es decir... no, señora. No lo conozco.

—Oh —dijo—. Oh, Dios mío.

André lo cogió del brazo y tiró de él con fuerza.

—Venga, tío. Llegamos tarde.

Eso sacó a Raymond de su trance e hizo que se pusiera de nuevo en marcha.

—Lo siento —le gritó por encima del hombro mientras él y André bajaban trotando hasta el vestíbulo.

—¿De qué iba eso? —preguntó André mientras salían a la fría y gris mañana.

Bajaron las escaleras de entrada al bloque de pisos.

—No lo sé.

—Creo que está loca.

—¿Por qué crees eso? —preguntó Raymond, queriendo defenderla por razones que no podía explicar. O identificar.

—Esos ojos. ¿Qué le pasaba en los ojos? Es decir, estábamos justo delante de ella, ¿no?

—Sí —dijo Raymond—. También me he dado cuenta. Supongo que ha sido algo extraño.

Caminaron en silencio un rato. Media manzana, por el camino más largo.

Raymond volvía a tener problemas. Demasiado consciente de su propia realidad física. Se aferró con los pulgares a las correas de su mochila, pero podía sentir que sus codos sobresalían demasiado. Entonces, cambió de estrategia y se metió las manos en los bolsillos de los vaqueros, pero seguían sobresaliendo. Incluso cuando andaba con los brazos pegados al cuerpo, era incapaz de olvidarse de sus codos. Daba igual lo que estuvieran haciendo, nunca parecía lo adecuado.

Peor aún, quería decirle algo a André en su último día. Algo sencillo. «*Te echaré de menos cuando te* vayas». Pero, simplemente, era incapaz de pronunciar palabra.

Inspiró profundamente y se obligó a decir:

—Me gustaría... —Ya que había abierto la boca, suponía que no le quedaba más remedio que terminar la frase—: Me gustaría... que no tuvieras que irte a California.

—A mí también —respondió André.

Raymond miró a su amigo mientras hablaban. Era mucho más pequeño que él, pero no solo en altura. Era más compacto, con rasgos más finos. Parecía que todas sus partes encajaban a la perfección y sabían exactamente qué tenían que hacer en cada momento. Era más atlético. Tenía una piel más oscura. André era una unidad, en más de un sentido. Todo en él encajaba. Raymond lo envidiaba.

Volvió a apartar la mirada.

Llegaron a la altura del edificio abandonado que había al final de la manzana.

—No —dijo André—. Ni se te ocurra, tío. Llegamos tarde.

—Tengo algo de atún. Solo iba a dejarlo.

—Pues déjalo de vuelta a casa. Él no se va a morir.

—De hecho, creo que es ella.

—Vale. Pues ella no se va a morir.

—Pero tendrá hambre.

—Tenía mucha más hambre antes de conocerte.

—Sí —dijo Raymond—. Supongo que es verdad. Además, me lleva un buen rato que se acerque. Podría dejarlo y ya está.

—¿Y qué pasa si acuden otros gatos? ¿O ratas y ratones?

—Supongo. Sí.

Pero no pudo evitar mirar por encima de su hombro a lo largo de toda la calle, hasta que doblaron la esquina y perdieron de vista el edificio.

—Piénsalo —dijo André—, si no hubieras comprado el atún, ahora podrías comprarte algo para comer.

—En realidad, no. El atún es más barato.

—Aun así. ¿Y qué ha pasado con el dinero que te dio tu verdadero padre?

—Me lo he gastado.

—¿En atún?

—No, bueno. En parte. Bueno. Sí. Una buena parte.

Volvieron a casa juntos después de las clases. Despacio. Más despacio que nunca. Raymond había llegado a pensar que habían caminado más lento de lo que nadie lo había hecho jamás, que habían establecido algún tipo de récord mundial. Medalla de oro en caminar sin prisas.

Tampoco hablaron sobre los motivos. No lo necesitaban.

Cuando llegaron a la altura del edificio abandonado, que ambos sabían que era un punto estratégico para Raymond, tenían que reducir la marcha aún más. Y la única forma de hacerlo era parar. Así que eso fue justo lo que hicieron.

—Sé que quieres... —dijo André.

No llegó a terminar ni a mencionar a la gata. Bastaba así.

—Vale —dijo Raymond, al darse cuenta de que estaba acorralado. Que su incapacidad para expresar lo que sentía había formado una caja tan estrecha e ineludible a su alrededor que le costaba respirar. No era para nada sorprendente. Pero las paredes cada vez estaban más cerca.

—Bueno —añadió, aún incapaz de fugarse de su cárcel.

—Nos vemos —dijo André.

—Sí —dijo Raymond—, pero... no. Eso es todo. Tú no...

—No, lo haré, tío. No pasa nada. Te llamaré por Skype.

—Oh. Skype. Vale. De acuerdo. Es cierto.

—Así que, nada de grandes despedidas. Solo...

—Te llamo pronto —dijo Raymond.

Su amigo se despidió con un pequeño movimiento de mano, entre hola y adiós, y puso rumbo a su casa, a una manzana de distancia del edificio en el que vivía Raymond. Un lugar que solo seguiría siendo el hogar de André durante menos de veinticuatro horas.

Raymond se quedó inmóvil en la acera mientras se iba y su autoconciencia —o quizá mejor llamarla vergüenza— se descontroló por completo. Pudo sentir la posición de cada músculo de su cara y ninguna era natural. Parecía estar demasiado inclinado hacia delante, como si su mitad superior se hubiera declarado en rebeldía y quisiera seguir a André sin el resto de sí mismo. Incluso sus mejillas parecían tener algo que decir, aunque no sabía muy bien qué.

André miró por encima de su hombro y se despidió con la mano. Raymond le devolvió el gesto. Por fin pudo liberar su pose y colarse por el hueco de la ventana que había en el sótano del edificio abandonado, cayendo sobre el suelo de hormigón entre el ruido de sus zapatillas.

—Gatita, gatita, gatita —la llamó—. Gatita, aquí, gatita, gatita.

Se sentó sobre un banco de piedra que, supuso, era demasiado pesado como para que alguien se atreviera a llevárselo. Estaba decorado de una forma extrañamente conmovedora. La piedra tenía hojas talladas donde las patas se unían al banco. Eso hacía que le pareciera especial, pues nada más en su vida lucía ornamento alguno y mucho menos sin ningún motivo en concreto. Solo porque sí.

La gata se subió al banco y maulló. Era pequeñita. No era ya una cría, pero sí muy joven y pequeña. Con un cuerpo largo y delgado.

Una gatita atigrada naranja con un gritito parecido al de un ratón. O a alguna otra cosa de apenas la décima parte de su tamaño.

—Lo sé —dijo—. Llego tarde. Siento mucho haberte hecho esperar.

Rebuscó en su mochila y sacó el premio que había comprado para ella. Una pequeña lata de atún con una anilla en la tapa. La abrió y la dejó en el banco.

Durante un instante —lo justo para contar hasta dos o tres—, no fue a por la lata. Por el contrario, se acercó a él para regalarle una breve caricia. Frotó su alargado cuerpo contra el costado de Raymond y, cuando le pasó la mano por el lomo, levantó la cola, que mantuvo en alto como una antena peluda. Se estremeció en el aire.

Entonces, pasó al atún.

Pero ese momento. Ese momento en el que lo eligió antes que a la comida. Fue tan agradable. Casi hizo que quisiera llorar. O puede que fuera porque su amigo se mudaba. O una combinación de ambas cosas.

Pero no lloró. Nunca lo hacía.

—Supongo que ya solo quedamos tú y yo —dijo.

La gata levantó la cabeza y lo miró, seria, lamiéndose los labios. Entonces, volvió a centrarse en la comida.

Subió las escaleras despacio, utilizando la barandilla para impulsarse. Se sintió exhausto, casi como si se hubiera quedado totalmente desprovisto de energía.

Cuando su cabeza llegó a la altura del rellano de la segunda planta, la volvió a ver. Y la oyó. Retorcía las manos frente a su falda florida.

—¿Eres Raymond? —preguntó—. ¿De la cuarta planta?

Una vez más, sus ojos parecían buscarlo en un punto que él no ocupaba. Casi, pero no exactamente.

—Sí, señora —dijo—. Soy yo.

—Estaba pensando...

Raymond llegó al rellano y dio unos cuantos pasos para acercarse a ella. Una voz le decía que no lo hiciera. Si André estuviera allí, le habría dicho que no lo hiciera. Quizá fuera su voz la que estaba escuchando, dándole un consejo que nadie le había pedido. Pero parecía absurdo tenerle miedo. Era muy mayor. Si sintiera la necesidad de alejarse, solo tenía que darse la vuelta y subir las escaleras de dos en dos para sentir la seguridad de su casa incluso antes de que ella llegara siquiera al hueco de la escalera. Y, a juzgar por sus problemas de visión, seguramente estaría a salvo incluso antes de que ella localizara las escaleras.

—¿Sí, señora? —dijo, todo lo cerca de ella que se atrevió a estar.

—Gracias por parar. La mayoría de la gente no lo hace. La mayoría acelera. Cuando les hago una pregunta, aceleran incluso más. A veces me pregunto por qué nos tenemos todos tanto miedo. O... bueno... no, de hecho, no me lo pregunto. Sé por qué. Pero reflexiono sobre el tema. Y creo que es una lástima.

Raymond detectó cierto acento en su forma de hablar. Nada obvio. Más bien algún tipo de patrón del habla que casi había dejado atrás hacía tiempo.

No se le daba bien identificar acentos, pero le sonaba vagamente europeo.

—Siento mucho lo de esta mañana —le dijo—. Pero es que llegaba tarde al instituto.

La estaba mirando directamente a los ojos, pero ella no parecía darse cuenta. Tenía los ojos extrañamente llorosos. Parecían empañados donde la mayoría solían ser claros. Se dio cuenta de que la anciana solo tenía dificultades con la vista. Que su mente parecía clara y lúcida, y que quizá solo era el mecanismo de sus ojos el que no funcionaba bien.

—Lo entiendo —dijo—. Es solo que estaba pensando... ¿Vives con tus padres? ¿En la cuarta planta?

—Más o menos. Vivo con mi madre y mi padrastro.

—Quizá ellos sí conozcan a Luis Vélez. Sé que es poco probable, porque la gente va y viene en este edificio y nunca se hablan. Míranos. Jamás habíamos cruzado una sola palabra antes de esta mañana. Pero es que no puedo evitar pensar... durante más de cuatro años ha estado viniendo aquí a ayudarme y a ver cómo estaba. Tres veces a la semana, lo mínimo necesario. Quizá alguien que viva aquí podría haberlo visto.

—No lo sé —dijo Raymond, pero reconoció, para sus adentros, que también creía que era poco probable—. Les preguntaré.

—Te lo agradecería mucho. Si averiguas algo, ¿podrías venir a decírmelo?

—Por supuesto.

Raymond se dio la vuelta y volvió a las escaleras. Cuando por fin llegó a la barandilla y puso un pie en el primer escalón, volvió a oír su voz.

—Eres un jovencito muy amable —dijo.

Raymond se quedó inmóvil. Volvió a poner el pie en el suelo. Se centró en las sensaciones que le produjeron sus palabras mientras las procesaba. Fueron más o menos los mismos sentimientos que ese breve instante en el que la gata lo eligió a él antes que a la comida. Aparte de eso, todo le parecía extrañamente ajeno. Agradable, pero, sobre todo, desconocido.

—Gracias —dijo—. Muy amable por su parte.

Y volvió a subir las escaleras hasta su apartamento de la cuarta planta.

—Pásame la mantequilla —dijo su padrastro.

Raymond oyó esas palabras, pero en la distancia. No les dio demasiada importancia. Definitivamente no se dio cuenta de que el hombre le estaba hablando.

—Raymond —dijo su madre—. ¿Qué te pasa? Parece que estás soñando con los ojos abiertos, como hacías cuando eras pequeño.

—Lo siento —dijo Raymond.

Cogió la mantequilla, que estaba más o menos delante de su plato, y la pasó a su izquierda. Su hermana de diez años, Rhonda, la mayor de sus hermanastras, la cogió sin decir nada y la pasó a su vez. Raymond observó y esperó a ver si se estaba riendo de él. No lo tenía claro. Nunca lo tenía claro. Rhonda y Wendy, de ocho años, habían sido un absoluto misterio para Raymond casi desde que habían aprendido a hablar. No paraban de charlar entre ellas, pero jamás con él. Solo el bebé de la familia, Clarissa, parecía verlo y preocuparse por él.

—¿Cómo ha ido el instituto hoy? —le preguntó su madre.

Pero Raymond no quiso dar por supuesto que se lo había preguntado a él. Había bastantes personas a la mesa esa noche.

—¿Me preguntas a mí?

—Sí, cariño. A ti.

—Bueno. Hoy ha sido el último día de André.

—Oh, sí, es cierto —respondió. Se pasó la mano por su pelo rubio decolorado, apartándolo de su cara. Hacía eso cuando estaba pensando. A diferencia de Ed, ella escuchaba, pero luego lo olvidaba todo.

—Bueno —continuó—. Tienes otros amigos.

«*No,* ninguno».

—Sí.

«*Solo la gata*».

—De todas formas, lo siento mucho —añadió.

Raymond abrió la boca para decir algo sin tener todavía claro qué iba a ser. Una parte de él quería expresar lo grave que era todo aquello, más de lo que las palabras de su madre habían dado a entender. Pero era poco probable que dijera algo remotamente parecido. Jamás lo había hecho.

—¿Conocéis a un hombre llamado Luis Vélez? —preguntó, mirando primero a su madre y luego a Ed.

—Luis Vélez —dijo—. Me suena ese nombre. Creo que trabajo con alguien llamado Luis Vélez. Oh. Espera. No. Se llama Luis Vásquez.

—Yo conozco a José Vélez —dijo Ed, una información sorprendentemente poco útil. O habría sido sorprendente de cualquier otra persona, pero es que Ed tendía a la inutilidad.

Raymond esperaba que le preguntaran por qué quería saberlo o quién quería saberlo, algo que indicara algún tipo de interés, de conexión. Luego, tras unos minutos, no pudo evitar preguntarse cómo es que, después de todos aquellos años, todavía albergara esperanzas.

—¿Y qué tal tú hoy, cariño? —preguntó su madre, ahora dirigiendo su atención a Rhonda—. ¿Qué tal la escuela?

Rhonda solo se encogió de hombros.

Raymond se alejó mentalmente de aquella mesa. Pensó en buscar una guía telefónica o un directorio en Internet para ver cuántos Luis Vélez aparecían en la lista. ¿Un par? ¿Un par de docenas? ¿Un par de cientos? Luego se preguntó por qué la anciana no habría hecho lo mismo. ¿Por su vista, quizá? Pero todavía había servicio de información telefónica.

No tenía ni la más mínima idea de si había alguna razón lógica por la que la anciana no había sido capaz de solucionar el problema por sí misma.

No se le iba de la cabeza algo que había dicho antes.

«Durante más de cuatro años, ha estado viniendo aquí a ayudarme y a ver cómo estaba».

Lo que significaba que necesitaba ayuda. Y que fueran a ver cómo estaba. Y ahora no tenía a nadie que la ayudara o que fuera a ver cómo estaba.

Capítulo 2

TÉ

Llamó a su puerta pasadas las ocho y media de la mañana.

Esperaba que tuviera algo de reparo a abrir. Pensó que le preguntaría con voz temblorosa quién estaba ahí. Sin embargo, oyó al instante —y de forma extrañamente rápida para una mujer de su edad— el sonido de muchos cerrojos abriéndose.

Abrió la puerta de par en par.

—¿Luis? ¿Eres tú?

Estaba mirando a Raymond directamente a la cara mientras preguntaba.

—No, señora. Lo siento. Solo soy yo, Raymond.

—De la cuarta planta.

—Sí, señora. Lo siento. Espero no haberla despertado.

Se dio cuenta de que era una pregunta un poco absurda porque era evidente que no lo había hecho. Iba vestida con una bata de rayas blancas y azules y calzaba zapatos en vez de zapatillas, esos zapatos blancos que suelen usar las enfermeras. Su pelo parecía recién recogido en una trenza que caía sobre uno de sus hombros.

A Raymond le sorprendió mucho lo juvenil que era ese gesto, si es que la posición de una trenza se podía considerar un gesto. El hecho de que, sin embargo, fuera totalmente blanca le recordaba que aquella mujer una vez fue joven.

—Oh, por Dios, no —dijo—. El mismo sol duerme hasta más tarde que yo. ¿Qué has averiguado? ¿Tus padres saben algo?

—No, señora. Lo siento.

Vio cómo agachó la cabeza. Sintió que su estómago se llenaba de una sensación insoportable, entre culpa y autodesprecio. Probablemente más lo segundo. Le había dicho que se pasaría si descubría algo. Si sus padres sabían algo de Luis Vélez. Si hubiera sabido algo más —y no era el caso—, se lo habría dicho al instante. Quizá incluso antes de que abriera la puerta.

—Lo siento —repitió.

—Creo que lo sientes más de lo que deberías —le dijo—. Sobre todo, teniendo en cuenta que has venido y has llamado a mi puerta. La mayoría no lo hace. La mayoría acelera el paso y, cuanto más intento hablar con ellos, más corren. «Oh, no» es lo que dicen, no tanto con sus labios como con su forma de acelerar el paso. Dicen «No eres ni familiar ni amiga, no eres de mi pequeña tribu. Eres una de ellos, no una de nosotros». Y sé que el simple hecho de que intente hablar con ellos, cruzando esas bien establecidas líneas, ya les hace sentir que tienen razón al tenerme miedo. Me temo que así es la gente hoy en día. Puedes entrar si así lo deseas, Raymond de la cuarta planta. Pero te pido por favor que no muevas nada. Si sacas una silla, acabaré tropezando con ella. Todo debe estar exactamente donde espero que esté.

Ambos se quedaron quietos un instante, en silencio. Raymond no entró. Todavía no estaba preparado para hacerlo.

Miró por encima de su hombro, al interior de su apartamento. Había una manta de ganchillo tejida a mano cuidadosamente doblada sobre el respaldo de su descolorido sofá. En los reposabrazos, había tapetes de encaje. Y más tapetes en la mesa redonda de madera antigua del comedor.

—Me he pasado por un motivo —dijo.

—Sí —dijo ella—. Dime. Has venido porque eres un buen chico, pero seguramente haya algo más específico que eso.

—Le he dado muchas vueltas a algo que dijo. De hecho, no he parado de pensar en ello. Dijo que Luis solía ayudarla y venir a ver cómo estaba.

—Es lo que hacía —respondió—. Durante más de cuatro años.

—Y ahora ha desaparecido.

—Por desgracia, así es.

—Así que ahora no hay nadie que la ayude. Ni que venga a ver cómo está.

—Efectivamente. Y eres muy buena persona, Raymond. Algo que supe al instante. Soy muy buena juzgando la naturaleza humana, ¿sabes?

Raymond basculó su peso de atrás adelante, de un pie a otro. Era su forma de procesar la incomodidad que le habían causado esas amables palabras. Le habían gustado. Pero el simple hecho de que le resultaran agradables mientras se asentaban en su interior le provocó cierto nerviosismo.

—¿A qué la ayudaba?

Una mujer bajaba por las escaleras. De unos cuarenta años. Pelo oscuro. Con la frente arrugada en un esmerado fruncido, aunque Raymond no podía imaginar por qué. Levantó la mirada y lo vio allí, hablando con aquella anciana. Y luego vio a la anciana allí. Apartó la mirada y aceleró el paso en su descenso.

«Guau», pensó Raymond. «Ahora veo a qué se refería».

—Me acompañaba al banco y al mercado. Sé que suena absurdo.

Raymond abrió la boca para responder, pero ella no dejó de hablar.

—Tengo un bastón blanco. Y sé cómo usarlo. Aunque no he estado ciega toda mi vida, no se me da mal usar el bastón. Son los demás los que me preocupan. Antes, la gente veía el bastón blanco con rojo y lo respetaban. Todo el mundo sabía qué significaba. Los coches guardaban la distancia. Tenían cuidado de no ponerse delante. Completos extraños dejaban lo que estaban haciendo para ayudarme a cruzar la calle. Ahora, nadie conoce a nadie y nadie se preocupa por nadie. O simplemente no prestan atención. Están demasiado ocupados mirando la pantalla de sus móviles. La última vez que salí a la calle sola fue hace más de cuatro años. Alguien se cruzó, me hizo tropezar, me caí y me rompí la muñeca. Me sentí abatida. Mi muñeca derecha. No podía coger nada ni abrir tarros. No podía firmar mis cheques del mes. Apenas podía comer. Fue entonces cuando el programa me envió a Luis como voluntario. Luego, el programa se quedó sin financiación y cerró sus puertas, pero Luis siguió ayudándome. No he estado fuera sola desde entonces. Me da miedo salir.

—Entonces... —Raymond tenía tantas preguntas, que le costaba escoger una—. ¿Cuánto tiempo lleva Luis... desaparecido?

—Diecisiete días.

—¿Y no le queda nada de comida?

—Tengo media lata de sopa concentrada. Pollo y arroz. La empecé antes de ayer. Es la última comida que me queda, así que me he obligado a comer solo un cuarto al día.

—¿Eso es todo lo que tiene para comer? ¿Para solo dos días más? ¿Un cuarto de lata de sopa al día?

—No sabía cuánto tendría que durarme —se limitó a decir—. Pero ahora me siento tan débil que no estoy segura de poder andar. Ni siquiera con ayuda.

—Bueno, coja su bastón blanco. Y su monedero. Le daré mi barrita de cereales. Y, entonces, si se siente con ánimos, podemos ir a la tienda.

—Primero al banco o no podré comprar nada en la tienda.

—Vale. Primero al banco.

La anciana apretó las palmas de sus manos y luego las colocó frente a su cara. Apretó los párpados de sus empañados ojos y levantó la cabeza, como si estuviera mirando el techo del pasillo, pero con los ojos cerrados. Aunque, en su caso, ¿qué diferencia habría?

—Gracias por responder a mis plegarias —dijo. Y, entonces, volvió a girar la cara hacia Raymond—. Y gracias a ti por ser la respuesta a mis plegarias, Raymond de la cuarta planta. Voy a buscar un par de cosas y podemos irnos.

—Hay algo que no entiendo —dijo Raymond mientras se alejaban del banco.

Mantenía el codo izquierdo hacia fuera. De forma exagerada.

Con la mano derecha, Raymond arrastraba el pequeño carrito de la compra de la anciana.

—Pregunta —respondió.

A Raymond, el aire de la mañana le resultaba fresco y vigorizante. Olía a tubo de escape y alcantarilla, pero también a algún tipo de comida con curri. Había algo diferente en aquel día.

—¿Está completamente ciega?

—Casi completamente ciega. Si cruzaras mi línea de visión ahora mismo, justo delante de mí, sabría que lo has hecho. Vería una forma general, una especie de sombra. Pero borrosa. Pero solo porque estamos fuera, a plena luz, así que tengo la ventaja del contraste.

—Así que, cuando subía por las escaleras ayer... después del instituto...

—Sí. Lo recuerdo.

—¿Sabía que era yo?

—La verdad es que sí. No todas las pisadas suenan igual, ¿sabes? Puedes saber mucho de una persona por su forma de andar. Eso no significa que no pueda confundir a una persona con otra si sus pasos son parecidos y algunos lo son. Pero tú eres muy fácil de distinguir y te diré por qué. Uno de tus zapatos chirría.

—¿En serio?

—En serio.

Caminaron en silencio un rato. Exasperantemente lentos. Más lentos de lo que Raymond y André habían andado cuando sabían que era la última vez que caminarían juntos. Raymond intentó oír sus zapatos, pero el mundo no guardaba silencio. Todo lo que podía percibir era el rugido de los motores de los coches, ahogado por el rugido aún más fuerte de los motores de los autobuses, ahogado a su vez por las bocinas.

Media manzana después, se dio por vencido.

Tres chicos más jóvenes que él doblaron la esquina a toda velocidad, seguidos del sonido de las sirenas de la policía.

—Mejor nos paramos aquí —dijo, tirando un poco de su codo—. Tenemos que esperar a que el semáforo cambie. Y cuando lo haga, hay un bordillo justo delante de usted.

—Se te da bien esto —añadió ella.

—¿De verdad? Tampoco es que sea demasiado complicado.

—Oh, sí que lo es. Tienes que prestar atención.

El semáforo se puso verde y ambos avanzaron.

—La avisaré cuando tenga que bajar —dijo—. Ahora.

Entonces, ambos se vieron en mitad de la calle. Todavía moviéndose muy, pero que muy despacio. Raymond sabía que no llegarían a la otra acera antes de que el semáforo volviera a cambiar. Los conductores simplemente tendrían que hacerse a la idea. Tendrían que esperar.

Pero antes incluso de que el semáforo cambiara, los coches y los taxis empezaron a doblar la esquina, ansiosos por atravesar el paso de peatones. A pesar de que para ello tuviera que invadir el carril contrario, un automóvil hizo un cambio de dirección detrás de ellos. Un taxi se acercó poco a poco a ellos, con pequeños movimientos irregulares. Acelerador. Freno. Acelerador. Freno.

Raymond levantó el brazo derecho, con el carrito de la compra todavía en la mano, y amenazó al taxista con él. Lo amenazó con estrellarlo en el capó de su taxi, lo que, como poco, dañaría la pintura. El taxi se paró, sujetando al resto de coches detrás de él.

—Escalón... ahora —dijo.

Ambos subieron el bordillo y el taxi aceleró a sus espaldas, chirriando las ruedas. Raymond miró por encima de su hombro para ver cómo el conductor le mostraba el dedo corazón mientras aceleraba.

Respiró profundamente. Jamás se había sentido tan agradecido de tener una acera bajo sus pies.

—Hay otra cosa que tampoco entiendo —añadió—. Hay sitios que te llevan la comida a casa. Podría haber pedido una *pizza*. Si tiene teléfono. ¿Tiene teléfono?

—Sí, tengo teléfono.

—Nosotros siempre pedimos *pizza*. Bueno. Jamás he pedido una *pizza* aquí, a nuestro edificio, porque mi padrastro no la pagaría. Dice que es más barato comprar comida en el supermercado y cocinarla tú mismo. Pero cuando voy a casa de mi padre, pedimos *pizza*. Voy fines de semanas alternos. Y pedimos todo tipo de comida a domicilio.

—¿Tu padre es un hombre acomodado?

—¿Acomodado? No sé a qué se refiere.

—Económicamente.

—Ah. Eso. Sí, bueno, no tiene que arañar cada centavo como mi padrastro. Vive en un edificio muy bonito del centro. Le va bien, sí.

—Eso he supuesto. No pido comida a domicilio porque es caro. Pero, desde luego, lo habría hecho estos últimos días si hubiera podido hacerlo. ¿Adivinas por qué no he podido?

—Hum... —Supuso que debía poder adivinarlo. Ella parecía convencida de que podía hacerlo. Pero no se le ocurría nada—. No estoy seguro.

—No he podido ir al banco, así que no tenía dinero para pagarla.

—Ah. Es que había asumido que tenía una tarjeta de crédito o débito o algo así.

—Ojalá la hubiera tenido. Pero soy fiel a mis viejas costumbres. Pensé que el efectivo era la mejor forma de proceder, pero ahora veo los problemas derivados de mi testarudez.

Caminaron juntos en silencio durante un instante. Viejos establecimientos de anticipos de nómina y puestos de suvenires baratos. Raymond podía ver las marquesinas de un mercado al final de la manzana. Sus puertas estaban abiertas hacia la acera.

—Y también intenté llamar a puertas de nuestro edificio —dijo ella—. Aunque solo de mi planta, porque las escaleras me dan miedo. Subirlas yo sola, me refiero. Antaño conocía a todos mis vecinos. Tenía amigos, pero me temo que he sobrevivido a todos ellos. Todos los que conocía en el edificio se han mudado. Y tres de mis mejores amigos-vecinos han muerto en los últimos dos meses. Me resulta extraño y triste estar tan sola después de tantos años. La gente que vive ahora allí no abre la puerta a extraños. Eso o ya nadie vive tras esas puertas. El ambiente en este barrio era completamente diferente. Lo sé por experiencia propia. Pero entonces el alcalde decidió limpiar Times Square, ya sabes. Así que los delitos que no querían allí, se han movido al oeste y ahora somos nosotros los desafortunados receptores de los mismos.

—¿Cuánto tiempo lleva viviendo aquí?

—Sesenta y siete años.

—¡Sesenta y siete años! —dijo con algo parecido a un grito a pleno pulmón—. ¡Eso es antes de que nacieran mis padres! ¡Eso es antes de que nacieran mis abuelos! Eso es...

Raymond se detuvo en seco, avergonzado por su falta de consideración.

—Lo siento —dijo.

—Pasas demasiado tiempo sintiéndolo, Raymond de la cuarta planta. Pero la mayor parte del tiempo no sé ni por qué.

—Ha sido un poco grosero por mi parte.

—¿Acaso crees que no sé que soy vieja? —dijo—. Cálmate, anda.

—¿Qué galletas son esas que tienen obleas de limón y vainilla por fuera y chocolate negro entre las capas?

—Son estas —dijo Raymond, cogiendo un paquete de la estantería y echándolo al carrito—. A mí también me gustan.

—Bien. Me alegra que sea así, porque cuando lleguemos a casa, vas a entrar y a tomarte un té con pastas. Y no admito discusiones. Es como va a ser. A menos que vayas a llegar tarde al instituto.

—Es sábado.

—¿Lo es? Resulta curioso hasta qué punto dejas de llevar un registro de ciertas cosas cuando ya no trabajas. Pero bueno, si hoy es sábado, no tienes excusa.

—Prometo no mover nada —dijo, mientras caminaban por el pasillo del café y el té.

A Raymond no le gustaba el té, pero tenía intención de beberse una taza. Y se guardaría su opinión para él.

—Gracias —respondió ella—. Estoy segura de que será así.

—Sí, señora. Ya he comprendido por qué es importante para usted.

—No tienes que llamarme señora. Suena demasiado formal.

—No sé cómo se llama usted.

La anciana se detuvo de repente y Raymond tuvo que hacerlo también porque iban cogidos del brazo. También porque habían llegado a la selección de tés. Unos cuantos pasos más y se los habrían pasado.

—Eso es cierto. No lo sabes. Lo siento mucho. Sin haberlo pretendido, no habértelo dicho ha sido muy grosero por mi parte. Me llamo Mildred Gutermann.

—Entonces, ¿cómo le llamo?

—Mildred está bien, o Millie. Luis me llamaba Millie. O... me llama. No estoy segura. Sigo hablando de él en pasado y luego me corrijo, porque no tengo ninguna certeza, pero tengo un mal presentimiento. Me habría llamado o se habría pasado. Si hubiera podido hacerlo. Lo sé.

—¿No tiene su número de teléfono?

—Sí. Lo tenía. Tenía el número de su teléfono móvil. Y ahora, de repente, justo cuando ha desaparecido, su móvil está fuera de servicio. Tengo un mal presentimiento.

—¿Ha intentado buscarlo en alguna guía? Quizá tenga también un número fijo. O un nuevo móvil.

—Me dijo que no tenía número fijo. He llamado al servicio de información telefónica muchas veces, por si tenía un número nuevo. Me dieron muchas listas. Ninguno de los Luises que respondieron era él. En algunos números, no había nadie en casa, nunca. Lo intenté muchos días y no saqué nada en claro.

Se quedaron quietos en silencio durante un instante. Cogidos del brazo. Raymond no dijo nada porque no tenía nada alentador que decir. Sí que parecía una mala señal.

—Así que vamos a buscar el té —dijo Mildred.

—Estamos justo enfrente del té.

—Ah. Vale. Me gusta el té negro fuerte. English breakfast. O Irish breakfast.

—Hay dos o tres marcas. ¿Cuál le gusta?

—El que más me gusta es el más barato —respondió.

Estaba de pie junto a ella, en la cocina, mirando a las estanterías. Había abierto las puertas de todos los armarios y los dos se enfrentaban juntos a la tarea, respirando despacio, como si se estuvieran preparando mentalmente para correr un maratón.

—Es muy importante dónde va cada cosa —dijo ella—. Necesito saberlo para luego poder encontrarlas.

—Me imagino.

—Las galletas, allí —dijo, señalando un tarro sobre la encimera—, pero no hasta que nos comamos algunas. La lechuga y, por supuesto, el resto de verduras para ensalada van en el cajón correspondiente del frigorífico. Los muslos de pollo y el helado, al congelador. Aunque... imagino que ya habrás supuesto tú solo que el helado va en el congelador.

—Sí —dijo Raymond y se puso manos a la obra.

—El aliño para ensaladas y la leche, en la puerta del frigorífico.

—Hecho.

—Oh, y antes de que se me olvide... Cuando vayamos a sentarnos a la mesa, coge la silla más próxima a la ventana. Esa era la silla de Luis. Verás que hay marcas en la alfombra, hechas con cinta. Te dicen exactamente dónde tienes que volver a ponerla cuando no la necesites.

—Entendido —dijo Raymond.

—No tienes que colocar todo esto tú solo. Me lo puedes dar de uno en uno y decirme qué es, salvo que sea algo obvio, como el helado. En ese caso, el propio producto me dirá lo que es.

—Lo haremos juntos —dijo Raymond.

Se sentaron en la mesa redonda del comedor, Raymond pasaba los dedos por el intrincado encaje de un tapete. Cogió su taza de té, cerró los ojos y le dio un sorbito.

—Guau —dijo—. Está muy bueno.

—Me alegra que te guste.

—Es dulce.

—Sí, le puse dos cucharadas de azúcar.

—¿También tiene leche?

—Sí. Mi madre lo llamaba té de batista. No sé por qué, pero yo también lo llamo así. Me lo preparaba siempre que necesitaba consuelo o ánimo. Con el tiempo, el té de batista me alegra o, al menos, me reconforta. Según cómo me encuentre antes de tomármelo...

Raymond dio otro sorbito, esta vez algo más largo, y sí que parecía hacerle sentir mejor.

—No pensaba que me fuera a gustar. Creí que sería amargo, como el café.

—El tuyo no lo he dejado infusionar demasiado tiempo. El mío sí.

Bebieron en silencio un minuto o dos.

La iluminación del apartamento de Mildred Gutermann era tenue. No había ninguna luz encendida. Raymond se dijo que eso tenía todo su sentido. La única luz procedía de la ventana que daba a la avenida, filtrada por un visillo.

Raymond esperaba que el apartamento estuviera sucio. O al menos polvoriento. Nada más lejos de la realidad.

—¿Y qué tal tú, jovencito? —le preguntó, sacando a Raymond de sus pensamientos—. Cuéntame qué está pasando en tu vida que te hace tan infeliz.

—Yo no he dicho que sea infeliz.

—No hace falta.

Raymond forcejeó para tratar de sofocar la vergüenza que sintió por haber sido descubierto. Le sorprendió mucho que tuviera que ir a la casa de una mujer ciega para que lo vieran con claridad. Por fin.

—Bueno... —empezó—. Muchas cosas, supongo. Difícil escoger una.

—Pues entonces cuéntame dos o tres.

—Es solo que me siento... —Raymond hizo una larga pausa. O, al menos, esa era la impresión que le dio. Cerró los ojos y escuchó el tráfico de la calle—. Supongo que lo que me pasa es que siento que no encajo en ninguna parte.

—Seguro que encajas en algún sitio.

—No lo creo.

—¿Y qué tal en la cuarta planta, con tu familia?

—Posiblemente sea donde menos encajo.

—Cuéntame por qué —le dijo—, porque no puedo imaginarme algo así.

—Bueno. Para empezar... todos son blancos.

Le sorprendió que la anciana no supiera nada de su color o de la ausencia del mismo. Se preguntó si le importaría. Se preguntó si alguna vez había conocido a alguien que hubiera llegado a conocerlo un poco antes de absorber esa información. Probablemente no.

—¿Eres adoptado? —le preguntó.

—No, mi padre es negro y mi madre blanca, pero luego se divorciaron. Y, entonces, mi madre se casó con mi padrastro, que es blanco, y han tenido tres hijas más.

—Seguro que sabes que te quieren, a pesar de las diferencias que creas que hay.

Raymond guardó silencio y dio un sorbo a su té de batista.

—¿Por qué no dices nada? —añadió ella.

—Estaba pensando.

—Crees que te quieren, ¿no?

—Pero esa no era la pregunta. Era si yo me sentía querido. Normalmente, no. No demasiado. Creo que mi hermanita pequeña sí me quiere. Mis otras dos hermanas, no lo sé. Supongo que sí, más o menos. Pero tienen una forma curiosa de demostrármelo. Se lo guardan para sí mismas. No creo que sea una cuestión de blanco y negro. O, más bien, no creo que todo tenga que ver con ello. Quizá sea porque ellas son chicas y yo un chico. Pero mi padrastro... No, él no me quiere. Tampoco es que le caiga mal. Se limita a aceptar mi existencia. Yo iba incluido en el lote cuando conoció a mi madre. Quiere a las chicas porque, bueno, ya sabe... Son suyas.

—¿Y qué pasa con tu madre?

—Está siempre muy ocupada. Tiene que criar a cuatro hijos. Trabaja a tiempo completo. Pero ¿sabe? No debería estar contándole todo esto. Quizá sea yo. Quizá mi familia sea de lo más normal y sea yo quien no encaje en ella.

—Lo dudo mucho —dijo la mujer—. No estás comiendo galletas.

—Ah. Me había olvidado de las galletas.

Cogió tres y las dejó en el pequeño plato de fina porcelana china que la anciana había colocado junto a él, con un bonito diseño floral azul que, suponía, debía de ser bastante antiguo. Era posible que aquella vajilla hubiera pasado de generación en generación. Sí, debía de ser ese tipo de porcelana.

—Los niños siempre se sienten culpables —dijo—. Creen que tienen algún defecto si hay algo que no es como debería ser. Pero no suele ser así. Si hubiera oleadas de amor recorriendo esa casa, creo que lo sentirías. Lo sabrías.

Raymond le dio un mordisco a una galleta y la masticó con cuidado antes de responder.

—¿Ha tenido hijos?

—No, no tengo hijos. Pero sí he sido niña, así que algo sé. Dime una cosa, jovencito. No debería depender de ti, pero me gustaría saber si tú les das amor a ellos. En cantidad, para que puedan sentirlo. Porque es bastante posible que seas tú el que tenga que poner la pelota en movimiento. Alguien tiene que ser el primero. No es justo que tengas que ser tú, pero no importa. La vida no siempre es justa.

—Ni siquiera lo había pensado —respondió.

Pero su consejo no le pareció el más adecuado en ese momento. Estaba de acuerdo en la idea de que no era justo que tuviera que ser él.

—Bueno, tú piénsatelo y luego me cuentas.

Raymond se comió dos galletas mientras pensaba. O, más bien, intentaba pensar. Tenía la mente en blanco.

—Ni siquiera sabría cómo hacerlo —dijo después de algún tiempo.

—Bueno, ese es justo el problema —dijo ella—. Sí, lo ideal sería que fueran tus padres los que pusieran la pelota en movimiento para que sus hijos pudieran reconocer la emoción y supieran cómo dar amor de verdad de forma que se pudiera percibir. Pero muchos padres tampoco saben cómo hacerlo y, por eso, no pueden enseñarte lo que ellos mismos desconocen, ¿verdad? Siento mucho que no seas feliz en estos momentos, Raymond. Todos tenemos nuestros momentos, supongo. Ayer yo era muy infeliz, pero hoy me siento bien. ¿Y sabes por qué? Seguro que sí.

—Porque tiene comida.

—Sí. Porque tengo comida. Y porque ahora me doy cuenta de que la comida era algo que siempre había dado por sentado. Y ahora sé que no debería volver a hacerlo. O, al menos, ahora depende de mí recordarlo. A ver cómo lo hago. Pero también soy feliz porque te he conocido. Y no solo porque me has acompañado a la tienda. Cualquier otra persona podría haberme llevado a la tienda y también me habría gustado conocerla, quizá solo por ese motivo, bueno, también según quién fuera, claro. Pero me alegra haberte conocido por un montón de razones.

De repente, toda la sangre de Raymond se le subió a la cara, hormigueante y cálida.

—Cada vez que digo algo agradable sobre ti, te quedas muy callado —apostilló la anciana.

—No estoy acostumbrado.

—Pues es una pena.

Con eso, ambos parecían haberse quedado sin cosas que decir. O sin cosas que quisieran decir. Al menos sobre ese tema.

Un minuto o dos después, Raymond preguntó:

—¿Qué habría hecho? Ya sabe, si yo no hubiera venido…

—Supongo que, tarde o temprano, habría acabado llamando a la policía y les habría dicho: «No sé quién podría ayudar a alguien como yo, pero lo necesito ahora». Supongo que todo el mundo puede ayudar. Es más una cuestión de querer ayudar. Pero habría llamado a emergencias. Al 9-1-1. No puedes quedarte sentado en tu apartamento hasta morir de hambre. Si no tienes comida, te mueres y eso es una emergencia, pero me disgustaba tanto tener que llamar. Me decía a mí misma que, si aguantaba unos días más, Luis acabaría apareciendo. No quería despertarme por la mañana y tener que reconocer, tanto a mí como a los demás, que me había dado por vencida. Quería mantener la esperanza.

El apartamento se volvió a quedar en silencio al citar su nombre. Un silencio profundo y atronador, como si rodeara a un panegírico o una oración.

—Debería volver —dijo Raymond, engullendo el último trozo de la última galleta—. No le he dicho a nadie dónde iba a estar. Pero volveré a ver cómo está.

—Muy amable de tu parte. Gracias, Raymond. ¿Quién sabe? Lo mismo Luis vuelve. Quizá aparezca en mi puerta. He soñado con ello. Tanto despierta como dormida. Me cuenta diferentes historias sobre por qué no ha podido venir antes. Pero, en mi sueño, da igual, porque ha vuelto.

La anciana dejó de hablar. De repente, en opinión de Raymond. Como si hubiera querido decir algo más, pero ese algo más se le hubiera atragantado.

La observó mientras retorcía las manos de la misma forma que lo había hecho el primer día, frente a la puerta de su apartamento. Solo había sido el día anterior, pero parecía haber pasado hacía mucho tiempo.

—Estoy muy preocupada por él.

—Lo sé —dijo—. Sé que lo está.

Raymond no quiso decir en voz alta que tenía la intención de arrimar el hombro e intentar localizar a ese tal Luis Vélez. Si es que Luis era una persona localizable. Pero fue en ese momento cuando supo que lo haría.

Subiendo las escaleras, camino de la cuarta planta, lo oyó. Ni siquiera recordaba haberlo oído antes. Y, de repente, allí estaba.

A cada paso con su zapato izquierdo, Raymond pudo oír un leve pero constante chirrido.

Capítulo 3

FUERA DE AQUÍ

Raymond entró por el hueco de la ventana del sótano del edificio abandonado situado al final de la manzana. Primera hora de la mañana siguiente. Domingo. Luz, pero no demasiada.

Dio unos cuantos pasos por el sótano, abrió la boca para llamar a la gata... Y casi tropieza con un cuerpo vivo, aquella persona respiraba.

Raymond oyó un pequeño chillido saliendo de él. Se mantuvo inmóvil, intentando calmarse, pero su corazón no dejaba de martillearle el pecho.

—Chillas como una nenaza —dijo esa persona—. Creía que eras una chica.

Era un chico joven, no mucho mayor que Raymond. Quizá solo un año más. No era tan alto como él, pero sí más corpulento. Más fornido. Mucho más peligroso. Pero ¿quién era aquel chico? Llevaba una chaqueta de lana con las mangas de piel, de esas que usan los atletas del instituto. Raymond lo conocía. Vagamente. Porque iban al mismo instituto. Pero desconocía el nombre de aquel chico. ¿O quizá era ya un hombre? Quizá tuviera ya dieciocho. Lo único que sabía Raymond es que le tenía miedo.

—Te conozco —dijo el chico.

—¿Ah, sí?

—¿No estás conmigo en química?

—Sí. Puede ser.

Raymond sintió que recuperaba el aliento. Al menos en parte. Al parecer, iba a sobrevivir a aquel encuentro. Aquello se estaba transformando en algo parecido a una conversación normal.

—¿Qué haces aquí? —preguntó el chico.

—Ah. Eso. Quería ver si podía llevarme ese... —Raymond tomó la decisión repentina e instintiva de no mencionar a la gata—. Ese banco... Ese banco de piedra. Me gusta. Quería ver si era demasiado pesado para llevármelo a casa.

El chico se giró y Raymond respiró aliviado. Habían estado muy cerca el uno del otro, casi nariz con nariz, y el estrés de esa proximidad le había pasado factura.

El chico se acercó al banco. Lo cogió e intentó levantar un extremo. No se movió.

—Sí, vale, pues buena suerte —dijo.

—¿Y qué haces tú aquí? —preguntó Raymond.

Al instante, deseó no haberlo hecho. El corazón volvió a latirle con fuerza.

—Buscando a ese gato.

Raymond no respondió. Mientras guardaba silencio, sintió que el frío le subía a las orejas.

El chico siguió hablando.

—Ya sabes. Hay un gato callejero que entra y sale por esa ventana abierta. Lo he visto. Creo que vive aquí. Iba a ver si podía atraparlo.

—¿Y para qué quieres al gato? —preguntó Raymond.

Notó que le temblaba la voz y esperaba que el otro chico no lo hubiera notado.

—Yo no lo quiero para nada. Es para Mason. ¿Conoces a Mason?

—Creo que no. ¿Y para qué quiere él al gato?

—No lo sé. Pero conociéndolo, me alegro de no ser el gato. Algún tipo de experimento diabólico, supongo. Así que... ¿Lo has visto?

—¿Al gato?

—Sí.

—Sí. He visto un gato. Justo cuando estaba entrando aquí. Estaba en el callejón de fuera.

A Raymond le dolió hablar de la gata en masculino, pero no quería que se notara que sabía algo.

—Creo que lo he asustado. Salió corriendo a la acera y luego giró a la derecha. Ya sabes. Hacia el instituto.

—Gracias —dijo el chico—. Yo me encargo.

Corrió hasta el hueco de la ventana y desapareció por él con un suave movimiento. Apoyó el estómago en el marco de la ventana y sacó una pierna al callejón. Y, sin más, se fue.

Raymond se acercó al banco y dejó caer los brazos para apoyarse. Para recuperarse. Le temblaban las piernas. Sentía un agujero en el estómago. Se sentó en el frío banco de piedra e intentó ralentizar el ritmo de su corazón y su respiración.

Su mirada se fijó en una caja de cartón llena de... bueno, basura, en realidad. Su primer instinto fue vaciarla y usar la caja, pero el agua parecía haberla dañado. A punto de romperse en mil pedazos.

Justo encima, había una vieja funda de almohada, con un borde raído que, en su momento, debió de estar bien cosido.

Se puso en pie, poniendo así a prueba la fortaleza de sus piernas, y caminó hasta ella. La cogió. Parecía fuerte. Por lo que podía ver, no tenía agujeros. La giró varias veces en sus manos y parecía adecuada para sus pretensiones.

Oyó un gritito. Un pequeño maullido.

—Chsss —susurró—. Sí, soy yo. No digas nada.

Se acercó al lugar en el que había oído el sonido. Se puso de rodillas. Miró entre dos montantes de la pared, donde faltaba el panel de yeso. La gata se había hecho un pequeño nido con un poco de aislante suelto.

La miró. Ella le devolvió la mirada.

—Tengo que sacarte de aquí —le dijo.

Ella lo miró de manera extraña o, al menos, eso le pareció a Raymond. Casi como si lo hubiera entendido. No sabía cuál era el problema —cómo podría—, pero parecía comprender que había un problema. Sabía que Raymond tenía miedo.

No había salido a saludarlo, como solía hacer.

Raymond cerró los ojos con fuerza, como si estuviera rezando. Pero, si hubiera estado rezando, habría estado rezando a una delgada gatita callejera.

—Por favor, perdóname por lo que voy a hacer ahora mismo —balbuceó entre dientes—. Por favor, por favor, por favor.

Con un movimiento rápido, metió las manos en la pared, agarró a la gata del cuello, tiró de ella y la metió en la bolsa. La gata se revolvió con fuerza y se llevó un buen arañazo, cortando la piel del interior de la muñeca de Raymond con una sola garra trasera. No pudo ignorar el dolor que le causó ni el hecho de que la herida sangraba profusamente. Pero no se detuvo.

Se metió la bolsa con la gata bajo la camisa, se remetió el faldón de la misma por dentro del pantalón y se cerró la cremallera de la chaqueta con cuidado de no dañar aquel bultito.

Puso rumbo a la ventana, sangrando, preguntándose cómo podría salir sin hacer daño a la gata. Solía saltar y apoyar el estómago en el marco de la ventana, como había hecho el chico de la chaqueta, pero tenía que encontrar otra forma y tenía que hacerlo deprisa.

Mientras tanto, la gata parecía haberse calmado al sentir a Raymond tan cerca a pesar de la oscuridad. Estaba quieta. O quizá solo estuviera paralizada por el miedo.

Corrió hasta la ventana abierta y saltó sujetándose al marco de la ventana. Se sirvió de las suelas de sus zapatillas de deporte para escalar por la pared de hormigón del sótano y, entonces, allí arriba, sintió que no podría soportar un segundo más aquella postura. Manos y pies estaban casi a la misma altura y no tenía ni idea de cómo podía impulsarse hacia arriba.

Raymond sacó una mano al asfalto del callejón. Pero ahí no había nada a lo que agarrarse. Inspiró profundamente. Volvió a dejarse caer al suelo. Con todos los músculos de su cuerpo contraídos al unísono, se impulsó hacia arriba y hacia fuera, dejando que la parte baja de su vientre se apoyara levemente en el marco. Forzando todos los músculos que sintió necesarios, se aseguró de caer sin aplastar a la gata.

Se quedó allí un instante, procesando el dolor, observando cómo la sangre brotaba de su magullado brazo y caía sobre el mugriento asfalto del callejón.

—¡Ay! —dijo. Con algo de retraso.

Entonces, gateó hasta el exterior y se puso en pie.

Como le había dicho al chico que había ido hacia la derecha, Raymond giró a la izquierda al llegar a la calle. Era el camino largo hasta casa, pero ya no podía hacer nada al respecto.

Echó a correr.

Media manzana después, un miedo repentino se apoderó de él. ¿Acaso la gata podría respirar dentro de la funda de almohada? Probablemente. Era tela, no plástico. Pero también tenía encima una camisa y una chaqueta.

Se detuvo. Se metió en la entrada de un edificio para tener más privacidad, alejado del jaleo de la calle. Al sacar la funda de debajo de su camisa se manchó de sangre la única chaqueta buena que tenía. La gata se revolvió, muerta de miedo.

—Chsss —le dijo—. Calla. No te muevas. Estarás bien.

Abrió la parte de arriba de la funda un centímetro o dos, insuficiente para que se pudiera escapar. Sopló dentro de la bolsa. Ondeó un poco la apertura para añadir más aire. A continuación, la volvió a meter bajo la chaqueta, pero con la bolsa abierta por arriba, y usó las manos para sujetarla contra su pecho.

Eso la calmó. Raymond volvió a correr.

Mientras corría, sacó un trozo de la funda por debajo de la chaqueta y la presionó contra su ensangrentada muñeca. La sostuvo ahí un rato para contener el flujo.

Entonces otra oleada de ansiedad se apoderó de él. No era una funda limpia. No era de su casa. La había encontrado en una caja de basura en el sótano de un edificio abandonado. La imaginación de Raymond echó a volar, directa a una infección tan grave que acabaría perdiendo la mano.

Borró la imagen de su mente.

Ya casi estaba en casa.

Allí estaba, de pie, frente a su puerta, usando todavía la funda de almohada para contener la hemorragia. ¡Qué más daba! Ya era demasiado tarde.

Llamó.

—Soy yo —dijo—. Raymond.

Pausa. Entonces oyó sus vacilantes pasos. La apertura de varias cerraduras. Pero no tan deprisa como las habría abierto si hubiera creído que era Luis.

La puerta se abrió.

Llevaba una rebeca gris sobre la bata roja. Y una sonrisa agradable. La sonrisa dio paso a una mirada de curiosidad y luego desapareció por completo.

—¿Llevas algún animal, Raymond?

—¿Cómo lo hace?

—Lo puedo oler. ¿Qué animal es?

—Es solo un gatito.

La anciana parecía aliviada. Raymond pudo ver y oír cómo inspiraba profundamente y luego volvía a soltar el aire.

—Ah. Vale. Los gatos son animales bonitos. Me gustan. Solía tener gatos.

El corazón de Raymond se llenó de alivio y esperanza. Abrió la boca para pedirle un gran favor. Pero, antes de que pudiera hacerlo, ella añadió algo.

—Ahora no puedo tenerlos, claro está, porque sería muy peligroso para mí. Tienden a meterse entre tus piernas. Así que, háblame sobre ese gato, Raymond. ¿Es tu gato?

—Es complicado —respondió.

—¿Lo es? No creía que fuera complicado.

Se quedaron quietos en silencio durante un instante. A Raymond se le volvió a caer el corazón a los pies. Volvió a hundirse. Tendría que colar a la gata en su habitación. Pero la acabarían descubriendo. Solo era cuestión de tiempo. Quizá tendría que llevarla a un refugio. O podría buscarle una casa. Pero si no...

—Tú y tu gato podéis entrar —dijo, sacándolo de sus pensamientos—, pero no lo sueltes hasta que esté sentada en el sofá.

—Vale. Gracias.

Entró. Vacilante, apartó la muñeca de la funda para ver cómo iba la herida. El arañazo, profundo, seguía sangrando. Volvió a presionar la herida con la tela. No quería manchar de sangre los muebles ni la alfombra de la anciana. Aunque su vecina jamás lo sabría, se trataba de una cuestión de principios. Él sabría que había estropeado sus bonitas cosas. Al menos lo bastante bonitas. Bueno, bonitas o no, esas cosas eran todo lo que ella tenía.

Mildred Gutermann cerró la puerta con llave. Raymond se quedó muy quieto mientras la observaba cruzar hasta el sofá. Se sentó poco a poco, como si le dolieran todos los huesos y músculos. O, se dijo, quizá simplemente se moviera como una mujer anciana.

—Bien —dijo—. Echemos un vistazo a ese gato. Por así decirlo.

Raymond se sentó en el otro extremo del sofá, en el mismo borde, y abrió la funda de almohada. La gata salió de repente. Miró a su alrededor, con los ojos bien abiertos, asustada. Entonces, saltó del saco y se escabulló.

—Ups —dijo Raymond—. Se ha ido. Será mejor que la busque.

—No, estará bien. Déjala que explore. Siéntate aquí y habla conmigo. Explícame eso de que es tu gato y, a la vez, no.

—Es una gata callejera —dijo Raymond—. Le he estado dando de comer. La he domesticado. Hasta había logrado que se acercara a mí cuando la llamaba y que me dejara acariciarla, pero no debería haberlo hecho. Porque ahora tiene un problema. No debería haberlo hecho, debería haberla dejado en paz. Debería tenerle miedo a la gente. Era así al principio. Ahora la he vuelto más confiada. Y me siento muy mal por eso. Y si le pasa algo malo por mi culpa, jamás me lo perdonaría.

—Pero hace bien confiando en ti, Raymond.

—Pero ¿qué pasa si es más confiada con alguien más? —Se sentó en silencio un instante. Mildred Gutermann no respondió a su pregunta—. Un par de chicos del barrio la están buscando. No sé qué le harían si la atraparan. Desde luego, ni alimentarla ni acariciarla, eso seguro.

—Entiendo —dijo la anciana—. Así que piensas llevártela a casa.

—No puedo, no me dejan tener mascota. La he traído aquí porque pensé que... Bueno, da igual lo que pensara. Me he equivocado. No pensaba con claridad.

—Esperabas que me la quedara.

—Sí.

—Lo haría si pudiera, mi joven amigo. Pero estoy segura de que ves dónde está el problema. No puedo poner marcas en la alfombra como hago con las sillas para que la gata sepa exactamente dónde debería estar. Es una gata viva, no una silla, así que irá moviéndose de un lugar a otro.

Raymond siguió sentado, en silencio, durante un latido o dos, escuchándose respirar. Se dio cuenta de que estaba a punto de romper a llorar, que le resultaba fácil dejar brotar las lágrimas. Estaba sorprendido porque jamás lloraba. Pero había algo en aquella gata. Había superado un límite, un muro que él había construido para mantener a todo y a todos lejos de sus puntos vulnerables. Y la idea de que alguien le hiciera daño tan solo por diversión...

—¿Tiene algo que me pueda poner en una herida? Ya sabe, para que no se infecte.

—Oh, sí —respondió la mujer mientras se levantaba del sofá y se ponía en pie—, me golpeo y me caigo constantemente. Tengo de todo.

Lo cogió por el codo y lo rodeó con las dos manos con una fuerza sorprendente.

—Vamos al cuarto de baño.

—Vale —dijo Raymond.

Se levantó y la siguió.

Se sintió mejor. Más tranquilo. No acabaría con una horrible infección porque ella lo iba a ayudar. Ella sabía qué había que hacer.

—¿Dónde tienes el corte? —le preguntó mientras caminaban juntos.

Sorprendentemente, ella parecía estar dirigiéndolo. Por otra parte, era su casa. Su cuarto de baño.

—En la muñeca derecha.

Entraron juntos en el baño y la anciana metió el antebrazo derecho de Raymond en el lavabo. Una vez más, con sorprendente fuerza. Abrió el grifo del agua fría y colocó el brazo bajo el flujo.

—¡Ay! —dijo.

Aquella exclamación no reflejaba en absoluto el dolor que lo invadió.

—Lo sé. Lo siento. Pero hay que ocuparse de estas cosas. ¿Sigue sangrando?

—Creo que no. Creo que ya ha parado.

—Bien. Toma. Coge esto —Sacó una botella de plástico del botiquín y se la entregó—. Échate un poco en el corte. Y dejemos que actúe un minuto.

Raymond lo cogió. Abrió el tapón con una mano. Empapó el arañazo con el líquido marrón rojizo. Otra oleada de dolor le recorrió el cuerpo al penetrar en la herida. Esta vez, la vio venir y se contuvo. No dijo nada.

—¿Cómo te has cortado en la muñeca? —le preguntó la anciana.

—Ha sido la gata.

—Ah. Araña.

—No, fue culpa mía. Estaba intentando cogerla y meterla en una bolsa. Se asustó. No puedo culparla. Pero si dejas que sea ella la que se acerque a ti, no araña. Es muy cariñosa. Quiere atención. Si estuviera aquí...

—No importa que arañe o no arañe —dijo Mildred Gutermann, interrumpiéndolo—. Yo me ocuparía de ella si pudiera quedarse aquí... Siento mucho decirlo, pero no puede quedarse aquí. Es una pena que no se pueda adiestrar a un gato, pero esa es la realidad, no se puede.

—De todas formas, aunque se pudiera adiestrar a un gato, tampoco sabría qué enseñarle —dijo—. ¿Sabe? Si pudiera enseñárselo, no se metería entre sus pies.

—Quizá, si pudieras enseñarle a hacer ruido todo el tiempo. Que maullara donde quiera que fuera. De esa forma, siempre sabría dónde está. Pero no puedes enseñarle eso.

—¡Eso es! —gritó Raymond.

—No, no, es imposible.

—¡Puedo comprarle un collar con un cascabel! ¡De esa forma, haría ruido donde quiera que fuera!

—Hum. Enjuágatelo ya. Abre el grifo y limpia la herida. Te traeré algo de papel para que te seques. Te pondré un poco de crema antibiótica y luego lo vendaremos.

—¿Y qué pasa con lo que le acabo de decir?

—Estoy pensando en lo que me acabas de decir.

—¿Y qué está pensando ahora?

—Ahora estoy pensando que he sido una tonta por no tener gato durante todos estos años cuando tenerlo parece tan simple. Así que ahora me pregunto... ¿De verdad es tan simple? ¿Tan simple como eso? Y pienso que una parte de mí quiere que no lo sea. Así dejaría de sentirme tan tonta.

Raymond se enjuagó la muñeca con agua fría y se secó con el papel que ella le había dado. No dijo nada porque quería que tuviera tiempo para pensar.

—Tendrías que comprarme un cajón de arena. Y arena.

—¡No hay problema! —exclamó, demasiado fuerte y con demasiada ansiedad—. ¡Lo haré!

—Y comida para gatos.

—Oh. Me temo que no he pensado en todo. Será demasiado caro, ¿no?

—Si compras ese collar con el cascabel, la caja y la primera bolsa de arena, yo podré encargarme del resto.

—¿Será demasiado caro para usted?

—No, la verdad es que no. No me va mal. Me las arreglo. Tengo mi prestación y una pequeña pensión de la empresa en la que trabajé como costurera durante cincuenta años. Pero necesitaré comida para gatos con cierta regularidad. Así que tendrás que pasarte por aquí con frecuencia para acompañarme a la tienda.

—Iba a hacerlo de todas formas —dijo Raymond—. Con gata o sin ella. Usted me necesita.

—Ya lo sé. Y por eso quería hacer esto por ti si me era posible. Así que ve a buscar el cascabel y lo intentaré. Esperemos que no haya ningún problema. ¿Te parece bien, Raymond?

—Me parece bien —respondió, con la sensación de respirar por primera vez en mucho tiempo—. ¡Gracias!

Cuando Raymond volvió de la tienda, entró en el apartamento con las llaves que la anciana le había prestado para que no tuviera que ir a la puerta hasta que la gata tuviera su nuevo collar con el cascabel.

La gata estaba sentada sobre el regazo de la mujer, en el sofá. Ronroneando. Con las orejas arañadas.

Raymond inspiró profundamente, suspiró y se sintió profundamente agradecido. Le dio las gracias en silencio a la gata por ayudarlo a ayudarla.

—Ya he vuelto —dijo, cerrando la puerta a su paso.

—Ya te he oído.

—Vuelvo a colgar las llaves en el gancho junto a la puerta.

—Gracias.

—Y voy a dejar el cajón de arena en... No lo sé. ¿Dónde quiere que lo ponga?

—En el baño. En la esquina que hay bajo el lavabo. No puedo tropezar con él ahí.

Mientras colocaba el cajón —quitaba las etiquetas y lo llenaba de arena—, Raymond se preguntaba cómo se podía enseñar a un gato a usar el cajón de arena. ¿Acaso lo aprenden ellos solos? Y eso, ni que decir tiene, teniendo en cuenta que aquella gata no había visto uno en su vida. O quizá estuviera completamente equivocado y la gata sí hubiera tenido un dueño. Una vez. Quizá fue por eso por lo que se le acercó tan pronto y con relativa facilidad.

Tiró la bolsa de la arena a la basura de la cocina y se unió a la anciana y la gata en el sofá.

—¿Tiene nombre esta gata? —preguntó Mildred Gutermann.

—No.

—Creo que deberíamos llamarla Louise —dijo, sin dudarlo.

—Vale.

—Es muy peligroso que un joven, bueno, cualquier persona, quiera hacerle daño a un animal. En ocasiones, la gente no le da importancia porque «solo» es un animal. No una persona. Pero querer hacer daño a un animal demuestra una alarmante falta de empatía. La empatía es lo que nos permite convivir, Raymond. Quizá tú ya lo sepas. Sin ella, todo se desmorona. Y los chicos que hacen daño a los animales tienden a convertirse en chicos que hacen daño a la gente. Solo están practicando. No está nada bien. Donde me crie, había un niño que mataba a los gatos. Todos los gatos del barrio empezaron a desaparecer. Sus padres intentaron taparlo. Jamás pagó por ello. Pero fue empeorando. Mucho. Ni siquiera me gusta recordar hasta qué punto empeoró. No me gusta hablar de esas cosas. Pero no se limitó a los animales. Lo dejaré ahí.

Mientras hablaba, no dejaba de acariciarle las orejas a la gata. Y la gata, Louise, seguía ronroneando.

—Que hayas hecho todo lo posible por salvarla, Raymond —añadió— me dice mucho de ti.

—¿Y dónde se crio?

Algo oscuro cruzó la mirada de la anciana. Hasta la gata se dio cuenta, sin ni siquiera mirar. Simplemente percibió su cambio de estado de ánimo. Se bajó de un salto y se metió debajo del sofá para esconderse.

—Eso da igual ahora mismo —respondió.

—Sí, es verdad. Tiene razón. Lo siento. Da igual.

—Intenta no disculparte por todo, mi joven amigo. La mayoría de cosas por las que te lamentas no son culpa tuya.

—Vale, lo intentaré. Lo siento.

Entonces, un segundo después, se oyó a sí mismo, como si fuera una reacción automática.

—Ups —dijo Raymond.

—Tienes que practicar —dijo ella—. Te lo recordaré.

—¿Entonces cree que estará bien si la dejo sola con ella? —preguntó—. ¿Si me voy ahora?

Fue como una hora o dos después. Raymond no podía ver el reloj desde donde estaba sentado con ellas, en el sofá, pero el sol al otro lado de las cortinas de la ventana le decían que ya era mediodía.

—Crucemos los dedos —respondió la mujer—. Tendré mucho cuidado cuando ande por las habitaciones. Si oigo el cascabel, me quedaré quieta hasta que sepa algo más. Lo único que podría ser un problema... Bueno, esperemos que no lo haga. Si se queda dormida en la alfombra, en mitad de una habitación, podría ser peligroso, pero creo que será cautelosa y no hará eso. Mientras se acostumbra al lugar y a mí, puede que duerma en un solo lugar, ahí, junto a la ventana, donde el sol atraviesa las cortinas y calienta la alfombra. Pero sé dónde está ese sitio. Puedo evitarlo. Espero que funcione, Raymond, y no solo por su bien y por el tuyo. Echo de menos tener gatos. Estará bien tener otro ser vivo cerca.

—Vendré a echar un vistazo con más frecuencia para comprobarlo.

—Eso estaría bien. Solo tienes que dar unos golpecitos a la puerta. Si estoy bien, te lo diré. Gritaré algo como «Estoy bien, Raymond». Al menos, de esta forma, si me caigo, sabré que alguien se pasará en breve.

Raymond se puso en pie. Se acercó a la puerta.

—No... No sé cómo... Quiero decirle...

Pero no encontraba las palabras. Porque no sabía cómo decirlas. Debería haber sido fácil. *Muchas gracias.* Las había dicho antes. Pero jamás sobre algo tan intensamente importante. Su gratitud parecía haberse inflamado en su garganta hasta asfixiarlo.

—No hay de qué —le dijo la anciana—. Sé lo importante que es este animalito para ti. Lo noto en tu voz cuando me hablas de ella. Vete. Estaremos bien.

Raymond salió.

Pegó una oreja a la puerta y oyó cómo cruzaba la alfombra para cerrar con llave. Solo para asegurarse de que llegaba bien.

—Estoy aquí —le dijo mientras cerraba el último pestillo.

—Sabía que estarías ahí —respondió ella.

Esperó a estar seguro de que volvía a estar sentada. Entonces, subió corriendo las escaleras hasta su propio apartamento.

Una vez allí, encendió el ordenador y buscó listados telefónicos. La guía telefónica en línea. Escribió «Luis Vélez». Y luego «Nueva York, Nueva York». Si había escrito bien su nombre y apellido, había unos veinte resultados. Si no, habría muchos más. Muchas variantes.

«Bueno —pensó—. Solo tengo que empezar por el primero y seguir hasta encontrarlo. O hasta descubrir que no puede ser encontrado».

Raymond se despertó en mitad de la noche, con un mal presentimiento. Encendió el ordenador y buscó el nombre de Luis junto con la palabra «necrológica». No apareció nada útil.

Suspiró aliviado y volvió a la cama.

Pero antes de que pudiera volver a dormirse, recordó a su abuelastra. La madre de Ed. Cuando murió, no hubo necrológica porque el periódico pedía demasiado dinero por publicarla.

Si ese era el caso, no podía hacer nada al respecto, así que se lo quitó de la cabeza como pudo e intentó dormir un poco.

Capítulo 4

LA OPERACIÓN LUIS

—¿Dónde vivía? —le preguntó Raymond en su siguiente visita a Mildred y la gata.

—¿Quién? ¿Luis?

—Sí. Luis.

Su plan secreto era sonsacarle información disimuladamente. Pequeños detalles que pudieran reducir la lista. Facilitar su tarea de búsqueda. Pero no le hablaría directamente de su proyecto. Porque puede que fracasara. No quería darle esperanzas.

La vio arquear una ceja. Empezó a retorcer las manos como solía hacer cuando tenía que hablar de la desaparición de Luis.

—No lo sé, Raymond. Eso es lo peor de todo. No lo sé. Como vivía a poca distancia, venía a pie. Cuatro manzanas, me dijo. Pero no sé en qué dirección están esas cuatro manzanas porque siempre era él quien venía aquí. Luego se mudó. Más lejos. No paraba de preguntarle dónde vivía porque me preocupaba que tuviera que venir desde muy lejos para ayudarme. Y él sabía que eso me preocupaba. Así que nunca me lo dijo. Siempre me tranquilizaba diciéndome: «Solo tengo que coger el metro, Millie. Son solo unas cuantas paradas». Jamás me dijo cuántas. Ojalá supiera más. Era un buen amigo. Pero no era ese tipo de amigo al que vas a visitar a su casa de vez en cuando. No, no era ese tipo de amigo. Siempre era él quien venía.

—¿Y su segundo nombre?

—Nunca se lo pregunté —respondió, mientras acariciaba las orejas de Louise—. ¿Sabes que esta gata ha dormido en mi almohada toda la noche? Ronroneando. Cada vez que me despertaba para darme la vuelta, la oía ronronear. Es adorable. Y, ahora, dime, ¿por qué me haces tantas preguntas sobre Luis?

—No, por nada —dijo—. Solo por curiosidad.

Si no le creyó, y seguramente no le había creído, jamás lo dijo.

Raymond estaba de pie, en su apartamento, frente al teléfono de la cocina, con su lista, observando el horrible papel floral de la pared. Estaba descolorido, desgastado por las manos de los niños. Todo lo que había en ese apartamento eran reliquias de la época en la que la abuela de Ed había vivido allí, lo que significaba que todo era antiguo o, simplemente, viejo.

Había hecho una lista con veintiún hombres llamados Luis Vélez del área metropolitana de la ciudad de Nueva York. Tanto con direcciones como con números de teléfono.

Al ver la lista, supo que lo primero que tendría que haberle preguntado a la anciana era cómo se deletreaba Vélez. Podría tener una «a» en la primera sílaba y no una «e». ¿O cómo se deletreaba Luis? Quizá se escribía al estilo inglés, Louis. Y puede que Mildred Gutermann lo pronunciara al estilo español porque Luis también lo hacía.

Había estado a punto de preguntárselo. Al menos tres veces. Pero no habría funcionado. Eso lo habría delatado. Nadie pregunta cómo se deletrea el nombre de alguien por pura curiosidad. No, si Raymond le hubiera hecho esa pregunta, sobre todo después de haberle preguntado su segundo nombre, habría sabido que estaba buscando a Luis. Y, en esos momentos, no confiaba demasiado en su capacidad para encontrar a ese hombre, así que no quería dar ninguna pista. O, al menos, no más de las necesarias.

Le temblaron un poco las rodillas cuando cogió el teléfono y marcó el primer número. Quizá solo fuera la tensión de empezar semejante tarea hercúlea, una tarea tan importante pero con tantas posibilidades de fracasar. Puede que le preocupara lo que pudiera averiguar. O quizá simplemente le diera miedo tener que llamar por teléfono a un absoluto desconocido.

—*Hola* —respondió en español al otro lado de la línea una mujer mayor con una voz aguda y frágil que quizá incluso fuera más vacilante que la de Raymond.

—Eh —dijo Raymond—. Hola. ¿Podría hablar con Luis Vélez?

—*No, él no está aquí ahora.*

—Eh. Lo siento. ¿Qué?

De hecho, Raymond había captado lo esencial. Todo el mundo comprende la palabra «no».

—*Lo siento, no hablo inglés.*

—Oh. Entiendo. Bueno... Yo no hablo español. Lo siento.

Pero se le hizo evidente que iba a tener que aprender algo y... deprisa. Lo básico, al menos.

—Vale —dijo Raymond, poniendo fin a un largo silencio—. *Gracias.*

Cuando levantó la mirada, se encontró a su padrastro mirándolo por encima de la isla de la cocina.

—Espero que sea una llamada local —dijo Ed, sin ni siquiera dar a Raymond la posibilidad de poner fin a su conversación.

—*De nada* —dijo la mujer antes de colgar.

Raymond, con el teléfono aún en la mano, miró a su padrastro.

—¿Cómo sabes si es local o no?

—Fácil. Si aparece en la factura y tengo que pagar una cantidad extra por ella, no lo es.

«*Sí. Eso ya lo sé*. Obvio».

—Me refiero... ¿Cómo lo sabes antes de hacer la llamada?

—Ni idea. Averígualo tú.

Raymond dejó el teléfono en su base y salió corriendo de la cocina.

«La Operación Luis no ha empezado demasiado bien», pensó. Entonces decidió que esa afirmación quizá le estuviera dando a sus escasos progresos más valor del que realmente merecían.

De pie, junto a la ventana de la biblioteca escolar, entrecerró los ojos bajo las fuertes luces fluorescentes. Solo estaban Raymond y la bibliotecaria. De hecho, se suponía que tenía que estar en el aula de estudio, pero se había saltado la clase. Cada vez le costaba más convencerse a sí mismo para sentarse allí, quieto, durante esa última hora de clase inútil. A veces simplemente se iba a casa. Parecía tener más sentido.

La bibliotecaria lo miró.

—Raymond —le dijo—. ¿Dónde se supone que tendrías que estar?

—En el aula de estudio. Pero también se puede estudiar en la biblioteca, ¿no?

Esbozó una sonrisa de soslayo. Tendría unos cincuenta años, el pelo castaño rojizo y una mirada astuta que siempre parecía ver a través de él. Si hubiera cometido algún crimen o, incluso, si se hubiera portado mal, sería la última persona a la que Raymond querría ver.

—Bueno, sí y no —le respondió, todavía con esa sonrisa—. Depende de si se tiene en cuenta o no que deberías estar donde deberías estar.

Raymond se quedó allí, de pie, en silencio, esperando a ver si le pedía que se fuera. No hizo nada que sugiriera que se tuviera que ir.

—Me preguntaba si había algún diccionario inglés-español que pudiera consultar —dijo—. O, incluso, una guía de conversación.

—¿Estás estudiando español?

—Me gustaría aprenderlo, sí.

—¿Estás en clase de español?

—No, tengo latín. Pero cada vez tengo menos claro por qué. Porque nadie habla latín.

—Pero es el origen de todos los demás idiomas.

—Eso es lo que no para de decirme mi profesor de latín.

—Estoy de acuerdo en que el español es muy útil. Y tenemos tres diccionarios. Pero solo son para consulta. No puedes sacarlos.

—Oh —dijo Raymond y agachó la cabeza, haciendo patente su decepción.

—Pero... No sé. ¿Cuánto tiempo lo necesitas?

—Tres o cuatro días. Hasta que me den la paga. Entonces me compraré uno.

—¿Me prometes que no me defraudarás? ¿Que me lo devolverás en buen estado o que comprarás uno nuevo si le pasa algo?

—Sí, señora. Lo prometo.

—Es tan raro que un chico de tu edad venga aquí, muestre interés por un idioma y me diga que quiere aprender algo en lo que ni siquiera está matriculado. Es alentador para alguien como yo. Así que voy a dejarte uno en secreto. Pero el acuerdo es estrictamente entre tú y yo. Y estará aquí de vuelta en menos de una semana sin problemas, ¿verdad?

—Sí, señora. Lo prometo. No la decepcionaré. Gracias.

Raymond iba practicando en el metro. En voz alta, pero entre dientes.

—*Me llamo Raymond Jaffe. Luis Vélez, ¿está él aquí?*

Una mujer latina sentada junto a él, en cuyo regazo daba saltitos un bebé, lo miró y sonrió.

—*Está aquí* —le dijo ella. A él le sonó como si fuera una sola palabra: «Estaquí».

—¿Así es como se dice? —le preguntó Raymond.

—Más o menos. De la otra forma, parece que lo estás leyendo de un diccionario.

—Bueno... Es que es así.

Ella volvió a sonreír.

—Vale, gracias —dijo Raymond—. Quiero decir... *Muchas gracias.*

—*De nada.* O puedes ser un poco más formal y decir «*No hay de qué*».

—Pero entonces parecería que estoy leyendo un diccionario.

—Creo que corres el riesgo de todas formas —respondió. Pero su sonrisa le dejó claro que no debía tomárselo como un insulto.

Hasta su bebé le sonrió. Era una niña preciosa, quizá de un año, con el pelo rizado y pendientes dorados en las orejas. Raymond le devolvió la sonrisa.

El metro chirrió hasta frenar.

—Oh, esta es mi parada —dijo y se levantó de un salto—. *Buena suerte* —le deseó.

—No me sé esa.

—Buena suerte.

—Oh. Muchas gracias. Quiero decir, *gracias.*

Salió corriendo del vagón antes de que se cerraran las puertas.

Mientras subía las escaleras para salir a la calle, no pudo evitar preguntarse cómo es que aquella mujer sabía que necesitaba suerte. No tenía ni idea de lo que Raymond estaba a punto de hacer. ¿Tan asustado parecía?

Supuso que sí.

Salió a la calle y miró a su alrededor.

Jamás había estado en aquel barrio. Al menos, él no lo recordaba. No se sintió cómodo con lo que veía. Comparado con su propio barrio, era incluso peor. Un chico joven estaba apostado en una esquina de la calle, mirando a su alrededor con nerviosismo.

Posiblemente estaba traficando. Raymond, que jamás se había atrevido a probar las drogas, no estaba seguro de ser capaz de reconocer a un traficante si lo viera. Uno de cada tres o cuatro edificios tenía las ventanas tapadas con tablones de madera. Los niños estaban jugando en un solar vacío lleno de coches viejos, sofás... toneladas de basura. Hombres y mujeres de avanzada edad salían por las ventanas de un segundo o tercer piso, gritándoles a los chicos de la calle o simplemente viendo la vida pasar desde una posición estratégica y segura.

Raymond casi se dio la vuelta para volver al metro. Pero no estaba muy seguro de cómo podría vivir con ello si ni siquiera lo intentaba. Si ni siquiera iba a la primera dirección.

Con el corazón desbocado y con temor de toda aquella gente que se movía con toda normalidad por las calles, caminó por la acera. Mantuvo la cabeza gacha y la mirada apartada. ¿De qué? No estaba seguro. De todos y de todo. Intentó dar a entender que no suponía una amenaza para nadie y que tampoco quería problemas. Hizo todo lo que pudo por pasar desapercibido.

Miró compulsivamente su lista una y otra vez hasta que encontró el edificio que se correspondía con la primera dirección, como si se creyera incapaz de recordar cuatro números durante unos segundos.

Subió los diez escalones de hormigón que lo separaban de la puerta de entrada del bloque de apartamentos. Por supuesto, estaba cerrada.

Buscó en el directorio el 3A. Se podía leer «Luis A. Vélez». Justo lo que se suponía que tenía que poner.

Raymond soltó un suspiro de alivio y llamó al portero automático.

—*Hola* —dijo una voz.

Era la misma mujer con la que había hablado por teléfono, confiaba en que aquella hubiera sido una llamada local. Si no era así,

Raymond tendría que aguantar las quejas de su padrastro durante una buena temporada.

—*¿Luis Vélez estaquí?* —preguntó, juntando las palabras, como le había dicho la mujer del metro.

—Sí —respondió ella.

Lo dejó entrar.

Raymond entró en el sombrío y mugriento vestíbulo, que olía a algo que le dio dolor de cabeza. Que le hizo sentir un poco aturdido. Empezó a subir las escaleras despacio, con el corazón acelerado en el pecho, hasta llegar a la tercera planta.

Frente a la puerta del 3A, se preparó para llamar.

En ese momento, igual que le había pasado en las escaleras del metro, estuvo a punto de darse la vuelta y salir corriendo. Pero una imagen de la anciana inundó su mirada. La imagen de la señora G, así había empezado a llamarla en su mente, por no estar seguro de recordar bien su apellido. En su cabeza, la veía retorciendo las manos de la forma en la que siempre lo hacía cuando pensaba en Luis. Cuando se preguntaba qué le habría pasado.

«¿Qué sería lo peor? —se preguntaba Raymond—. ¿Que le hubiera pasado algo realmente horrible a Luis? ¿O que la señora G no fuera tan importante para Luis como ella creía?».

Llamó a la puerta. Un hombre respondió.

Aquel tipo era grande, pero no demasiado alto. De hecho, Raymond era un par de centímetros más alto que él. Vestido solo con unos vaqueros y una camiseta blanca de manga corta que le marcaba toda la musculatura del pecho y los brazos, aquel hombre era fornido y fuerte. Iba descalzo. Tenía la cara llena de marcas, como si hubiera tenido un fuerte acné en la adolescencia o algún tipo de enfermedad que le hubiera dejado cicatrices en la piel. Debía de rondar los cuarenta.

—¿Luis Vélez? —preguntó Raymond con una voz demasiado aguda por el miedo.

—¿Quién quiere saberlo? —respondió con un leve acento español.

Raymond movió los pies y apretó el diccionario contra su muslo para que el hombre no pudiera leer la portada. Se sentía avergonzado por haber cargado con él hasta allí.

—Yo. Quiero decir, no soy... Me refiero a que... Solo soy... —Inspiró profundamente y volvió a empezar, intentando concentrarse—. Me llamo Raymond. Raymond Jaffe. Busco a Luis Vélez, pero quizá usted no sea el Luis Vélez que estoy buscando. Busco a un hombre que ayudaba a una anciana llamada Mildred. Millie. Es ciega y Luis la ayudaba a ir al mercado y al banco.

Silencio. Como si este Luis Vélez esperara que dijera algo más. Como si necesitara más información para poder decidir si era ese Luis Vélez o no.

Tras aquel hombre grande, en su apartamento, Raymond vio a dos niños, de unos diez o doce años, que se perseguían por el salón; el mayor parecía querer hacerle una llave de cabeza al más pequeño.

La televisión estaba encendida, a todo volumen, y Raymond podía oír dibujos animados atronando.

—No —dijo el tipo—. No soy yo.

—De acuerdo. Siento mucho haberlo molestado.

Raymond se dio la vuelta y puso rumbo a las escaleras. Al pisar el primer escalón, empezó a bajar de dos en dos, con la sensación de no poder volver al metro lo suficientemente deprisa.

Tenía que haber seguido llamando por teléfono. Eso es lo que estaba pensando. Había ido hasta allí porque había pensado que lo haría mejor en persona, sujetando su diccionario inglés-español. Pero resulta que este Luis Vélez sí hablaba inglés. Y había sido un largo camino para mantener una conversación de tan solo treinta segundos.

Para nada.

Entonces recordó que, si iba a volver a usar el teléfono, primero debería averiguar qué era una llamada local y qué no. Y sería mejor que no cometiera ningún error.

Cuando llegó al vestíbulo y empezó a cruzar el suelo de madera camino de la puerta, escuchó al hombre llamándolo.

—Eh. Tú.

Raymond se detuvo. Se dio la vuelta. Entonces vio al hombre bajando los dos tramos de escaleras hasta llegar adonde se encontraba Raymond con una mano en su diccionario y la otra en el tirador de la puerta. El hombre, Luis, se había calzado. Unas pesadas botas de trabajo con cordones. No sabía cómo había podido ponérselas tan rápido.

—He olvidado tu nombre —le dijo el hombre.

—Raymond.

—Vale. Raymond. Soy Luis. Oh. Eso ya lo sabes.

Raymond sonrió. Sintió que sonreía. En aquellas circunstancias, sonreír resultaba extraño.

—Al menos, deja que te acompañe al metro —le dijo Luis—. Porque has venido en metro, ¿no? Este no es un buen barrio.

—Gracias —dijo Raymond.

Y respiró. No se había dado cuenta de que había estado conteniendo la respiración, pero en ese momento fue intensamente consciente de la falta de oxígeno.

—Siento mucho el olor —le dijo Luis—. A mis vecinos de abajo les gusta preparar nitrato de amilo y venderlo.

—No sé qué es eso.

—Ya sabes. En la calle lo llaman «Poppers».

—Ah —dijo Raymond, aunque seguía sin saber a qué se refería—. Me da dolor de cabeza.

—Les pedí que pararan y se lo dije al casero. Y entonces el casero hizo que pararan. Y luego, cuando todo se calmó, volvieron a cocinarlo.

Ambos salieron del edificio juntos y bajaron las escaleras hasta la calle.

Durante la primera manzana, los dos anduvieron uno junto al otro, en silencio. Luis solo llevaba la misma camiseta blanca de manga corta. Raymond pensó que tendría frío. Pero, si era así, jamás lo dijo.

—He pensado en hacer cosas así —dijo el hombre.

—¿Cosas como qué?

Raymond pensó que se refería a cosas como cocinar nitrato de amilo y venderlo en las calles, pero esperaba que no fuera eso.

—Como eso de la mujer ciega.

—Ah. Vale. Eso.

—He pensado... Ya sabes. Hacer voluntariado. Ese tipo de cosas. Pero es difícil, ¿sabes? Tengo cuatro hijos. Y trabajo a tiempo completo. A veces dieciséis horas al día. Apuesto a que ese Luis Vélez que estás buscando... no tendrá hijos. Pero bueno, es solo una suposición porque no lo conozco de nada. ¿Tiene hijos?

—No lo sé —dijo Raymond—. No se me ha ocurrido preguntar.

Pasaron junto al joven de la esquina, aquel tipo posiblemente estaba traficando. Puede que estuviera esperando a un comprador, pero solo era una suposición. Era más joven que Raymond. Quince o dieciséis, quizá. Raymond podía sentir la mirada del chico quemándolo por dentro. Invitándolo a mirar. ¿Esperando a ver si era un cliente? ¿O quizá otra cosa?

Los ojos de Raymond fueron automáticamente a la cara del joven.

—No establezcas contacto visual —dijo Luis.

Raymond volvió a fijar la mirada en la acera mugrienta y pasaron sin incidentes.

—Porque si tuviera hijos —continuó Luis, todavía anclado en el mismo tema—, no sé cómo podía hacerlo.

—No lo sé —dijo Raymond.

Caminaron en silencio una manzana más. Raymond ya podía ver las escaleras del metro al final del siguiente bloque. Parecían su salvación. El final de todo problema y temor.

—¿Cómo conociste a la mujer ciega? —preguntó Luis.

—Vive en mi edificio.

—¿Y ahora eres tú quien la acompaña al banco y a la tienda? ¿Hasta que puedas encontrar al Luis Vélez correcto?

—Sí. Bueno. Quiero decir... alguien tenía que hacerlo. Así que sí, ahora lo hago yo.

—Bien—dijo—. Eres un buen chico. Y no me refiero a «chico» como... Vamos, que no lo digo en el mal sentido. Ya sabes. Es solo... No sé. Quizá tengas dieciocho años y seas ya un hombre. ¿Los tienes?

—No, cumplo los diecisiete el mes que viene.

—Pues eres muy alto. Por eso he pensado que serías mayor.

—Sí. Soy alto.

—Bueno, pues entonces eres un buen jovencito.

Raymond apartó la mirada y guardó silencio. Justo como la señora G decía que siempre hacía cuando alguien hablaba bien de él.

Llegaron a las escaleras del metro y se detuvieron. Se quedaron allí, de pie, incómodos. Raymond clavó la mirada en sus pies.

—Quizá lo haga —le dijo Luis—. Ya sabes. Trabajar en un comedor social o algo así. Un par de horas a la semana. Pero es difícil. Trabajo mucho. Llego a casa cansado, ¿sabes? Pero lo he pensado.

—Gracias por acompañarme —dijo Raymond.

Sabía que Luis Vélez quería algo de él. Algo así como sentirse comprendido. Sentirse menos culpable. Quería que Raymond comprendiera por qué no era el Luis Vélez que acompañaba a señoras ciegas al banco. Pero Raymond no hallaba las palabras adecuadas.

—No hay problema —dijo Luis—. Buena suerte en tu búsqueda.

—Gracias.

Luis se dio la vuelta y se fue. Raymond lo observó y esperó. Quería entrar en el metro, pero tenía la sensación de que aquel hombre llamado Luis Vélez le había pedido amablemente algo, aunque no de forma directa. Y Raymond sabía que podía —y debía— haberle dado más.

—¡Eh! —gritó—. ¡Luis!

El hombre se detuvo y se giró. Ya había recorrido un cuarto de manzana, así que a Raymond no le quedó más remedio que gritar.

—¡Cuatro hijos son muchísimos!

Luis esbozó una sonrisa y Raymond supo que aquella simple afirmación era todo lo que necesitaba aquel hombre.

—Sí, dímelo a mí —dijo. Y volvió a ponerse en marcha.

Raymond descendió las escaleras del metro y se internó en el túnel bajo la calle. Bajo el mundo que conocía. Mientras esperaba la llegada del metro, tachó a Luis A. Vélez de su lista con un bolígrafo que casi ya no tenía tinta. Lo arañó más que otra cosa.

Llamó a su puerta con su propio toque secreto, bastante friki incluso para sus estándares. De hecho, era código Morse para la letra *R*. Un golpe corto, luego tres golpes seguidos para formar un guion y, por último, otro golpe corto.

Esperó a que cruzara la habitación y quitara los pestillos.

Cuando abrió la puerta, se le iluminó la cara al verlo y, por primera vez en más tiempo del que Raymond era capaz de recordar, se sintió feliz. De dentro afuera. No solo ella estaba contenta de verlo, sino que además había hecho algo importante para intentar ayudarla. Aunque ella no lo supiera. Aunque no hubiera servido de mucho.

—Siento llegar tarde —se disculpó, pero sabía que estaba sonriendo.

—Entra rápido —le dijo—, no se vaya a salir la gata.

Entró en el salón mientras ella iba a buscar su bastón blanco y se ajustaba la correa del bolso en el hombro.

—Louise, gatita —la llamó—, vamos a comprar cosas ricas para que comas tú y cosas ricas para comer yo. Volveremos antes de que te des cuenta.

Salieron juntos al pasillo y Raymond esperó a que cerrara con llave todas las cerraduras.

—Siento haber llegado tarde —repitió.

—Tampoco habíamos quedado a una hora concreta.

La anciana se aferró a su brazo y pusieron rumbo a las escaleras, Raymond llevaba el carrito de la compra plegado bajo el otro brazo. Tenía que reconfigurar su velocímetro interior para ajustarse a su ritmo. Llevaba todo el día corriendo. Había olvidado lo que era ir despacio.

—Había dicho que me pasaría después de clase.

—Bueno. ¿Es ya antes de clase? ¿O es después?

—Ah. Bueno. Si quiere verlo así, de acuerdo. Escaleras. Le aviso cuando tenga que bajar el primer peldaño. Vale... Ahora.

No hablaron mientras descendían hasta el vestíbulo. Necesitaban mucha concentración.

—Vale —dijo Raymond—. El siguiente paso ya será por el suelo del portal.

La anciana suspiró mientras bajaba. Sonó como aire saliendo de un neumático pinchado, desinflándose. La tensión iba abandonándola. Sin duda. Raymond se preguntó cómo sería vivir en un mundo en el que bajar un tramo de escaleras supusiera todo un reto que podía convertirse en tu fin. Ese pensamiento enturbió uno de sus escasos momentos de buen humor.

—Simplemente supuse que habrías ido a alguna parte con tus amigos —le dijo.

Al reírse, Raymond emitió un bochornoso bufido.

—No tengo amigos.

—Ibas con un amigo la primera vez que hablé contigo.

—Vale, espere aquí un minuto —le pidió—. Voy a abrir la puerta.

Lo hizo y la dejó abierta antes de volver a buscarla.

Ya casi eran las cinco de la tarde. El sol empezaba a ponerse. El aire era fresco y otoñal, sensaciones de una estación dignas de experimentar. Raymond podía sentir cómo la brisa le golpeaba la cara mientras la ayudaba a salir por la puerta y sabía que ella también podía sentirla. Se preguntó si la percibiría con mayor intensidad por habérsele agudizado sus otros sentidos. Y por llevar un tiempo privada de aquel aire fresco.

—Ese era André —respondió—. Bajar escalón. Bien. Se mudó. Bajar escalón. Bien. Un escalón más. Bien. Ya estamos en la calle.

Pusieron rumbo juntos hacia el mercado. Despacio.

—¿Ya se ha mudado? ¡Si eso ocurrió hace tan solo unos días!

—Ese era su último día.

—Ah. Lo siento mucho. ¿Y era tu único amigo?

—Más o menos. Sí.

—Pues no entiendo por qué no tienes más, Raymond. Eres un chico amable. Ah, espera. No importa. Olvida lo que he dicho. Acabo de recordar cómo era ir al instituto. La amabilidad no era una cualidad demasiado valorada. Los chicos experimentan diferentes formas de ser en la vida, formas más seguras y comedidas, y son demasiado rápidos juzgando.

—Exacto.

Caminaron en silencio la mayor parte de la manzana. Había una mujer que también caminaba en su dirección que a Raymond le recordaba mucho a la mujer del metro. La que lo aconsejó sobre su español. Así que la miró a la cara, algo que normalmente tenía cuidado de no hacer. Con todo el mundo.

Ella le sonrió. Era una sonrisa sincera. Sinceramente sentida, le pareció, y sinceramente dirigida a él. Al principio, no entendía por qué lo habría hecho. Normalmente, los extraños no iban por ahí sonriendo a la gente por la calle. Al menos no allí. Entonces, sus ojos parpadearon en un punto entre Raymond y la señora G. Su mirada parecía aterrizar justo en el lugar en el que sus brazos se entrelazaban. Entonces lo entendió. Le había sonreído porque estaba ayudando a una anciana ciega a cruzar la calle. Quizá debería ponerse una chapa con «buen chico» escrito para que todo el mundo la viera.

Le devolvió la sonrisa, pero le salió algo forzada. Nada natural. Quizá porque no estaba acostumbrado a sonreír.

En cuanto se hubieron cruzado, se acabó la magia de ese instante. Confiaba en que hubiera sido una buena sonrisa. Que hubiera transmitido lo que pretendía.

—Pero seguirás hablando con André, ¿no? —le preguntó la señora G, sacándolo de sus pensamientos.

—No estoy seguro. Dijo que hablaríamos por Skype, pero todavía no lo hemos hecho.

—¿Qué es ese Skype? Me suena haberlo oído antes, pero no sé exactamente qué es.

—Es una aplicación informática. Puedes hablar con otra persona desde tu ordenador. Es algo parecido a un teléfono, solo que sin cargos adicionales, da igual donde estés. Y una forma de hacer videollamadas.

—¿Eso significa que puedes ver a la otra persona?

—Exactamente.

—Entonces sí que había oído hablar de eso antes. Luis me habló de eso. De cómo hablaba con su hermano, en Minneapolis, y de cómo sus sobrinos y sobrinas aparecían de uno en uno para que Luis pudiera ver lo mucho que habían crecido. Me dejó atónita. Cuando era pequeña, para nosotros era... Oh, ¿cuál es la palabra que estoy buscando? Como ciencia-ficción. Era como un cineasta o el creador de una serie se imaginaba el futuro. Llamabas a alguien y podías verlo y, a su vez, esa persona podía verte a ti. Y para nosotros eso era algo bastante difícil de imaginar. Por supuesto, también nos decían que habría coches voladores revoloteando por todas partes y se han equivocado.

—Quizá sea mejor así —dijo Raymond.

Observó el tráfico y lo imaginó elevándose y descendiendo por los aires. Sufriendo pequeños accidentes con los pisos superiores de los bloques de apartamentos o con otros coches voladores, y neumáticos, paragolpes y faros lloviendo sobre las cabezas de los peatones.

—Estoy de acuerdo contigo en eso, jovencito.

—Bordillo aproximándose —dijo.

Sortearon el difícil cruce sin más conversación superflua. Tenían que concentrarse.

—Así que, si ese era tu único amigo —dijo ella mientras volvían a la seguridad de la acera—, siento mucho que se haya ido. ¿De verdad es tan difícil hacer amigos con chicos de tu edad? Me cuesta mucho comprenderlo y más teniendo en cuenta cómo eres conmigo.

—Sí, lo es. Es solo que... No sé. Soy tan diferente de los demás —Casi elaboró su respuesta, pero optó por dejarlo ahí. O, más exactamente, las palabras dejaron de fluir, muy a su pesar. Brotaron hasta su garganta y allí se quedaron, atascadas. Al fin y al cabo, no hacía tanto tiempo que la conocía—. La gata es mi amiga. Y... No sé. ¿Resultaría raro decir que ahora usted y yo somos amigos?

—En absoluto, Raymond, en absoluto. Me sentiría muy honrada de ser tu amiga si así lo quisieras.

—Sí que quiero —dijo él.

Recorrieron el resto del camino hasta el mercado en silencio.

Raymond estaba agotado. No físicamente, pero sí por dentro. Exhausto por la intensidad de aquel día. Y, además, no hacía falta decir nada más.

Por poco no llega a casa a la hora de la cena. Y, en aquella casa, eso importaba. Si no llegabas a tiempo, podías quedarte sin cenar.

—Llegas muy tarde —le dijo su madre, con cara de sospecha.

—Estaba fuera haciéndole un favor a un amigo.

—¿Un nuevo amigo?

—Sí. Un nuevo amigo.

—Me alegro de que tengas nuevos amigos, cariño, pero no apures tanto a la hora de la cena.

—Vale—dijo Raymond—. Lo siento.

Y allí estaba otra vez. Ese «lo siento». Pero quizá ese no contaba. Porque, por dentro, en realidad, no lo sentía en absoluto.

Capítulo 5

¿QUÉ PENSARÍAS DE UN CHICO COMO ESE?

Allí estaba Raymond, de pie, mirando al bloque de apartamentos. Aquel edificio lo intimidaba, pero no por el mismo motivo que la última vez, sino por todo lo contrario.

Era sábado por la mañana y había cogido el metro hasta el centro. Estaba a tan solo seis manzanas de donde vivía su padre. Si él y su nueva mujer no hubieran estado fuera ese fin de semana, habría podido ir andando. Si se hubiera quedado en la ciudad, aquel fin de semana le tocaba con su padre. Cada vez se iban más en sus fines de semana y Raymond culpaba a su nueva mujer de eso. Tenía la sensación de que lo estaba haciendo a propósito.

Esta vez sentía que el edificio lo rechazaba. Que lo juzgaba indigno. Como si todo el barrio se aferrara a su bolso imaginario con más fuerza bajo el brazo y se preguntara quién sería el intruso y qué estaba haciendo allí. Y cuándo se daría por vencido y se iría, para que todo pudiera volver a respirar.

Y, para empeorarlo todo, cuando bajó la mirada, se encontró con un portero uniformado, observándolo. El hombre no estaba en su puesto cuando Raymond se acercó.

Metió el diccionario de español en su mochila casi vacía y se aproximó a aquel hombre, que entrecerró los ojos levemente. Casi de forma imperceptible.

—Busco a Luis Vélez —dijo Raymond—. Necesito hablar con él un minuto.

—Puedo avisarlo —respondió el portero, con tono escéptico—, pero los residentes son quienes deciden quién puede subir y quién no.

—Gracias —dijo Raymond.

Se metió las manos en los bolsillos de los vaqueros, como si se estuviera preparando para una larga espera.

—¿Y quién le digo que quiere verlo?

—Raymond Jaffe. Pero no me conoce. Dígale que soy amigo de Millie G. Si es el Luis Vélez que estoy buscando, sabrá a qué me refiero.

El portero se metió tras un mostrador tipo podio para hacer su llamada, ocultando a propósito la cara para que Raymond no pudiera leerle los labios ni oír lo que se dijera. Unos segundos después, colgó y volvió a salir. Pero no se acercó a Raymond. Se acercó a las grandes puertas de cristal de entrada al edificio, que daban paso al vestíbulo. Abrió una y la sujetó, abierta. A Raymond le llevó unos segundos darse cuenta de que se trataba de una invitación a entrar.

—Sube —le dijo.

Raymond rompió su pose de estatua y puso rumbo a las puertas. No esperaba que las cosas saliesen así. Estaba seguro de que lo acabarían echando.

¿Significaba eso que había encontrado al Luis Vélez correcto?

—Piso veintidós, apartamento B —le dijo el portero.

Raymond no respondió. Se limitó a asentir. Tenía el corazón desbocado en el pecho y la cabeza le daba vueltas. Fue hasta el ascensor como en un sueño. Una mujer de mediana edad también estaba esperando para subir. Ya había pulsado el botón, así que se detuvo.

Cuando llegó el ascensor y se abrió la puerta con un pitido agudo, Raymond se sobresaltó. Se subió. La mujer de mediana edad, no. La miró de forma inquisidora. Incluso mantuvo la puerta abierta con una mano.

—No, sube tú primero —le dijo ella—. He olvidado una cosa.

La puerta se cerró y el ascensor empezó a subir. Era rápido y suave. Y silencioso. Y algo ardía en el pecho de Raymond mientras veía iluminarse los números de los pisos. Uno puede olvidar algo en su apartamento antes de salir, pero ¿cómo podía olvidar algo en el vestíbulo antes de volver a subir?

El ascensor se detuvo en la vigesimosegunda planta y Raymond salió.

En cuanto lo hizo, vio a una mujer esperándolo. Tendría unos treinta años, quizá treinta y pocos. Llevaba un corte de pelo elegante que parecía carísimo. Corto y moderno. Un pijama de seda y, por encima, una bata de seda abrochada. Era un atuendo que te podrías poner tanto para estar por casa como para asistir a una cena de gala. Así de bonito era. Honestamente, Raymond era incapaz de decir si era latina o no. Solo que, claramente, estaba esperándolo.

Sus miradas se cruzaron y ella parecía preocupada. Y Raymond no sabía por qué.

Eso hizo que él se preocupara aún más. Y él ya estaba bastante asustado.

—¿Eres Raymond Jaffe? —le preguntó.

No tenía acento. Al menos, no acento hispano. Sus vocales tenían un leve deje neoyorquino.

—Sí, señora —dijo, acercándose a su puerta abierta.

—¿Para qué buscas a mi marido?

Raymond sintió que se le hundía el pecho. Ni siquiera sabía para qué estaba allí. Para qué había ido. El portero no se lo habría dicho. La dulce sensación de haber encontrado a Luis, en su segunda incursión en el mundo exterior, voló como un pájaro tímido.

—Creía que se lo había dicho el portero —respondió.

—Algo sobre una mujer. Una tal Millie. Y que mi marido sabría exactamente de quién le estaban hablando.

—Vale, entonces sí se lo ha dicho.

Ya estaba justo delante de ella, pero a unos cuantos pasos respetuosos. Tras ella, en el apartamento, había dos enormes pastores alemanes. Negro y canela, perfectamente a juego, y rondando los cincuenta kilos cada uno. Raymond tragó saliva y no apartó la mirada de ellos. Los perros lo miraban, pero no se movían. Había cierta calma en sus ojos. No estaban preocupados por lo que pudiera pasar después. Solo observaban. Puede que simplemente no tuvieran dudas sobre su capacidad de controlarlo. De controlar cualquier cosa.

—Me ha dicho su nombre. No qué tenía que ver con Luis ni nada de eso. Así que dímelo y deprisa, porque me está volviendo loca. ¿Quién es esa tal Millie y qué tiene que ver con mi Luis?

Los perros movieron levemente sus patas traseras al captar el miedo de la mujer. De forma instintiva, Raymond dio un paso atrás.

—Ella... ella es una anciana que vive en mi edificio. En la zona oeste. Muy anciana —añadió, pensando que eso podría tranquilizar a la mujer—. Como... noventa.

La vio inspirar profundamente y soltar el aire con fuerza. Decidió pisar el acelerador.

—Es ciega y no puede salir sola, así que Luis solía pasarse para acompañarla a la tienda y al banco. Para ayudarla y eso. Pero no sé si ese Luis es su marido. ¿Sabe? U otro Luis Vélez. Porque hay veintiún Luis Vélez en esta ciudad. O cerca de ella. Y eso si lo he escrito bien.

La mujer cerró los ojos. Inclinó la cabeza hacia atrás.

Raymond la vio persignarse.

—Oh, gracias a Dios —dijo, dejando caer su cabeza y mirándolo directamente a la cara—. Pensé que habías venido a contarme que se estaba viendo con otra mujer.

—No —dijo Raymond—. Nada que ver con eso.

—No sé si es el Luis correcto o no —le dijo, totalmente transformada. Su rostro se suavizó. Su voz sonaba más profunda y relajada—. Probablemente no, porque me lo habría contado. Aunque... No lo sé. A veces da dinero a la gente, por considerar que se lo merecen. No permite que sepan que se lo ha dado. Y a mí no me lo dice. Pero un día lo pillé y le dije: «¿Por qué no me has dicho que estabas haciendo esto?». Me soltó el rollo ese de que solo es auténtico altruismo si nadie lo sabe. Si es anónimo. Dijo que, si todo el mundo lo sabe, entonces solo lo haces por la gloria, para que así la gente diga que eres un gran tipo. Y entonces es solo egoísmo.

—No lo sé —dijo Raymond, mientras seguía observando a los perros—. En mi opinión, esas personas consiguen algo bueno y tú te sientes mejor. Dos por el precio de uno.

—¿Sabes? Tienes razón en eso —le dijo la mujer—. Oh, perdona, qué desconsiderada. Te he dejado ahí, en el pasillo, como si fuéramos una mala pareja y hubiéramos discutido. Pasa. Llamaré a Luis a su oficina para ver si él es el Luis que buscas.

Raymond no se movió. Se limitó a no apartar la mirada de los perros.

—Oh, no te harán nada —le dijo—. Les gusta la gente. Son perros de presa bien entrenados, pero jamás harán nada si yo no se lo ordeno.

—¿Seguro?

—Cariño, no pasa nada. Entra.

Estiró un brazo. Como si fuera capaz de agarrar a Raymond y hacerlo entrar. Él miró su mano y dio otro paso atrás.

—¿Seguro que eso que les dice para que ataquen no es una palabra que pudiera usar accidentalmente en una frase o algo así?

La mujer rompió a reír.

—Están bien. Te lo prometo. Entra. Luis está reunido con un cliente. Le dejaré un mensaje. Es posible que no me llame hasta que acabe la reunión. No querrás quedarte ahí fuera, en el pasillo, todo ese tiempo, ¿verdad?

—Supongo que no —respondió, pero empezaba a parecerle una buena idea.

Ella se giró y se dirigió a los perros.

—¡A vuestro cesto! —les espetó.

Los perros bajaron las orejas. Primero hacia los laterales y luego a lo largo de sus cuellos. Se dieron la vuelta y se fueron, con los ojos llenos de pena por el rechazo.

En contra de su propio sentido común, Raymond entró.

—Me estoy preparando el desayuno —le dijo mientras la seguía hasta la cocina. Era enorme y de techos altos. Pintada en color lavanda claro. Tenía unas magníficas vistas de Central Park—. Siéntate. ¿Quieres tomar algo? ¿Has comido?

Mientras hablaba, rebuscaba en su bolso y sacó un teléfono móvil.

—Me he comido una barrita de cereales —dijo. Y se sentó.

—Eso no es un desayuno.

—Es lo que suelo tomar.

—El desayuno es la comida más importante del día.

—A esas horas, no hay nadie por la cocina. Y, la verdad, como tampoco sé cocinar, me cojo una barrita.

—No es suficiente —le dijo, como si tuviera la última palabra sobre esas cosas y su opinión fuera irrefutable. Acercó el teléfono a su cara—. Hola, cariño. Soy yo. Tengo un chico aquí. Parece un buen chico. Me pregunta si conoces a una señora de unos noventa años que vive en la zona oeste. Una mujer ciega. Millie. Supongo que no la conoces, me lo habrías contado. Pero nunca se sabe contigo. Con ese rollo tuyo del anonimato... Así que voy a prepararle algo para desayunar a este chico. Según parece, nadie lo hace por él. Cuando salgas de la reunión, llámame y ya me cuentas, ¿vale?

Porque el pobre ha venido hasta aquí. Así que imagino que lo menos que podemos hacer por él es darle una respuesta.

Puso fin a la llamada y lo miró directamente. Justo a los ojos.

—¿Bebes café?

—No, señora.

—¿Té?

—A veces bebo té con leche y azúcar.

—Marchando un té.

Raymond miró el parque mientras ella cocinaba. Le dio un sorbo a su té de batista mientras veía la vida pasar a veintidós pisos de altura. El olor le estaba empezando a dar hambre. Y a los perros también. Entraron en la cocina y se tumbaron a los pies de la mujer, mirando a los fogones. Moviendo el rabo.

A Raymond todavía le provocaban pavor, pero ya no lo miraban tanto desde que había entrado, así que parecía absurdo tenerles miedo.

—Así que, donde vives —le dijo ella—, ¿tienes lo que necesitas?

Raymond tragó un sorbo de té a pesar de la rigidez repentina que sintió en la garganta.

—No estoy muy seguro de a qué se refiere —le respondió.

—Me refiero a cosas como el desayuno. ¿Tienes dos padres?

—Sí, señora. De hecho, tengo tres. Mi madre y mi padrastro. Y luego veo a mi padre en fines de semana alternos.

—Vale. Así que tienes más de dos padres. ¿Pero ninguno de ellos te prepara un buen desayuno antes de empezar el día? Si tuviera un hijo, yo me encargaría de cubrir todas esas necesidades. No es mi intención faltarles el respeto a tus padres, pero, de verdad...

—Supongo que lo que hacen es normal —le dijo Raymond. Aunque, a decir verdad, no tenía forma de saberlo. ¿Qué se considera normal? Para definirlo, tendrías que saber cómo viven los demás—. Cojo una barrita de cereales por la mañana y luego me preparan el almuerzo para que me lo lleve al colegio.

«Excepto los fines de semana», pensó, guardándoselo para sí.

—Y, después, nos preparan una rica cena todas las noches. Lo normal, supongo.

Pero cuando estaba en casa de su padre, comía más y mejor.

Y, en esos momentos, estaba desayunando en un plato de porcelana china. Su desayuno o el de ella. No estaba seguro.

—Sabes por qué lo pregunto, ¿no?

—Eh. La verdad es que no.

—Estás muy delgado.

—Es porque yo soy así. Podría pasarme el día entero comiendo y no engordaría.

—Es que deberías comer todo el día —le dijo la mujer—. Estás creciendo.

Le puso un plato delante. En él, dos huevos escalfados, nadando en una salsa dorada. Seis espárragos, también nadando. Ambas mitades de un panecillo inglés partido por la mitad y untado con mantequilla.

—Tiene una pinta estupenda —dijo.

—Puedes empezar. No tienes que esperarme. No dejes que se te enfríe.

Comió en silencio mientras ella se preparaba su propio plato. Miró al parque y observó a los viandantes, los patinadores y los ciclistas subiendo y bajando por los caminos. Desde su posición estratégica, parecían hormigas. La comida era impresionante. Rica y bien condimentada. Los huevos estaban en su punto, con la clara completamente cuajada mientras las yemas fluían, ricas y anaranjadas, cuando le clavaba el tenedor.

La mujer se sentó junto a él y sazonó su plato.

—Muchas gracias por su hospitalidad —le dijo Raymond—. Es mucha hospitalidad. La mayoría de la gente de esta ciudad no te deja pasar de la puerta. Suponen, no te conocen y, bueno, ya sabe...

—Tengo a los perros —dijo y lo dejó ahí.

Y hablando de los perros, los dos estaban allí sentados, firmes, observándolos. Sus miradas iban de Raymond a su dueña, como si estuvieran siguiendo el recorrido de la pelota sobre la red en un partido de tenis. No dejaban de mover el rabo, emitiendo una especie de sonido sibilante contra las baldosas de la cocina.

—Chicos malos —dijo la mujer—. ¡Nada de suplicar! ¡A vuestro cesto!

Los perros bajaron las orejas y se fueron.

—Háblame de ti, Raymond. Te llamas así, ¿no? ¿Raymond?

—Sí, señora. Pero no hay mucho que decir.

—¿Vas al instituto?

—Sí, señora. Estoy en tercero.

—¿Y qué es lo tuyo?

—¿Lo mío?

—Ya sabes. ¿Qué se dirá de ti en tu anuario? ¿Te van los deportes? ¿O estás en el club de ajedrez? ¿En el equipo de debate?

—No, señora. Nada de eso. Me temo que los encargados del anuario no tendrán mucho que decir sobre mí.

—Entonces, ¿qué haces cuando no estás en el instituto?

—Bueno. Últimamente ayudo a esta señora mayor.

—Millie.

—Exacto. Y antes de eso... y cuando no hago eso... me gusta leer. Leo mucho. No ficción, principalmente. Leo libros sobre líderes políticos, guerras, revueltas y, bueno, de historia... Pero no solo de historia. Me gusta leer sobre el mundo. Saber más sobre él. Pero puede ser del mundo tal como es ahora. Ya sabe. Algo más relacionado con las ciencias sociales. Como, por ejemplo, no soy religioso, pero leo mucho sobre las diferentes religiones. Porque eso te ayuda a comprender mejor cómo funcionan las cosas. Cómo es la gente. Y por qué.

Continuó tomándose el desayuno. Se estaba enfriando deprisa. Pero aquella mujer había tenido la amabilidad de servírselo. Así que, si ella quería que hablase, eso era lo mínimo que podía hacer él. Clavó el tenedor en un espárrago. No le entusiasmaban los espárragos, pero bañados en esa rica salsa... Raymond pensó que engulliría con gusto una montaña de cartón si estuviera cubierta con aquella salsa.

—Soy católica —le dijo la mujer.

—Ya me lo imaginaba.

—¿Por qué?

—Porque se persignó cuando supo que Millie no era una mujer con la que se estuviera viendo su marido.

—Ah. Vale.

Comieron en silencio un minuto o dos.

—¿Tienes novia? —le preguntó.

—No, señora.

—¿Novio?

—No, no soy gay.

—No era mi intención ofenderte.

—No me lo he tomado como una ofensa.

—Entonces, es solo que no tienes novia ahora. Pero la tendrás. Los años de instituto son raros. Acabará llegando.

Raymond abrió la boca para responder, pero no tenía ni idea de cuál debería ser la respuesta. Pensaba que era poco probable que tuviera novia, ni antes ni después, pero no estaba preparado para decirle a una relativa extraña por qué pensaba eso. Así que, ¿para qué empezar?

Lo salvó la campana. Literalmente.

Sonó el teléfono móvil de su anfitriona. Lo tenía en la mesa, junto a su plato. Lo cogió. Escuchó durante un buen rato. Entonces, habló al auricular.

—Ah. Oh, no. Eso no es bueno. Sí, sé lo mucho que odias eso. Lo siento mucho, cariño. Nos vemos en un minuto entonces.

Puso fin a la llamada y volvió a dejar el teléfono en la mesa.

—Luis está subiendo. Acaba de entrar en el ascensor. Su cliente no se presentó. Siempre apaga el teléfono cuando va a reunirse con un cliente y no se acordó de encenderlo hasta que salió del coche. Ya sabes, en el garaje, ahora mismo. Odia que la gente no se presente, así que puede que no esté de buen humor. Pero no te preocupes. No muerde.

Raymond acabó su desayuno deprisa. Y en silencio.

Justo cuando estaba tragando el último mordisco, oyó el sonido de la puerta al abrirse. Oyó a los perros sollozando por la emoción. Oyó a Luis Vélez saludarlos con «Hola, chicos» y «Buenos chicos».

El hombre entró en la cocina, con los perros revoloteando entre sus piernas por la emoción, y fulminó a Raymond con la mirada. Como si Raymond debiera desaparecer de allí. Luego centró la mirada en su mujer.

—¿Ahora abres la puerta a absolutos desconocidos? —le preguntó.

A Raymond se le subió el corazón a la garganta.

—Los perros cuidan de mí —dijo.

—Sí, supongo que sí.

Sacó una silla y se sentó junto a Raymond, inclinándose hacia delante sobre sus rodillas. Adentrándose mucho en el espacio personal de Raymond. Tuvo que resistir la tentación de apartar su silla.

Era un hombre guapo de cuarenta y muchos, de complexión delgada. Llevaba el pelo, moreno, peinado hacia atrás. Su traje de tres piezas era, claramente, muy caro, fabricado de un material oscuro con una fina raya diplomática. Su corbata roja destacaba sobre una camisa gris plateado.

—Bien, cuéntame, ¿de qué va todo esto? —le dijo—. Ni siquiera he escuchado el mensaje entero. Bueno, como ya estaba en el edificio, he preferido venir.

—Vale —dijo Raymond, con una voz que sonó más firme de lo que se sentía—. Estoy buscando a un hombre llamado Luis Vélez que solía ir a la zona oeste a ayudar a una anciana que vive sola. No puede salir a la calle sola. Le da miedo. Tiene más de noventa años y está casi ciega y Luis solía pasarse para acompañarla a la tienda y al banco.

Luis Vélez negó con la cabeza.

—Lo siento —le dijo—. No soy yo.

—Oh —dijo Raymond.

Lo sabía y no lo sabía. Pero ahora solo había un tipo de conocimiento. El definitivo. Y ese tipo de conocimiento suponía caer desde muy alto.

—¿Y tú cómo encajas en todo esto? —le preguntó Luis Vélez.

—¿Que cómo encajo yo en esto?

—¿Por qué estás aquí preguntándome si soy yo?

—Bueno. Ella no puede hacerlo y está muy preocupada por él. Eran amigos. Quiero decir, se estuvieron viendo tres veces a la semana durante más de cuatro años. Está destrozada por la forma en la que... desapareció. Cree que le ha pasado algo horrible. Solo intento ayudar.

El hombre apartó, por fin, la silla. Raymond suspiró aliviado.

—Entiendo —dijo—. Solo intentas ayudar. Eso está bien. Sobre todo, para un chico tan joven como tú. Eres justo lo contrario de lo que todo el mundo espera. Todos dicen que el mundo va de mal en peor porque creen que a los chicos de tu edad no les importa nada, pero aquí estás, desafiando las expectativas. Siento mucho no poder ser de más ayuda. Pero, al menos, por lo que veo, has sacado un buen desayuno de todo esto.

Su mujer se levantó y recogió los platos. Les dio la espalda durante un momento mientras enjuagaba los platos de porcelana y los metía en el lavavajillas.

—Yo también intento ayudar —continuó Luis Vélez—, pero no así. Soy un profesional. Mi tiempo es muy valioso. Así que no haría ese tipo de cosas, acompañar a una anciana a la tienda. Pero hago lo que puedo. Doy de forma espontánea. Y no pido nada a cambio. Solo devuelvo. Solo doy un poco a aquellos que creo que merecen más de lo que están recibiendo. Tengo la suerte de poder permitírmelo.

—Luis es un abogado de mucho éxito —dijo su mujer por encima de su hombro—. Uno de los tres civilistas más conocidos de Nueva York. Probablemente lo habrás visto en las noticias.

—No veo las noticias —dijo Raymond—. Lo siento.

—Menos mal —dijo Luis—. El mundo va de mal en peor.

—Bueno —dijo Raymond—. Debería dejar de molestarles. Gracias por el desayuno. Y por todo.

—Y diles a tus tres padres que aún estás creciendo —dijo la mujer—. Tienen que darte de comer.

—Sí, señora. Lo haré.

Pero, por supuesto, no pensaba hacerlo.

Luis Vélez lo acompañó a la puerta. Los perros los siguieron.

—Toma —le dijo Luis.

Le dio algo pequeño. Una tarjeta de visita. Raymond la cogió y la leyó. Decía «D. Luis Javier Vélez». Y, al final, había un número de teléfono, una dirección de correo electrónico y la dirección de su oficina.

—Si hay algo que pueda hacer para ayudarte, solo tienes que decírmelo —añadió el hombre.

—Gracias, señor.

—¿Ahora tienes que volver a casa y decirle que no lo has encontrado?

—No, ella no sabe que lo estoy buscando. Justo por ese motivo. Para no decepcionarla constantemente. Pero me preocupa que, al final, acabe descubriendo que tiene razón y que le ha pasado algo terrible. Y entonces tendré que decírselo. La verdad, espero no tener que hacerlo. O quizá no le haya pasado nada grave. Quizá simplemente dejó de ir y no se molestó en decírselo. Eso incluso podría ser peor.

—Bueno, al menos estás haciendo algo. Lo harás bien.

—Supongo.

—¿Y por qué no te limitas a llamar a la gente por teléfono? ¿No sería mucho más fácil?

Raymond empezó a hablarle del problema del precio de las llamadas, pero entonces se dio cuenta de que no era totalmente verdad. Podría haber llamado a la compañía telefónica y haber pedido información sobre lo que era una llamada gratuita y lo que no. No, había algo más.

Abrió la boca y llegó al punto más importante. Algo que le pareció extraño porque no había sido realmente consciente de ello hasta que se lo dijo en voz alta a Luis Javier Vélez.

—Estaba pensando... Digamos que es más bien lo segundo. Que simplemente dejó de ir. Que ni siquiera se molestó en decírselo. Eso es algo que no se debe hacer a una señora que necesita mucha ayuda y que no tiene demasiadas opciones. Así que si le pregunto si ha hecho eso, es posible que no quiera decirme la verdad. Quería ver la cara de la persona cuando le hiciera la pregunta.

También existía la inminente posibilidad de tener que hablar en otro idioma en una determinada puerta, pero eso parecía menos importante, así que ni siquiera lo mencionó. Además, la señora G había intentado llamar por teléfono y no había conseguido nada.

El hombre asintió, pensativo. Quizá más pensativo de lo que esa simple afirmación justificaba.

—Supongo que tiene sentido —le dijo—. Bueno, buena suerte.

Raymond cruzó la puerta que don Luis Vélez estaba sujetando. Durante un segundo, creyó que algo le estaba rozando la parte trasera de los vaqueros. Algo le había tocado el culo, un poco, justo por encima del bolsillo trasero derecho. Llevaba la mochila colgada del hombro izquierdo. Su primer pensamiento fue uno de los perros, pero giró la cabeza y no había nada allí. Nada en absoluto. Solo la puerta cerrándose a sus espaldas.

Esperó el ascensor, perdido en sus pensamientos. Y, sin embargo, si alguien le hubiese preguntado cuáles eran sus pensamientos, le habría costado responder. Volvió a girarse y miró su trasero. Se palpó un poco la zona. Metió la mano en su bolsillo trasero derecho.

Había algo dentro que no estaba allí antes.

Lo sacó justo cuando se abrieron las puertas del ascensor con un agudo pitido.

Era un billete de cien dólares, nuevecito. Doblado.

Entró en el ascensor, sin dejar de mirarlo.

Aparentemente, don Luis Vélez había pensado que Raymond merecía algo más de lo que estaba recibiendo.

Se metió el billete en el bolsillo delantero mientras bajaba al vestíbulo.

Tachó a Luis Javier Vélez del segundo puesto de su lista. Esta vez se había acordado de llevar un bolígrafo nuevo.

Se sentó en su silla habitual, la antigua silla de Luis, mirando por la ventana, a través de las cortinas de la señora G, observando la calle. Podía ver coches, taxis y peatones pasando, aunque solo sus siluetas. El contraste de oscuro sobre claro, un mundo menos diferenciado. Se preguntó si sería así como la señora G vería el mundo. Supuso que incluso sería probable que viera menos.

La gata se subió a su regazo y le rascó detrás de las orejas.

—¿Qué pensaría —dijo, pero no a la gata— si un chico le dijera eso?

Pero luego no añadió nada más.

—¿Un chico como tú? —le preguntó pasado un tiempo.

Le acercó el plato con las galletas, recordándole que debería haber cogido algunas. Todavía estaba algo lleno por el desayuno, pero, de todas formas, cogió tres. Resultaba agradable estar lleno.

—Bueno. Cualquier chico. Pero ¿sabe? No importa. Olvídelo.

—Es decisión tuya —dijo la anciana, inclinando sus antebrazos sobre su tapete de encaje—. Pero no conozco a nadie que tú conozcas. Y, aunque conociera a algún conocido tuyo, yo nunca chismorreo. Te lo prometo.

Enfatizó su promesa apuñalando el aire con el dedo índice.

Raymond se quedó pensativo un instante, pensativo. O, en realidad, sin pensar. Parecía más estar esperando algo. Esperando a ver qué decidía. Pero fuese lo que fuese, no parecía que hubiese pensamientos que lo acercaran o alejaran de allí.

—¿Qué pasaría si un chico le dijera que no le gustan las chicas? A ver, no me refiero a «de esa forma». Es solo que no siente nada por ellas, como les pasa a todos los chicos que lo rodean. Pero tampoco siente eso por los chicos.

—Simplemente no tiene ese tipo de sentimientos.

—Exactamente.

—Entonces pensaría que simplemente no tiene ese tipo de sentimientos.

—Pero la gente cree que eso no es normal —y como ella no respondió, continuó—. O eso parece. ¿Cree que soy anormal?

—¿Pero qué es exactamente la normalidad? Lo normal es solo la norma. La norma es solo lo que la persona media siente. La mayoría tiene esos sentimientos. Pero otros no. Y aquellos que no los tienen, están en minoría, así que, en ese sentido, sí, son anormales. Pero no usamos «anormal» en ese sentido cuando hablamos. Lo usamos como sinónimo de «mal». Pero no está mal. Solo es. Alguna gente simplemente es. Puede que algunos compañeros de clase lo vean como algo malo, pero es solo porque no lo entienden. La gente se ríe de las cosas que no entienden. Eso les hace sentir seguros. Pero es una falsa sensación. No están más seguros. Simplemente sienten que lo están. El mundo está lleno de gente demasiado estúpida como para captar la diferencia.

Raymond masticó un trozo de galleta y no quiso tragárselo. Tenía la garganta tensa y seca. Deseó no haber sacado ese tema de conversación.

—No se ríen —dijo. Tragó con dificultad. Bebió un sorbo de su té de batista para hacerlo pasar—. Porque no lo saben. Quiero decir que se han dado cuenta de que no babeo por las chicas como ellos y, solo por eso, me llaman marica. Creen que soy gay.

—Pero no lo eres.

—No.

Raymond le dio otro mordisco a la galleta, preguntándose cuánto tiempo hacía que habían dejado el pretexto del chico cualquiera. Entonces decidió que no había sido ni demasiado útil ni demasiado convincente.

—¿Y tú no les dices que no lo eres?

—No.

—Y ese es otro motivo por el que sientes que no encajas en ninguna parte.

—Sí. Uno de muchos.

—¿Y por qué no les dices que se equivocan? Tampoco es que pasara nada si tuvieran razón. ¿Pero por qué no decir lo que es verdad para ti?

—Porque parece una opción incluso peor. Como si la verdad fuera peor. Hay chicos homosexuales en mi instituto. Tanto chicas como chicos. Sé quiénes son. Todo el mundo lo sabe. Si fuera gay, podría irme con ellos. ¿Pero con quién me voy yo? No conozco a nadie que sea como yo.

—Hay más.

—¿Cómo lo sabe?

—Porque he vivido noventa y dos años, Raymond, y si hay algo que puedo afirmar es que jamás somos tan únicos como creemos ser. Todos somos personas. Vale, hay cosas que son exclusivas de cada uno. Algunas personas se mueven por un tipo de sentimientos, otras no tanto. Otras se mueven tantísimo por esos sentimientos que terminan causando estragos. Y otros no los tienen en absoluto. Pero, como ser humano que tiene mucha experiencia siéndolo, puedo decirte que, si sientes algo, otras personas, en otros lugares del mundo, lo estarán sintiendo también. Nunca es solo nosotros. Pero no lo creas solo porque lo digo yo. Explora el mundo por ti mismo. Alza la vista. Investiga. En mis tiempos, íbamos a la biblioteca y teníamos que reunir el valor suficiente como para pedirle al bibliotecario lo que estábamos buscando. Tú, tú lo tienes más fácil. Tienes un ordenador, ¿verdad? Pues entonces, ¿qué haces sentado con una anciana cuando tienes todos los conocimientos registrados que el mundo ha recopilado esperándote arriba, en tu mesa?

—Eh —le dijo y se comió otra galleta—. Supongo que me daba miedo mirar. Ya sabe. Tengo miedo de lo que puedo encontrar.

—Nunca tengas miedo de buscar, Raymond. Siempre es mejor hacerlo. Si algo te da miedo, enfréntate, no huyas. Cuando lo hagas, perderá todo su poder sobre ti. Confía en mí. Lo sé. No siempre lo hago, pero lo sé de verdad.

—Quizá lo haga —dijo.

Permanecieron sentados en silencio un buen rato. Teniendo en cuenta lo que acababa de suceder, a Raymond le pareció un silencio agradable.

—Ha sido un detalle por tu parte que hayas traído toda esa comida para la gata —le dijo ella—. Pero no hacía falta. ¿Cuánta has traído?

—Una caja de esas latitas que tanto le gustan y un saco de once kilos de pienso seco.

—No era necesario. ¿Cómo has podido permitírtelo? Ya te dije que podía encargarme.

—Bastante está haciendo ya —respondió—. Ya sabe. Con tenerla aquí. Además, he conseguido un dinero extra.

Capítulo 6

¿POR QUÉ?

Raymond levantó la mano para llamar a la puerta y se detuvo. Cerró los ojos con fuerza y esperó que, esa vez, hubiera alguien en casa.

Al menos, una parte de él lo hacía.

Fue a la mañana siguiente. Domingo. Era la tercera puerta a la que llamaba esa mañana. Su tercer Luis Vélez.

Le resultaba difícil admitirlo, pero, las primeras dos veces, cuando nadie había respondido a su llamada, había sentido cierto alivio. Eso sí, tampoco había resuelto nada. Aquello solo significaba que tenía que volver a aquellas puertas. Había escrito una almohadilla junto a aquellos nombres de la lista, el tercer y cuarto Luis Vélez, para indicar que lo había intentado una vez hasta entonces.

Llamó.

Al instante, oyó movimiento detrás de la puerta. A sus oídos llegó el sonido de pasos pesados. Una televisión que no era consciente que estaba escuchando se apagó.

Raymond oyó cómo algo arañaba la puerta. Una cadena, supuso. Pensó que alguien estaba abriéndola. Pero un instante después, la puerta solo se abrió unos centímetros y el rostro de una mujer mayor apareció en ese espacio. Había puesto la cadena para protegerse de Raymond.

—¿Vive Luis Vélez aquí? —preguntó—. Quiero decir... ¿Se encuentra en casa? Ya sé que no me conoce, pero solo quería hacerle una pregunta.

—¿Qué? —le respondió ella en español

—*Luis Vélez, ¿está aquí?*

—¿*Por qué?* —le preguntó la mujer.

Esa era una palabra —o palabras— que Raymond no conocía. Rebuscó en su mochila hasta encontrar el diccionario. Mientras lo estaba sacando, la mujer le cerró la puerta en las narices.

Volvió a llamar.

—Siento mucho molestarla —le dijo a través de la puerta, sin saber muy bien si entendía una sola palabra de lo que estaba diciendo—. Solo quiero hacerle una pregunta. Una pregunta muy sencilla.

—¿*Por qué quieres saberlo?* —le preguntó la mujer a través de la puerta.

Ahí estaba otra vez ese «por qué». Y Raymond no había podido buscarlo.

—*Lo siento* —le gritó a través de la puerta. Sintió más pánico de lo que la situación posiblemente requería—. *No entiendo.*

Era la frase más útil que había aprendido.

—No le entiendo.

Silencio al otro lado de la puerta. Raymond se acercó un paso más y apoyó las yemas de los dedos en la madera. No sabía si su visita había llegado a su fin. Si debería irse. Si alguien en el interior tenía previsto decirle algo más.

Decidió abrir su diccionario y averiguar cómo se decía «Quiero hacerle una pregunta a Luis». No sabía por qué no lo había hecho desde el principio.

Antes de que tuviera la oportunidad, la puerta se volvió a abrir, haciendo que retrocediera unos cuantos pasos. Una vez más, tuvo que mirar a través de una apertura de tan solo unos centímetros. La cadena seguía echada.

La cara que vio esta vez era diferente. Una mujer más joven, quizá en la veintena. Tenía el pelo, increíblemente grueso y oscuro, recogido en la coronilla y llevaba mucho maquillaje. Estaba mascando chicle y, con cada movimiento de mandíbula, se oía un chasquido.

—Mi abuela quiere saber por qué preguntas por Luis —le dijo.

—Estoy buscado a un hombre llamado Luis Vélez que ayudaba a una anciana que conozco hasta que un día desapareció. Ella está preocupada por él. Solo quería preguntarle si él era ese Luis.

—¿Cuándo desapareció?

—Hace unas tres semanas.

—No es él.

La puerta se volvió a cerrar.

Raymond se acercó otra vez. Y volvió a apoyar la yema de los dedos en la madera.

—Siento mucho volver a molestarlos —dijo, con la cara pegada al borde la puerta, como si su voz, su respiración, pudieran abrirla—. ¿Pero les importaría que se lo preguntara a él? ¿Solo para estar seguro? ¿Solo para poder tacharlo de mi lista?

«Solo para poder ver su cara cuando se lo pregunte».

La puerta se volvió a abrir y, una vez más, el rostro de la chica joven apareció tras la cadena.

—Esto me está empezando a cansar —le dijo ella.

—Lo siento. Siento mucho, muchísimo, molestarlos un domingo por la mañana. O cualquier otra mañana. Quiero decir… en otro momento. Pero solo será un segundo. Solo quiero preguntarle si conoce a esta mujer.

—No. Es. Él.

—Pero no puede saberlo a ciencia cierta. Quizá la estuviera ayudando y no se lo comentó. Algunas personas prefieren guardar el secreto cuando hacen algo así. Creen que significa más de esa forma.

—Lo sé a ciencia cierta —le respondió ella y empezó a cerrar la puerta.

Raymond casi levantó la mano para pararla, pero eso habría estado mal. Habría sido pasarse de la raya. Habría sido casi como meterse en sus vidas. Optó por intentar parar la puerta con sus palabras.

—Espere. Por favor. ¿Por qué no me deja preguntarle?

La puerta dejó de moverse.

—Porque no es él.

—¿Pero cómo lo sabe?

La puerta se volvió a cerrar. Raymond pudo oír un chirrido al otro lado, pero no sabía si estaba abriéndola o cerrándola.

La puerta se abrió. Del todo. Sin cadena.

Raymond miró dentro y vio a un anciano sentado en una silla de ruedas, con una manta sobre las piernas, fumando un cigarrillo. Tenía el pelo fino y cano y la mirada distante. No levantó la mirada para ver quién estaba en la puerta. No parecía interesado lo más mínimo en averiguar a qué se debía todo aquel alboroto. No vio a Raymond allí, de pie, al menos eso le pareció a él.

—Te presento a Luis Vélez —le dijo la mujer joven, claramente al límite de su paciencia con Raymond—. Diecinueve años en esa silla. ¿Lo entiendes ahora?

—Sí —dijo Raymond—. Lo entiendo. Lo siento.

Cerró la puerta de un portazo.

—Lo siento mucho —gritó, sintiendo que algo pesado se formaba en su estómago. Era una sensación insoportable, como si algo metálico estuviera creciendo dentro, hundiéndose por su propio peso—. Siento mucho haberla molestado.

No hubo respuesta.

No parecía haber forma de reparar aquella situación. No le quedó más remedio que pasar a la siguiente dirección.

Tachó a Luis Vélez de la Tercera avenida de su lista.

Raymond probó un lugar más, en una zona peligrosa de Brooklyn. Pensó que eso podría quitarle el mal sabor que le había dejado el último encuentro, pero lo único que consiguió fue más silencio al otro lado de la puerta.

Bajó los cinco pisos de escaleras de un edificio sin ascensor. Sí, por supuesto, ese Luis Vélez vivía en la quinta planta. Estaba claro que la vida no estaba dispuesta a ponérselo fácil.

Mientras bajaba al portal, pensó en los primeros dos Luis Vélez que ya había visitado. Tras aquellas puertas abiertas, habían aparecido personas dispuestas a hablar con él. De hecho, personas deseosas de establecer algún vínculo a pesar de haber quedado claro que no tenían relación con Raymond ni podían ayudarlo.

La suerte del principiante, se dijo.

Había llamado a cuatro puertas esa mañana. Y solo un Luis Vélez estaba en casa.

Cruzó el portal y salió a la calle.

Por lo que pudo ver al pasar, había, al menos, un apartamento en el sótano del edificio. Un breve tramo de escaleras bajaba hasta una especie de patio. Y, en el patio, había un mar de... bueno, de todo. Colchones. Un triciclo infantil de plástico con grandes ruedas. Montones de baldosas de linóleo. Viejas lámparas de pie. Y un hombre revisando todo aquello. Como si hubiera perdido algo allí. O como si el estudio concienzudo de ese espacio pudiera hacer que apareciera algo de valor.

El hombre levantó la mirada y vio a Raymond.

—¡Eh! —gritó.

Raymond se detuvo, con el corazón desbocado.

Aquel hombre sonaba... ¿combativo? ¿Enfadado? «¿Por qué todos están enfadados esta mañana?», se preguntó. Todo el mundo parecía enfadado. El propio aire que respiraba parecía temblar.

—¿Sí? —preguntó Raymond.

El hombre era bajito. Compacto y delgado. Bastante joven. Llevaba el pelo corto y alborotado. Casi rapado por completo. Bajo el labio inferior, tenía perilla, un pequeño cuadrado de simulacro de barba. Estaba cubierto de tatuajes.

—¿Qué estás haciendo en mi barrio, chico? Conozco a todos los que viven aquí y a ti no te conozco.

Raymond sintió que se le helaba la sangre. También podía sentir el frío que dejaba tras de sí al circular. Quería echar a correr, pero sabía que primero tenía que preguntar. No creía que fuese la mejor idea, pero podía sentir que iba a hacerlo de todas formas.

—Estoy buscando a Luis Vélez —dijo.

—Yo soy Luis Vélez —respondió el hombre. Entrecerró los ojos. Se acercó. Subió las escaleras hasta la calle.

Raymond retrocedió.

—Yo solo... Estoy buscado a un hombre llamado Luis Vélez que ayudaba a una anciana ciega que vive en la zona oeste. Solo quería asegurarme de que está bien. No busco problemas.

«Está claro que no eres tú», pensó. Fue lo bastante inteligente como para no decirlo en voz alta.

El hombre se acercó todavía más, con actitud amenazante. Parecía que su único objetivo era intimidarlo. Y estaba funcionando. Raymond sintió pánico, el miedo explotó en su pecho como fuegos artificiales. Como descargas eléctricas. No echó a correr porque pensó que sería peligroso moverse.

—¿Tengo pinta de ayudar a ancianitas a cruzar la calle? —preguntó Luis con voz tranquila y firme.

A Raymond le asombró hasta qué punto una voz tranquila podía asustar. Pero así era la voz de Luis. Todo en él era así. El miedo lo rodeó de la misma forma que una nube baja rodea la tierra para envolver todo lo que hay debajo de ella.

Raymond no dijo nada. No había una buena respuesta a esa pregunta. Simplemente se quedó paralizado en el sitio, como una estatua. En su mente, le habló a un Dios en cuya existencia no estaba seguro de creer. Intentó llegar a un trato de última hora con él. Entonces, se imaginó teletransportándose. No es que creyera que fuera posible, pero quería —necesitaba— tanto irse de allí. No quería ni pensar que aquello no fuera posible.

Mientras tanto, Luis lo miraba con una expresión que parecía indicar que se estaba divirtiendo.

Luis se acercó todavía más, dejando tan solo unos centímetros entre sus narices. El aliento de aquel hombre olía a cebolla. Raymond casi estaba teniendo una experiencia extracorpórea por el miedo. Vaga y lejanamente se preguntaba si aquello era lo que se sentía cuando se está en *shock*.

—¡Bu! —dijo Luis Vélez.

Raymond dio un salto hacia atrás. Tropezó. Y aterrizó de espaldas sobre el hormigón mugriento, golpeándose la cabeza con el bordillo.

Luis soltó una carcajada.

Raymond se puso en pie y echó a correr.

Raymond y la señora G se sentaron juntos en el banco de plástico de un vagón de metro, cerca el uno del otro, porque todavía estaba un poco asustado. Todavía temblaba por dentro por culpa de su última experiencia de esa mañana. Se sentía como si, en cierta forma, siguiera corriendo. Sin posibilidad de elegir entre luchar o huir. Solo huir.

Cerró los ojos durante un instante, sintiendo el distintivo balanceo del tren. Podía ver las luces apagándose y encendiéndose a través de sus párpados cerrados. Entonces, volvió a abrir los ojos.

Solo había un puñado de personas en aquel vagón y todos mantenían la distancia, sin prestar atención a Raymond o la señora G.

—Esto es todo un detalle —le dijo ella—. Es muy amable por tu parte que hagas esto por mí.

—¿Cuándo fue la última vez que comió algo que no hubiera tenido que cocinar?

—En mi casa, no hace tanto tiempo. Luis me traía algo de comida para llevar de vez en cuando, solo por capricho. Pero en un restaurante... Te juro que no lo recuerdo, Raymond, hace demasiado tiempo. Por lo menos desde que mi marido murió. Cuando estaba vivo, salíamos a cenar para celebrar nuestro aniversario. Todos los años. Y pedía una tarta o algún postre especial y le pedía al camarero o la camarera que lo llevara a la mesa mientras nos cantaban. Pero hace ya unos diecisiete años, así que es una historia bastante antigua.

—Lo siento —dijo Raymond.

—No deberías. Ni siquiera habías nacido, así que es imposible que sea culpa tuya. Hablemos de otra cosa. Dime. ¿Qué tal te ha ido la mañana?

—Mal.

—¿Algo que quieras compartir?

—En realidad, no. Simplemente todo me ha salido mal. Me puse delante de una pared de ladrillos y no paré de acelerar y darme contra ella.

Mientras escuchaba su propia metáfora, se tocó el cogote, donde se había golpeado con el bordillo. Se le estaba formando un chichón. La zona estaba sensible.

—No, no te recomiendo en absoluto hacer eso —le dijo la anciana.

—A veces es difícil evitarlo.

La señora G tenía un reloj con un cristal que se podía levantar y que le permitía tocar la hora con los dedos. Las horas estaban marcadas con puntos azules en relieve. Raymond la vio comprobar la hora.

—Ya es más de mediodía —dijo ella—. Quizá ya sea tarde para un *brunch*. Puede que ya estén sirviendo el almuerzo cuando lleguemos.

—Los domingos sirven *brunches* durante todo el día.

—¿Ya has comido ahí antes?

—Sí. No está lejos de donde vive mi padre.

—No tienes que invitarme, ¿sabes? —dijo la mujer—. Puedo contribuir.

—No, ya se lo he dicho. Corre de mi cuenta. Ya le he dicho que he conseguido algo de dinero.

—Vale, te prometo que no pediré lo más caro de la carta.

—El *brunch* tiene un precio fijo. Pero luego hay una serie de extras que puedes pedir aparte. Ya me conozco el precio de todos. Puedo pagarlos.

—Vale, es un detalle por tu parte. Muchas gracias.

Permanecieron sentados en silencio durante un tiempo. La señora G miraba a su alrededor, como si estuviera leyendo la publicidad. Pero, por supuesto, no podía hacerlo. Raymond no sabía muy bien qué estaba haciendo. Quizá escuchando. Quizá observando los cambios de luz.

—¿Y a qué se dedica tu padre para que pueda permitirse vivir en el centro de Manhattan?

—Es odontólogo.

—Ah, eso lo explica todo —respondió ella—. Ahora lo entiendo.

Raymond la ayudó a acomodarse en su asiento, en la mesa del restaurante, mientras el camarero empujaba con cuidado la silla tras ella, antes de entregarles la carta e irse.

La señora G dejó la carta junto a su plato y dio varias palmadas de puro regocijo. Deprisa. Como si no pudiera contener su emoción. Tenía una sonrisa radiante.

—¡Oh, esto es maravilloso! —exclamó con tanta fuerza que la pareja de la mesa de al lado los miró y sonrió—. Quizá te parezca absurdo, incluso puede que patético, tanta alegría por comer en un restaurante.

—Sabía que le gustaría —respondió él—. Por eso la he traído.

Era verdad en parte. Ese era, en parte, el motivo por el que la había llevado allí. Por eso y porque quería sentirse mejor por haber abandonado la Operación Luis. Quería compensarla, aunque la mujer no tuviera ni idea de que hubiera estado buscándolo. Porque, tras sus experiencias de esa misma mañana, no quería tener que llamar ni a una sola puerta más.

La observó mientras pasaba las manos por el almidonado mantel blanco, como si admirara la calidad de la tela al tacto. Había un pequeño jarrón en el centro de la mesa, con flores frescas de color violeta, y Raymond deseó que la anciana pudiera verlas.

«Quizá pueda olerlas», pensó.

—Le leeré las opciones de *brunch* —le dijo.

—Quiero una tortilla. Ya sé que quiero una tortilla. Solo dime qué tipos hay.

—Puede pedir una, digamos, a su gusto. Tienen una lista de ingredientes de tortilla y puede escoger tres. Y también puede elegir qué quiere por encima. Le leeré todas las opciones.

—Ya sé lo que me gusta —respondió ella con una voz todavía llena de emoción—. Así que voy a decirte lo que quiero y tú me dices si está en la lista.

—Vale.

—¿Espinacas? ¿Queso? ¿Tomate?

—Sí, todos aparecen aquí. Tienen todos esos ingredientes. ¿Qué tipo de queso quiere?

—Me da igual cuál, porque me gusta todo tipo de queso. ¿Pueden ponerle crema agria por encima?

—Sí.

—Bien. Pues eso es lo que tomaré.

—Y puede escoger entre beicon y patatas fritas.

—Patatas fritas.

—¿Qué clase de tostadas quiere?

—¡Oh, Dios mío! —exclamó, como si ya estuviera llena—. ¡Es demasiada comida! ¡No puedo comer tanto!

—No importa. Coma lo que quiera y luego pueden poner lo que sobre en una caja para que se lo lleve a casa.

—Sí —dijo una nueva voz—, podemos ponerle lo que le sobre en una bolsa. Y también puede tomar champán. Está incluido en su *brunch*.

Era el camarero, que había vuelto a su mesa.

—¡Champán! —exclamó la señora G, como si le hubieran ofrecido colocarle una tiara de diamantes en la cabeza.

—Lo siento —dijo el camarero, mirando directamente a Raymond —, pero tú no puedes beber. Supongo que no tengo que decirte por qué. Pero ella puede tomar champán. Y eso solo porque hoy estoy de buen humor y no voy a pedirle su documento de identidad, señorita. Voy a confiar en que tiene edad suficiente como para poder beber alcohol.

—¡Oh, Dios mío! ¡Champán! No sé. Pobre Raymond. No puede llevarme a casa. Tengo que poder andar por mí misma. ¡El champán se me subirá a la cabeza!

—Como desee —dijo el camarero.

—Eso sería con el estómago lleno —añadió Raymond.

—¿Sabe lo que le digo? Tráigame media copita.

—Marchando —dijo el camarero—. ¿Café o té?

—Té —dijo la señora G.

—Té —decidió Raymond.

El camarero volvió a desaparecer.

—Así que dime, Raymond —empezó la anciana—, ¿cómo es que, de repente, eres rico?

—No lo soy. No soy rico en absoluto. Esto ya es lo último que me queda del dinero inesperado que he recibido. Pero sabía que era en esto en lo que quería gastármelo.

La observó mientras intentaba medir la tortilla con su cuchillo y tenedor, tocando los límites para ver cuál era su longitud. Y su altura.

—Está muy bien eso de poder llevarte a casa lo que te sobre —dijo ella—. Porque no podría comerme toda esta comida, aunque tuviera todo el día para intentarlo.

—Coma despacio —le dijo Raymond—. No tenemos prisa.

Cuanto más tiempo pasaran allí, sentados, disfrutando de su *brunch*, mejor acabaría el día. Más fácil sería volver a casa sin tachar ningún otro nombre de la lista. Para siempre.

—¿Puedo hacerte una pregunta personal? —le dijo ella, mientras cortaba un trozo de huevo con su cuchillo—. Pero no tienes que contestarme si no quieres. ¿Has realizado esa búsqueda en tu ordenador de la que hablamos ayer?

Entonces, le dio un gran mordisco y lo masticó despacio —casi como en un sueño—, claramente degustando los sabores.

—Sí, lo hice. Anoche, antes de irme a dormir.

—¿Y ahora estás más contento por lo que has descubierto?

—Sí. La verdad es que sí. Usted tenía razón. Hay mucha gente.

—Bien.

Comieron en silencio durante un tiempo. Raymond estaba esperando a que hiciera lo que suelen hacer los adultos. Eso de remarcar que tenían razón, para que jamás volviera a dudar de su sabiduría. Pero no dijo nada parecido. De hecho, no volvió a hablar del tema.

—Es una orientación real —dijo, sorprendido de escucharse a sí mismo dando información de forma voluntaria.

—¿Una orientación?

—Exacto. De la misma forma que lo es ser gay o heterosexual. Y bisexual. Y asexual.

Le perturbaba utilizar la palabra «sexual» delante de ella, aunque fuera con prefijo. Sin embargo, a ella no parecía perturbarle lo más mínimo escucharla.

—Nunca somos tan diferentes como creemos ser —dijo la anciana, con la boca llena de tortilla. Tragó. Bebió un sorbo de champán—. Lo siento. Ya sé que no debería hablar con la boca llena, pero no puedo parar. Esto está buenísimo.

—No pasa nada —dijo Raymond.

Y entonces los dos se concentraron en la comida.

—También me gustaría hacerle una pregunta personal —dijo tras unos minutos.

—Adelante.

—Cuando nos conocimos... no podía verme, así que no sabía que era negro. ¿Qué habría pasado si sí hubiera podido?

—¿Si hubiera podido? ¿Me estás preguntando si eso hubiera cambiado algo?

—Supongo que sí.

—Nada en absoluto.

—¿Seguro?

—Jamás he estado más segura de algo en mi vida.

—Siempre he pensado que a la gente le importa, de alguna forma. Sean conscientes de ello o no. Como mi padrastro. Nunca dice ni hace nada malo, así que ni siquiera sé por qué pienso eso. Es solo que parece algo incómodo cuando ando cerca. Incluso después de todos estos años. Probablemente sea una combinación de cosas, pero... Imagino que es lo que se le inculca a la gente y ni siquiera saben que eso está ahí dentro.

—Eso es cierto —le dijo ella—. Hay algo en sus vidas que siempre ha estado ahí. Son blancos y eso conlleva ciertos privilegios, pero no son conscientes de ello, porque no ha habido ni un solo día en su vida en que no estuvieran ahí. Así que cuando les preguntas si el origen étnico supone alguna diferencia para ellos, te dicen que no y, en muchos casos, creen que están diciendo la verdad. Es como pedirle a un pez que te hable del agua. Está rodeado de agua. Nada en ella todo el tiempo. Pero es bastante probable que te digan algo como «¿Agua? ¿Qué es esa agua de la que me hablas?». Suele pasar con bastante frecuencia.

Raymond pinchó el resto de su tortilla con el tenedor. Se sentía incapaz de seguir comiendo.

—Yo creía que era así con todo el mundo —dijo—. Pero parece creer que eso no le afecta.

—Bueno, eso espero. Yo empecé como todo el mundo, pero el mundo me ha cambiado.

—Entonces, ¿el resto de la gente sí es así?

—Mucha, mucha gente.

—¿Cuál es la diferencia? ¿Cómo consiguen algunos superarlo?

—No creo que nadie consiga superarlo. Ni siquiera creo que evite a alguien por completo. Pero sí que creo que algunos de nosotros experimentamos una especie de despertar, cuando vemos el horror que producen esos prejuicios y cuando nos vemos en el lado equivocado del asunto y sentimos hasta qué punto ese odio puede llegar a ser poderoso. Puede estremecerte hasta en lo más profundo de tu ser. ¿Y quieres saber algo curioso sobre las experiencias que te despiertan, Raymond? Intentas volver a dormirte, pero es más fácil de decir que de hacer. Una vez despierto, estás despierto. Buena suerte intentando pulsar el botón de apagado, amigo.

Raymond esperó, creyendo que le acabaría contando qué experiencia la despertó a ella.

Pero no lo hizo.

En el metro, camino de vuelta a casa, Raymond miró la cara de la anciana. La observó durante un momento de silencio. Su frágil vulnerabilidad. La piel arrugada y casi translúcida de sus mejillas. La fina bruma de cabellos blancos individuales que se habían soltado de su trenza. El aspecto blanquecino de las córneas de sus ojos.

Para su decepción, se dio cuenta de que no debía —no podía— abandonar la Operación Luis. Porque no podía decepcionar a aquella mujer. Y porque ahora era él quien necesitaba saber qué le había pasado a Luis Vélez. Su mente era incapaz de resolver ese misterio. Era un reto que él había asumido y que necesitaba afrontar, tanto por ella como por él.

Y entonces supo que, si iba a volver a llamar a más puertas, más valía empezar cuanto antes. De inmediato. En cuanto la dejara en casa, para que pudiera echarse una siesta, a salvo.

Si esperaba demasiado, corría el riesgo de perder el coraje.

Sacó el dinero de un bolsillo y lo contó. Del billete de cien, le quedaban doce dólares y setenta y cinco centavos. Probablemente suficientes para comprarse la guía de conversación en español que necesitaba. Porque esa tarde volvería a llamar a más puertas, intentando localizar a más hombres llamados Luis Vélez. Y posiblemente haría lo mismo al día siguiente. Y al siguiente. Después de haber devuelto el diccionario a la biblioteca del instituto, como había prometido.

Capítulo 7

HAY UN SANTO PARA ESO

Una vez más, Raymond se encontraba en otro extraño portal, de pie, preparado para llamar a otra puerta, para hablar con otra persona que no conocía y que, quizá, acabara descubriendo que no quería conocer. El corazón le latía más fuerte que de costumbre, ya estaba cansado de todo aquello. De hecho, estaba cansado, punto. Se sentía exhausto por todas aquellas incursiones a un mundo de interacciones potencialmente incómodas con extraños.

Ya llevaba muchísimo tiempo delante de la puerta de otro hombre llamado Luis Vélez. No sabría decir cuánto. Pero, después de haber levantado la mano, dispuesto a llamar, la había dejado caer y luego la había vuelto a levantar. Y, entonces, la había vuelto a dejar caer.

Cerró los ojos y dijo una... Bueno, no se podría definir como una oración, porque Raymond no estaba seguro de creer en la existencia de Dios. De existir, habría sido horriblemente descortés por su parte pedirle un favor después de todos aquellos años de silencio. Lo había hecho una vez aquella mañana y se había sentido profundamente egoísta y falso. No, lo que pronunció fue más una súplica susurrada al aire. Quizá al universo, por si alguien estuviera escuchando. Quizá a alguna parte menos frustrada de sí mismo.

—Por favor, que esta vez sea más fácil.

Mientras pronunciaba esas palabras, oyó voces y risas al otro lado de la puerta. Muchas voces, como si disfrutaran de la compañía de los demás. El sonido de una familia feliz. Entonces, Raymond se dio cuenta de que aquellas risas no habían surgido de repente. Las voces llevaban ahí un buen rato. Simplemente no las había registrado. Habían tardado un tiempo en abrirse paso en su terror.

Llamó a la puerta y, mientras esperaba, su corazón empezó a latir con más fuerza.

Una mujer respondió. Una mujer latina que rondaría los cuarenta. Grande y redonda, de rostro amistoso. Le sonrió, aunque no sabía quién era ni por qué estaba allí.

—¿Sí? ¿En qué puedo ayudarte?

Había franqueza en sus palabras. Una tímida esperanza de que fuera lo que fuera lo que lo había llevado a su puerta sería digno de confianza y demostraría ser bueno.

—Busco a Luis Vélez.

Su sonrisa se hizo todavía más amplia y su mirada se iluminó. Al parecer, todo lo que hacía falta para alegrarle el día a esa mujer era decir ese nombre.

—Sí —dijo ella—. Entra. Estamos picando algo.

—Oh. No era mi intención molestar...

Pero entonces se detuvo porque no estaba muy seguro de lo que estaba interrumpiendo. Hasta donde él sabía, eran como las tres y media de la tarde. Justo después del *brunch* con la señora G. No era ni la hora del almuerzo ni la de la cena. «Picar algo», había dicho, pero no sabía si se refería ya a la cena ni por qué cenarían tan pronto.

—Los domingos picamos algo al mediodía —dijo ella al captar su confusión—. Es el único día en el que coincidimos toda la familia.

—Entonces mejor no los molesto —dijo Raymond.

—No, no pasa nada. Entra. ¿Has comido ya?

Raymond, de forma instintiva, se llevó la mano al estómago, casi a la defensiva. Estaba tan lleno que casi resultaba doloroso.

—Oh, sí. Muchas gracias. Acabo de tomar un *brunch*.

—Bueno, entra de todas formas. Le diré a Luis que estás aquí.

La siguió por un pasillo hasta un comedor de paredes revestidas de madera oscura y una mesa larga, suficiente para, quizá, doce personas. En torno a ella, Raymond vio a una pareja ya mayor. Los abuelos, supuso. Cinco niños. Una chica más o menos de su edad. Quizá de unos quince años, a juzgar por su aspecto. Tres niños de diferentes tamaños, empezando por uno de unos cinco y terminando por otro de unos diez u once. Luego, una niña pequeña, sentada en una trona. Presidiendo la mesa, había un hombre grueso y robusto que supuso que debía de ser Luis Vélez.

Todos los ojos se volvieron a Raymond.

—Mira quién ha venido, cariño —dijo la mujer.

Durante un instante, nada. Todos se limitaron a mirar. Entonces, Luis dijo:

—Yo no... No estoy seguro de quién es.

—Oh —dijo la mujer—. Lo siento. Pensé que os conocíais.

«Así que eso era», pensó Raymond. Había asumido que era amigo de Luis. Alguien que Luis reconocería en el acto. Por eso lo había invitado a entrar. Por eso había sido tan amable. Y, ahora, esa falsa idea había desaparecido.

—Lo siento —dijo Raymond—. Estaba intentando... No era mi intención... Ya sabe... Entrar en su casa con un falso pretexto. Solo he preguntado si estaba aquí. Quería verlo para hacerle una pregunta. Quizá debería haberle dicho directamente que no me conocía. Creí que con eso bastaba. Pero si quiere que me vaya ahora mismo, lo haré. No es mi intención ser una molestia. Me voy si quieren.

Raymond dejó de hablar. Por fin. Se quedó allí quieto, incómodo, escuchando el fuerte eco de sus palabras en aquella pequeña habitación. Todo el mundo estaba esperando. Salvo la niña pequeña, todos habían dejado de comer.

—Respira —le dijo Luis Vélez, con voz calmada—. No debes tenernos miedo. No mordemos. Dime qué quieres preguntarme.

Raymond soltó un suspiro que parecía haber estado conteniendo durante mucho tiempo.

—Que sea él —murmuró para sí.

No fue más que un leve susurro. Pero, a pesar de todo, fue más fuerte de lo que pretendía. Se suponía que no debía ser más que un pensamiento en la intimidad de su cabeza. Esperaba que sus palabras no hubieran llegado a más oídos que los suyos propios. Se sentiría avergonzado si lo hubiera escuchado alguien más.

—Vale —empezó—. Esta es la pregunta. ¿Conoce a Millie G? ¿La anciana ciega de noventa y dos años que vive en la zona oeste? ¿Solía ir usted a su casa a ayudarla a ir al banco y a hacer la compra?

Luis Vélez abrió la boca para hablar, pero Raymond ya conocía la respuesta. Podía verla en los ojos de aquel hombre.

—Lo siento —dijo—. No la conozco.

Raymond se sintió caer. Quizá desde un edificio alto o al fondo de un profundo pozo. Durante un breve instante, se había permitido creer que, en aquel entorno, amable y seguro, podría haber encontrado a su Luis Vélez. Que no tendría que seguir con aquello. No sabía cuán preparado estaba para sufrir aquella caída. Creía saber cuánto quería que acabara aquella misión, pero aquel pozo de terror era más profundo de lo que había supuesto.

—Vale, gracias de todas formas —dijo Raymond—. Dejo que sigan con su comida.

Se dio la vuelta para salir del comedor.

—Espera —dijo Luis Vélez—. Siéntate con nosotros un minuto. Pareces cansado.

—No quiero molestarlos mientras comen.

—Ya casi hemos acabado. Ahora llega la tarta. Puedes unirte a nosotros para el postre.

Raymond se quedó inmóvil un instante, aturdido. No sabía por qué alguien querría ser tan amable con él o qué había poseído a ese Luis Vélez para querer que se sumara a la única comida que la familia disfrutaba unida a la semana.

Pero era cierto que estaba cansado. Así que se sentó.

La tarta era de chocolate negro, con cobertura de virutas de chocolate. Su estómago no podía más, pero la boca de Raymond lo deseaba. Su psique lo deseaba. Quería comer azúcar hasta casi caer en coma. Hasta que dejara de sentir. Quería desaparecer.

Levantó el tenedor y le dio un gran mordisco. Alzó la mirada como si quisiera estudiar el techo. Así de buena estaba aquella tarta.

Miró al extremo de la mesa y se encontró al gran y robusto Luis Vélez observándolo, sonriente.

—Mi mujer hace una tarta de muerte —le dijo—. ¿Me equivoco?

—¡Luis! —exclamó su esposa—. ¡Esa boca!

—Lo siento. Hace una tarta mediocre. Eso es lo que quería decir.

—Está muy, muy buena —respondió Raymond—. Se lo agradezco mucho. No sé por qué me ha invitado a sentarme a su mesa a comer tarta.

Habría preferido preguntarlo directamente: *¿por qué?* Pero no se le ocurrió ninguna forma de decirlo que no le hiciera parecer desagradecido.

—Pero de verdad que se lo agradezco mucho. Es solo que no sé por qué —añadió, volviendo a hurgar en la cuestión.

Luis miró a su mujer, Sofía, y ella le devolvió la mirada. El resto de comensales parecían centrados en el postre.

Mientras Luis cortaba la tarta, le habían presentado a todo el mundo, pero solo recordaba que su mujer se llamaba Sofía, la adolescente era Luisa y la niña pequeña era Karina. No se le había quedado el resto de nombres. Había un Luis hijo en alguna parte, pero Raymond era incapaz de recordar cuál de los chicos era.

Esperó a ver si alguien respondía la pregunta que no se atrevía a hacer. Al menos, no directamente.

—Pareces tan... —empezó Luis.

—Abatido —añadió Sofía.

Al parecer, terminaban las frases del otro.

—Yo iba a decir desanimado, pero sí. Parecías tan triste. No podíamos dejar que te fueras así.

Raymond le dio otro enorme mordisco a su tarta. No podía parar. Estaba buenísima. No pudo responder hasta terminar de masticar y tragar. Algo que hizo en cuanto pudo.

—Supongo que... —empezó— he tenido una mañana horrible. Fui a buscar a un Luis Vélez en Brooklyn. Y era... aterrador. Quizá solo quiso mantener un pulso mental conmigo, pero creí que iba a hacerme daño. Me asustó mucho. Y, antes de eso, me topé con otra familia que decía que estaban seguros de que el suyo no era el Luis Vélez que buscaba. No me dejaban preguntarle a él directamente y yo quería hacerlo. Y, entonces, resulta que llevaba diecinueve años en una silla de ruedas y ni siquiera parecía saber qué pasaba a su alrededor.

—Eso no es culpa tuya —dijo Sofía—. No podías saberlo.

—Ya, pero me sentí muy mal.

Le dio otro enorme mordisco a su tarta.

—Y querías que esta fuera tu última parada —dijo Luis.

Raymond asintió con la cabeza y la boca llena. Sintió que caía un poco más. Sí. Había deseado tanto que aquella fuera su última parada.

—¿Y cómo conociste a esa tal Millie?

—Vive en mi edificio —dijo Raymond después de tragarse un enorme bocado—. No tiene a nadie. Su marido murió hace mucho tiempo. No tiene hijos. La conocí porque estaba fuera de su apartamento, en el rellano, preguntándole a todo el mundo si alguien conocía a Luis Vélez o si lo había visto. Algo poco probable. No sé si sabe a qué me refiero. Pero es que estaba desesperada. Ya solo le quedaba media lata de sopa y se había estado bebiendo un cuarto cada día. Racionándola. Porque Luis no había vuelto para acompañarla al banco y tenía el teléfono móvil apagado y ella... Bueno, ella no tenía nadie a quien recurrir. Tenía tanta hambre que tuve que darle mi barrita de cereales para que tuviera suficientes energías como para llegar a la tienda conmigo. Ya sabe. Para hacer la compra. La gente debería tener más opciones, ¿sabe? ¿Cómo es que dejamos a la gente así, abandonada? No me parece correcto.

Levantó la mirada y se encontró todas las caras observándolo. Incluso la niña pequeña. Ya nadie estaba comiendo tarta. Todos lo estaban mirando, fascinados. Como si estuvieran esperando a ver qué decía a continuación.

—¿He dicho algo malo?

—¿Malo? —dijo Sofía—. ¿Malo? No, todo lo que has dicho es la pura verdad. ¿Cómo es que dejamos a la gente así, abandonada? No paro de preguntármelo todo el tiempo. Son seres humanos, son nuestros semejantes, pero actuamos como si no nos importaran. ¿Ves? Eso es lo que siempre os digo, niños.

Miró al lado de la mesa en el que estaban sentados sus cinco hijos. Dos de ellos habían vuelto a comer tarta.

—¡Junior! ¡Eduardo! Prestad atención cuando os hablo.

Soltaron los tenedores. Uno de ellos golpeó el plato del postre con gran estruendo.

—Lo que este jovencito está diciendo es justo lo que siempre os digo. Si alguien está en apuros, hay que ayudar a esa persona. Tanto si son familiares como amigos o conocidos. Son personas. Así que hay que ayudar.

Luis hijo puso los ojos en blanco. ¿O quizá era Eduardo?

Luis padre dio un golpe en la mesa.

Todo el mundo dio un salto, pero nadie saltó tanto como Raymond.

—Junior —dijo Luis, con voz densa y grave—. Tienes una oportunidad más para mostrarle respeto a tu madre y, si no puedes, tendrás que irte de esta mesa. Y la tarta se quedará aquí.

—Lo siento, mamá —masculló el hijo.

Parecía sincero. Todo el mundo volvió a comer tarta en silencio. Un minuto o dos más tarde, Raymond levantó la mirada y se encontró a la chica mayor observándolo. Luisa.

—No deberías estar tan desanimado —le dijo—. Puede que el siguiente Luis sea el correcto. O quizá el siguiente.

—Puede —respondió Raymond.

—Pero es que ha tenido una mala experiencia esta mañana —dijo Sofía—. Unas cuantas, en realidad, así que ahora le cuesta mucho más llamar a las puertas. ¿No es así, cariño?

Miró directamente a Raymond, que se aclaró la garganta y tragó con fuerza.

—Sí —respondió—. Pero no es solo eso. Hay mucho más. Me siento un poco... acorralado con todo esto. Como si... Ni siquiera sé muy bien cómo describirlo. Como si esto no pudiera acabar bien de ninguna forma. La señora G cree que Luis jamás habría dejado de ir sin decirle por qué. Supongo que piensa lo mejor de todo el mundo, pero no sé si tiene razón o no. Así que me pregunto si habrá alguna forma de que esto acabe bien. Pero es que no la veo. Quizá tenga razón y le haya pasado algo horrible. Y eso sería... pues eso... horrible. O puede que a él le importara ella menos de lo que cree. Y esa situación sería distinta, pero también sería horrible. Intento imaginarme algo mejor que todo eso. ¿Pero qué podría ser? A veces pienso que podría estar en el hospital y que por eso no puede ir. Pero podría llamar o enviar a alguien, ¿no? O pienso que, quizá, tenga amnesia o algo así. Pero es ese tipo de cosas estúpidas que solo pasan en las películas o la televisión.

Raymond hizo una pausa. Inspiró profundamente. Pinchó lo que le quedaba de tarta con el tenedor. No quiso mirar a la cara al resto de comensales. Decidió soltarlo.

—Así que hoy había decidido dejarlo. No llamar a la puerta de nadie más. Pero entonces la miré y parecía tan... indefensa. No quiero decir que no se valga por sí misma, porque tiene buena cabeza. Puede cuidar de sí misma en muchos aspectos. Pero, simplemente, parecía tan.... frágil. Y no quiero que el mundo siga haciéndole daño. No si puedo evitarlo. Aunque sé que es probable que sea muy fuerte y que lleva cuidando de sí misma desde antes de que yo naciera. Quizá solo sea cosa mía, pero me preocupo por ella. Así que he venido y he llamado a otra puerta, pero es que, por ahora, no le veo nada positivo a todo esto. Todo me parece que es en vano.

Volvió a hacer una pausa. Se metió un gran trozo de tarta en la boca. No levantó la mirada mientras masticaba y tragaba. Nadie dijo nada.

—Lo siento —añadió—. No quería que nadie se pusiera triste.

Una pausa larga. Y entonces, la adolescente, Luisa, dijo:

—Quiero darle mi medalla. Mi medalla de san Judas. ¿Se la puedo dar?

Raymond levantó la cabeza y se la encontró intercambiando miradas con, primero, uno de sus progenitores y, luego, con el otro.

—¿La que te regaló la abuela? —preguntó Sofía—. ¿Estás segura de querer hacerlo, cariño?

—Sí, estoy segura. Él la necesita más que yo. De todas formas, he estado pensando y creo que no debería volver a ponérmela, porque eso hace que parezca que sigo siendo una causa perdida. Y ya no es así. Ya estoy bien.

Raymond la observó mientras hablaba. Era delgada y guapa, con un pelo liso tan largo que, si no tenía cuidado, se acabaría sentando sobre él. Hablaba con un tono de voz alto pero tranquilo. Había algo frágil en ella. Pero solo por fuera.

Miró a Luis y a Sofía para ver sus reacciones. No sabía muy bien qué era lo que le estaba ofreciendo y eso debía de reflejarse en su mirada.

Luis Vélez padre dijo:

—La abuela de Luisa le regaló una medalla de san Judas el año pasado, cuando estaba enferma. Tuvo meningitis. Durante un tiempo, creímos que la perdíamos. Pero lo superó.

Silencio absoluto. Raymond no creía merecerse semejante regalo, pero no tenía palabras para decirlo. Al menos, no encontró las palabras adecuadas para no parecer desagradecido.

La abuela habló por primera vez desde que Raymond había llegado. Habló en un español muy rápido, cada palabra enlazada a la anterior. Raymond no entendió nada. Además, tampoco es que pudiera irse a una esquina a buscarlas en su libro.

Levantó la cabeza y buscó la mirada de Luis.

—Lo siento. ¿Qué ha dicho?

—Te disculpas demasiado —le dijo Luis—. Y no creo que sea necesario.

—Eso es lo que me dice la señora G.

Sofía respondió a su pregunta.

—La abuela ha dicho que no es una reliquia familiar. Que la compró en una tienda para Luisa y que, si volviera a necesitar una, solo tendría que ir a comprar otra. Y que también está de acuerdo en que no debes ponerte la medalla si tu causa no está perdida.

Luisa se levantó y se acercó a Raymond, que apartó la silla un poco y, luego, se quedó paralizado por el miedo. No sabía por qué sentía miedo. Simplemente le daba miedo la gente. Miedo de que se acercaran a él. No parecía tener sentido, pero no podía hacer nada al respecto. Al menos, nada de lo que él fuera consciente.

La chica sacó la medalla de debajo de su camiseta color melocotón. La llevaba en una cadena pesada. Una cadena muy larga. La pasó por encima de su cabeza y Raymond se quedó muy quieto mientras ella se la colocaba. Una de sus manos rozó accidentalmente su pelo corto y se estremeció un poco porque le hizo cosquillas.

—Ya está —dijo ella—. San Judas es el patrón de las causas perdidas. Ahora estará contigo.

—Gracias —le respondió Raymond con voz baja debido al asombro.

No creía en los santos. No creía que san Judas estuviera ahora con él para ayudarlo en su causa perdida. En lo que sí creía era en la magia de una chica que apenas lo conocía pero que se había mostrado tan amable con él. Y sabía que esa amabilidad lo acompañaría hasta el final de la Operación Luis. Fuera cual fuera su resultado.

Sujetó la medalla con una mano, alejándola de su pecho. Como si tuviera algo que decirle y pudiera escucharlo a través del tacto.

—Es todo un detalle por tu parte —le dijo—. No sé qué decir.

—No tienes que decir nada —dijo Luisa, camino de vuelta a su silla, apartándose el pelo antes de sentarse—. Es solo que me ha parecido lo correcto. Parecía que quería que ahora fuera tuya.

Se quedaron allí, sentados en el salón, un espacio impecable con todos los muebles cubiertos por fundas de plástico. La mullida butaca orejera de Raymond chirrió bajo su peso cuando intentó acomodarse, así que procuró no moverse. Luis padre estaba hablando. Los chicos y los abuelos se habían ido. Luisa se había sentado al otro lado de la estancia y lo observaba mientras acariciaba la medalla que acababa de darle. La niña pequeña, cuyo nombre ya había olvidado, estaba demasiado cerca, mirándolo directamente a la cara.

—Me siento mal —estaba diciendo Luis—. Porque de verdad me encantaría ser el tipo que ayudaba a la mujer ciega a hacer sus recados. Y no lo digo solo porque tú quisieras que así fuera. Lo digo porque me gustaría ser ese tipo de persona. Siempre creí que lo sería... y entonces tuve todos estos hijos y también cuidamos de los padres de Sofía y trabajamos a tiempo completo. Pero entonces pienso en todo lo que he hecho en la vida y ha estado bien y todo eso... pero, a pesar de todo, me gustaría ser ese tío.

—Has hecho mucho en la vida —dijo Sofía, cruzando desde el otro lado del sofá para darle la mano a su marido—. Cuidas bien de tu familia.

—Lo intento —respondió—. Sí. Pero la mayoría de la gente cuida de sus familias. Ese es el problema. Dan todo lo que tienen a sus familias y nada a los demás. Y, luego, esta pobre mujer ciega no tiene familia. No ha tenido suerte. Nadie cree que sea su problema.

—Estoy de acuerdo con Sofía —dijo Raymond—. Parece que hace mucho y no debería sentirse mal.

—Quizá —respondió Luis. Tenía enormes cejas, algo canosas y largas. Salvajes, con remolinos en todas direcciones. Parecían unirse en mitad de su frente cuando fruncía el ceño—. Pero sigo queriendo ser ese tipo de persona. Ese Luis Vélez que estás buscando, ¿tiene hijos?

—No lo sé —dijo Raymond—. Otra persona me hizo la misma pregunta. Otro Luis Vélez. Pero no lo sé. No se me ocurrió preguntarle eso. He hecho un par de preguntas que pensé que me podían ayudar a encontrarlo. Pero no quiero preguntarle nada más, no quiero que sospeche lo que estoy haciendo. No quiero que lo sepa. Por el momento, no. No se lo contaré hasta que vea qué pasa. Cuando vuelvo a casa, decepcionado, no quiero que ella también lo esté. Y ahora cada vez tengo más la sensación de que no hay forma de que esto termine bien. Lo está pasando mal ahora porque no sabe nada, pero, cuando se entere, lo pasará mal por saberlo. No sé cuál es la respuesta correcta. No sé qué hacer.

Se quedaron allí, sentados en silencio durante un tiempo. La niña pequeña se acercó y miró a Raymond a la cara, fascinada con su tristeza. Apoyó sus dedos pegajosos y regordetes en las rodillas de sus vaqueros.

—Cariño —dijo Sofía—, Karina, déjale al chico un poco de espacio.

La niña no retrocedió, así que Sofía se abalanzó y la cogió. La pequeña se quejó y empezó a llorar al verse atrapada.

—Tengo que irme —dijo Raymond. Se puso en pie, consciente de lo lleno que estaba. Toda aquella tortilla. Toda aquella tarta—. No quiero molestar más. Pero antes me gustaría darles las gracias por haber hablado conmigo y ser tan amables. Y por la medalla. Ha supuesto toda una diferencia respecto a esta mañana y lo horrible que ha sido todo. Y supondrá una gran diferencia para la siguiente vez que tenga que llamar a una puerta.

Pero, incluso mientras lo decía, podía sentir cómo se le revolvía su rebosante estómago con tan solo pensarlo.

Sofía lo acompañó a la puerta. Le desearon buena suerte de diferentes formas mientras recorrían el pasillo.

—Eres un chico adorable —le dijo Sofía.

Raymond se miró los zapatos y no dijo nada.

—Toma —le dijo, mientras le ponía un trozo de papel doblado en la mano—. Te he escrito nuestro número de teléfono. Puede que lo olvides y no pasa nada si es así, porque no estás obligado, pero, si puedes, llámanos para contarnos en qué queda todo esto.

Raymond asintió con la cabeza, todavía con la sensación de que su boca, quizá, no funcionara como era debido.

—Gracias —les dijo—. Gracias por todo.

—Creo que te equivocas —le dijo Sofía mientras cruzaba la puerta—. Creo que la historia de la anciana tendrá un final feliz, porque pase lo que pase con Luis, te tiene a ti. Y eso ya es mucho. No es para nada el premio de consolación.

Raymond salió del metro en el Upper East Side y volvió a probar suerte con Luis M. Vélez, una de sus paradas «sin respuesta» de aquella misma mañana, porque le quedaba de paso.

Nadie respondió tampoco en la puerta de Luis M. Vélez. Puso una segunda almohadilla junto a su nombre y dirección en su lista.

Cuando llegó a casa, su madre lo estaba esperando en la cocina, con las manos en las caderas y el rostro cubierto por una dura máscara de agresividad.

—¿Dónde diablos has estado? —le preguntó.

Estaba sorprendido. No esperaba tener problemas.

—Dando una vuelta —respondió—. Le dije a la niñera que me iba.

—No me dijo que estarías fuera hasta después de cenar. No te hemos guardado nada. Conoces las normas. Si quieres comer, aparece.

—No importa —dijo, con la mano sobre su estómago lleno—. No tengo hambre.

Su hermana Rhonda apareció en la cocina y no tardó en revelar que había estado escuchando a escondidas.

—¡Raymond tiene novia! —cacareó con voz cantarina.

Su madre la miró primero a ella y luego a Raymond.

—Rhonda, vete a tu habitación —le ordenó y luego se dirigió a Raymond—. ¿Tienes novia?

—No.

—¿Una amiga por lo menos?

—Sí —respondió—. Ya te lo he dicho. Tengo nuevos amigos.

—Sí, eso sí me lo has dicho. Pero has estado fuera mucho tiempo.

Cruzó la cocina, con la cabeza gacha.

—Eh. ¿Qué es esto?

Agarró la pesada cadena que rodeaba su cuello y tiró con fuerza. Debía verse por encima del cuello de su camiseta. Un segundo después tenía la medalla de san Judas en la mano.

—Si no te importa —le dijo Raymond, tirando de ella—, eso es mío.

Volvió a metérsela por debajo de la camiseta.

—¿Ahora resulta que te has convertido?

—¡No! —reaccionó, como si le hubieran acusado de algún delito.

—No digo que eso me pareciera mal si fuera el caso.

—Lo sé, pero no es eso. Me la han dado, eso es todo. Ella sí es religiosa. Pero eso no significa que yo lo sea.

—Ah —dijo ella, esbozando una sonrisa—. Una chica. Eso lo explica todo.

Entonces le apretó con fuerza el mentón, haciéndole daño con sus uñas largas. Decidió no decir nada.

—Pero la próxima vez, ¡llama!

—¿Y cómo quieres que llame si no tengo teléfono móvil?

Entonces pudo ver en la cara de su madre que había cometido un error.

—Lo siento —le dijo—. Lo haré. Debería haberlo hecho. Lo siento.

—Ed no es millonario —le dijo con voz tensa.

«¿En serio? No tenía ni idea. Jamás lo había mencionado. Noticias frescas».

—Lo sé, pero papá podría comprarme uno.

—Y ya sabes por qué no quiero que lo haga.

—Sí, lo sé. Ed se molesta si papá me compra cosas bonitas. Siente que papá es prepotente por todo el dinero que tiene.

Eso parecía llevar la conversación a un callejón sin salida. Nadie sabía muy bien cómo seguir a partir de ahí. La única opción posible parecía ser retroceder. Retirarse.

—¿Seguro que no tienes hambre? Podrías, al menos, tomarte algún aperitivo.

—Jamás he estado más seguro de algo en mi vida —le dijo. Mientras aquellas palabras salían de su boca, se dio cuenta de que las había aprendido de la señora G. O, al menos, algo parecido—. Pero gracias. Y siento mucho no haber llamado.

Su madre suspiró y se marchó, dejándolo solo.

La verdad era que no se había molestado en llamar porque pensó que nadie se daría cuenta ni le importaría.

Resultaba agradable comprobar que se había equivocado en ese aspecto.

Capítulo 8

¿Qué ha pasado?

Raymond debería estar en su última hora de clase, en el aula de estudio. Sin embargo, se había escapado del instituto antes para volver a llamar a las puertas de los dos Luis Vélez a las que ya había llamado para tacharlos o no definitivamente de su lista. Las direcciones con las almohadillas. Los «sin respuesta».

Tenía miedo a esas dos direcciones de su lista porque lo llevaban a sitios como Flushing y Newark, y Bridgeport y Bay Shore en Long Island. Había pospuesto esos viajes, más largos, hasta que no le quedaran más opciones cerca.

Luis Rodrigo Vélez estaba en casa esa vez, pero no respondió exactamente a su llamada. Solo le gritó desde el otro lado de la puerta que no era la persona que andaba buscando.

Luis M. Vélez seguía sin estar en casa.

Raymond iba sentado en un tren elevado que cruzaba el Bronx, camino de la zona de la Fordham University —el *alma mater* de su padre— cuando se dio cuenta de que el siguiente nombre de su lista también era Luis M. Vélez. Se preguntó si sería coincidencia o si se trataría de la misma persona. Quizá se hubiera mudado y ese fuera el motivo por el que nadie respondía en la dirección de Manhattan.

Con todo, cabría pensar que alguien le respondiera. Al menos, la siguiente persona que hubiera ocupado el apartamento.

Raymond se inclinó y miró el reloj del hombre que había sentado junto a él, que recogió sus cosas y su periódico, y se cambió de sitio.

Solo eran las tres y veinte, pero no debía perder de vista la hora ese día. Tendría que buscar una cabina telefónica y llamar a su madre si, al final, llegaba tarde.

Salió del tren en la 183 y anduvo hasta Andrews Avenue. Encontró la dirección.

No tuvo que llamar y conseguir que alguien le dejara entrar porque una pareja joven estaba entrando justo en ese momento, con dos bolsas de la compra cada uno. Lo miraron por encima del hombro, sonrieron y le dejaron entrar después de ellos.

Subieron las escaleras hasta el tercer piso más o menos juntos, Raymond uno o dos pasos por detrás. Entonces, recorrieron el pasillo en la misma dirección. Al pasar el penúltimo apartamento se dieron cuenta: iban al mismo sitio.

O puede que la pareja creyera que Raymond los estaba siguiendo. Quizá se estuvieran arrepintiendo de haberlo dejado entrar. Incluso puede que estuvieran a punto de preguntarle qué estaba haciendo en el edificio.

Raymond pensó que sería mejor hablar cuanto antes.

La pareja se detuvo de repente, se giró y le lanzó una mirada inquisidora y algo nerviosa.

—¿Es usted Luis Vélez? —preguntó.

—Sí —respondió el hombre—. ¿Te puedo ayudar en algo?

No debía de tener más de veinticinco años, con el pelo corto y un peinado en punta moderno, pegado en la frente en forma de ola. Tenía mellado uno de sus blanquísimos incisivos. Su mujer —si es que era su mujer— era pequeñísima, de menos de un metro y medio, rubia. No parecía latina, al menos eso creía Raymond. Vio cómo se acercaba un poco más a Luis, como si buscara protección.

—Eso espero —dijo Raymond—. Estoy buscando a un hombre llamado Luis Vélez que solía ir a Manhattan, a la zona oeste, a ayudar a una anciana ciega. Millie, la mujer se llama Millie. Digamos que... desapareció. Y estoy intentando encontrarlo.

Raymond esperó, pero no recibió ninguna respuesta. Su pregunta parecía haberlos dejado pasmados, pero no entendía muy bien por qué. Era una pregunta bastante sencilla.

«O eres el tipo o no».

La mujer se quedó boquiabierta. Luis buscó su mirada sin éxito.

—Entonces... —dijo Raymond con la esperanza de que aquella simple palabra animara una respuesta, reiniciara la conversación.

Estaba empezando a sospechar que había encontrado a su Luis. ¿Cómo podían estar tan sorprendidos con la pregunta si no sabían nada del tema? No, su pregunta parecía haber desencadenado algo en ellos. Algo incómodo.

Mientras tanto, la ventana sucia del final del pasillo los bañaba a los tres con un rayo de sol vespertino, estampando sus sombras en el suelo cuadriculado. Raymond no pudo evitar percibir que aquellas sombras no se movían lo más mínimo.

—¿Que solía ayudar a esa mujer? —le preguntó Luis, como si Raymond no se lo acabara de decir—. ¿Y que luego desapareció?

—Sí —dijo Raymond—. Eso es.

—¿Cuándo desapareció?

—No sé la fecha exacta, pero hace algo más de tres semanas, creo.

De nuevo, Luis buscó la mirada de la mujer. Esta vez, ella sí se la devolvió. Ambos intercambiaron una mirada extrañamente cargada de significado. Lastrada con algo. Raymond no tenía ni idea de con qué, pero hizo que se le acelerara el corazón y que se le hundiera el estómago por su peso.

—¿Estás pensando lo mismo que yo? —le preguntó Luis a su mujer o novia. O lo que quiera que fuera.

—Estoy pensando que quizá sea el Luis Vélez al que asesinaron —respondió ella.

Aquello golpeó a Raymond con la contundencia de un autobús a toda velocidad. De hecho, percibió el impacto físico del mismo. Durante una décima de segundo, le sorprendió que no lo hubiese derribado. Entonces recordó que no se trataba de algo real ni físico, pero sí lo era.

—¿Hay un Luis Vélez que ha... muerto? —preguntó Raymond con una voz que le sonó extraña y lejana, casi desconocida.

«*Lo sabías. Lo sabías. ¿De qué te sorprendes? Siempre lo has sabido*».

—Siento mucho que lo hayas tenido que averiguar de esta manera —dijo la mujer menuda—. Lo he soltado así, sin más. Lo he dicho sin pensar. No aprendo. Hablo primero y pienso después. Es mi maldición. Lo siento mucho.

—Danos un minuto que dejemos la compra —le dijo Luis—. Y nos vamos a tomar un café y te contamos todo lo que sabemos.

Abrieron la puerta de su apartamento y ambos entraron, dejando a Raymond en el rellano. Estaba claro que no se sentían cómodos dejándolo entrar, pero no pasaba nada. Raymond lo entendía. La gente no deja entrar a absolutos desconocidos en sus casas. De hecho, lo que sí le había sorprendido es que hubiera gente que le hubiera abierto sus puertas. No le sorprendía que esta vez no lo hicieran.

No fue hasta estar sentados en una cafetería pequeña y bastante desierta, con sus cafés y su té delante, que Luis Vélez abrió la boca para hablar.

No habían cruzado palabra alguna durante el trayecto hasta allí. Ni siquiera una simple presentación. Solo un denso silencio.

Si Raymond hubiera sido otra persona, se lo habría sonsacado durante el camino. Les habría gritado que soltasen todo lo que sabían. Pero Raymond simplemente se comportó como siempre. Y, además, él no parecía más ansioso por conocer los detalles que la pareja por contarlos.

—Se publicó en el periódico ayer mismo por la mañana —dijo Luis.

—Luis lee *The Sunday Times* como nadie que haya conocido antes —añadió la mujer—. No voy a decir que se lee todas y cada una de las palabras de cada página, porque creo que eso le llevaría semanas. ¿Alguna vez has visto *The Sunday Times*? Es enorme.

Luis, al advertir que ella estaba desviándose del tema, lo recondujo.

—Era una historia que estaba bastante escondida —dijo—. Creo que es eso lo que está intentando decir Kate. Alguien podría leer el periódico y ni siquiera ver la noticia. Estaba en la sección local, pero muy al final. No recuerdo exactamente en qué página. Solo recuerdo que me molestó bastante que lo hubieran escondido tanto porque me parecía un asunto serio. Pero puede que fuera porque se llamaba Luis M. Vélez. Como yo. Luis M. Vélez. Lo sentí como si me hubieran golpeado con un bate de béisbol. Como si estuviera leyendo mi propio obituario. Solo que no era un obituario, sino una historia. Ya sabes. Un artículo. Pero él era Luis Miguel Vélez y yo soy Luis Manuel Vélez. Pero, al principio del artículo, solo decía Luis M. Vélez. Resultaba bastante espeluznante leer tu propio nombre en algo así. Y cuanto más leía sobre lo que le había pasado, más me daba cuenta de que... podría haberme pasado a mí. Que podría haber sido yo. No he dejado de pensar en ello desde entonces. Y, hoy, apareces en mi puerta buscando a ese tipo. Es todo muy extraño.

Se hizo el silencio. Raymond esperó. Seguro que Luis sabía que estaba hablando con alguien que no sabía nada de lo ocurrido. Así que Raymond esperó. Podría haber preguntado, pero le daba miedo escuchar aquella información y no quería precipitarse.

—¿Así que tú no lo conocías demasiado bien? —le preguntó Kate.

—No lo conocía en absoluto. Jamás lo he visto. Pero mi amiga Millie... Eran buenos amigos. ¡Oh, Dios mío! ¡Voy a tener que ser yo quien se lo diga!

Otro silencio incómodo. Era casi como si hubieran planeado dejar a Raymond solo con todo aquello. Como si lo estuvieran obligando a buscar un periódico antiguo para averiguar el resto por sí mismo.

—Entonces... —dijo Raymond—. Supongo...

Se sintió como si estuviera caminando sobre hielo que ya hubiera empezado a descongelarse sobre aguas profundas. A punto de caer. Sabiendo que podría ser en cualquier minuto. Cualquier paso.

—Contadme qué pasó.

—Nada bueno —dijo Luis—. Lo que pasó no fue nada bueno. Y podía haber sido yo. También podías haber sido tú. Cuando lo oigas, verás que podrías haber sido también tú. Solo que tú no te llamas Luis M. Vélez. Por eso me resultó tan estremecedor. Por el nombre.

Raymond le lanzó una mirada de desesperación y él lo captó.

—Vale. Lo siento. Volvamos al tema que nos ocupa. Bien. Así que, originariamente, la mujer que le disparó...

La mente de Raymond se evadió de la mesa por un instante. Levitó hasta algún punto cerca del techo de la cafetería. Jamás se le había pasado por la cabeza que pudieran haber disparado a Luis. Había pensado que podría haber sufrido un terrible accidente. Bueno, vale, sí, se le había pasado por la cabeza, pero no había sido una idea que hubiera contemplado más de un instante.

Pero Luis seguía hablando.

—... le dijo a la policía que había intentado robarle. Incluso mintió e intentó demostrarlo argumentando que tenía su monedero en la mano cuando le disparó. Intentó usar eso como prueba de que se trataba de un robo. Pero había una testigo. En ese momento, solo había una testigo. Y la testigo dijo que no fue así, que Luis ya tenía su monedero en la mano antes de acercarse. Iba corriendo detrás de ella, sujetando el monedero. Gritaba: «¡Señora! ¡Señora!». La testigo no sabía si se le había caído en la calle o si se lo había dejado en alguna parte, pero dijo que era bastante evidente que estaba intentando devolvérselo. Y entonces apareció otro testigo, mucho después. No sé por qué. Remordimientos, quizá. Y este hombre dijo que la mujer que disparó a Luis ya estaba rebuscando la pistola en su bolso. Luis corría tras ella y estaba anocheciendo. Casi era de noche. Y ya estaba buscando el arma. Por si acaso, ya sabes. ¿Pero por si acaso qué? Luis no había cruzado ni una sola palabra con ella. Ni siquiera se le había acercado. Pero era un tipo grande que andaba detrás de ella por la calle. Ya sabes. Andando como un latino. Y ya estaba buscando la pistola. Y mientras rebuscaba en su bolso, seguramente se le cayó la cartera. Y supongo que no se dio cuenta. Simplemente siguió andando. Luis la recogió e intentó devolvérsela. Pero no lo oyó. Según el artículo, la mujer usaba audífono. Y no es que fuera demasiado mayor. Cincuenta y seis, creo que decía el periódico. Pero llevaba audífono. Declaró que lo apaga en la calle por todo el ruido de fondo que hay. Ya sabes. El tráfico y todas esas cosas. Supongo que le provocaba eco o algo así. La irritaba. Así que la estaba siguiendo, gritándole y los testigos pudieron oír a Luis, pero ella no. Así que, por fin, pudo alcanzarla y le puso la mano en el hombro, ya sabes, para intentar que se diera la vuelta. Y sí, se dio la vuelta. Se dio la vuelta y le disparó seis veces en el pecho. Por intentar devolverle algo que se le había caído en la calle. Y ahora el tipo se ha ido. Muerto. Para siempre. Con mujer y tres hijos. Eso es lo que ha dejado. Un hijo de once años y otro de siete, y su mujer estaba embarazada del tercero. ¿Te puedes imaginar algo más trágico que eso? ¡Qué desperdicio de vida!

Se hizo el silencio absoluto. Raymond intentó procesar lo que acababa de oír, pero parecía temporalmente incapaz de toda coherencia. Miró por la ventana hacia lo que, creía, era el edificio de la universidad, al otro lado de la calle. Observó a la gente pasar.

Los envidió.

Cuando, al fin, volvió en sí, lo único que podía pensar era: «*Tengo que ser quien se lo cuente*».

—Podías haber sido tú —dijo Kate, acariciando a Luis en el hombro.

Luis no le prestó atención. Parecía avergonzado al saber que ella estuviera pensando en Luis Manuel Vélez en esos momentos. Sin escatimar un solo pensamiento por Luis Miguel Vélez y las personas que habían esperado encontrarlo vivo.

—Lo siento —le dijo Luis a Raymond—. Sé que no es una buena noticia. Que se necesita tiempo para asimilarlo.

—Si eso pasó hace como un mes —respondió Raymond—, ¿por qué no lo publicaron en su momento?

—Quizá lo hicieron. Puede que lo publicaran entre semana y yo no lo leyera. No lo sé.

—Pero busqué su obituario o algo sobre él y no había nada.

—Oh, pues entonces, quizá no. Creo que publicaron su historia ayer porque, milagro de los milagros, decidieron presentar cargos contra la mujer. Ya sabes. La tiradora.

—Bien —dijo Raymond.

—Eso mismo he pensado yo —añadió Luis.

Y, entonces, nadie parecía saber qué más decir.

—¿Qué hora es? —le preguntó Raymond.

Luis llevaba reloj, pero la manga de su chaqueta lo tapaba.

—Las cuatro y uno o dos minutos.

—¿Por casualidad alguno de los dos tiene un móvil que pudiera usar?

Luis sacó uno del bolsillo de su chaqueta y lo dejó en la mesa, frente a Raymond.

Le dio las gracias y lo cogió. Marcó el teléfono de su casa. Se sintió inmensamente aliviado cuando saltó el contestador.

—Hola, mamá —dijo—. Soy yo. Voy a volver a llegar tarde. Es solo para que lo sepas.

Raymond se plantó delante de la puerta de Luis M. Vélez, en el Upper East Side de Manhattan. Por cuarta vez.

Llamó a la puerta, pero esta vez sí que no esperaba recibir respuesta. Aun así, tenía que intentarlo.

Obtuvo lo que esperaba: nada.

Se dio la vuelta y se quitó la mochila. Se apoyó en la puerta y se dejó caer hasta acabar sentado en la alfombra frente a la puerta de Luis.

El Luis.

Le sorprendió que la Operación Luis hubiera acabado. Había deseado tanto que llegara ese día en el que, por fin, podría dejar de llamar a puertas y hablar con extraños. Ahora deseaba que no hubiera acabado. Porque lo que había oído, bueno... habría hecho casi cualquier cosa por vivir en un lugar en el que siguiera sin saberlo.

Sacó un cuaderno de espiral de papel rayado de su mochila. Buscó un bolígrafo, pero solo encontró un lápiz.

Apoyó el cuaderno en sus rodillas y empezó a escribir una nota. Para la mujer de Luis, quizá. Para quien quiera que la encontrase.

Estimada familia de Luis Vélez:

No me conocen, pero me llamo Raymond Jaffe. Soy amigo de Millie G, la señora a la que Luis

125

estuvo ayudando durante tanto tiempo. He descubierto hoy, ahora mismo, lo ocurrido. He estado buscando a Luis porque la señora G está muy preocupada por él, pero ahora ya solo busco a la familia que ha dejado atrás. Este es mi número de teléfono por si quieren llamarme. Si así lo hicieran, se lo agradecería mucho. Voy a tener que ser yo quien se lo diga a la señora G y me disgusta muchísimo. Me da mucho miedo.

Entonces dejó de escribir y se dio cuenta de que, quizá, se estaba alejando un poco del tema. ¿Qué le importaría a la viuda de Luis que él tuviera que darle la mala noticia a alguien? Era un problema patéticamente pequeño en comparación con los suyos.

Cuando levantó la cabeza, se encontró con una mujer, de pie junto a la puerta de su apartamento, justo al otro lado del pasillo. Mirándolo. Una mujer negra de mediana edad con el pelo recogido en una bonita trenza y vestida con un caftán vaporoso a modo de bata con un estampado salvaje.

—¿Te puedo ayudar en algo?

Su voz era profunda y agradable.

—Oh —dijo Raymond—. Le estaba dejando una nota a... la mujer de Luis.

—¿Conocías a Luis?

—No, pero lo estaba buscando en nombre de otra persona. Una persona que estaba muy preocupada por él porque no sabía adónde se había ido.

—¿No será Millie?

—¡Sí! Sí, yo estaba buscándolo por ella.

Raymond se puso en pie, usando la puerta como punto de apoyo.

—¡Oh, Isabel se alegrará mucho! Deseaba hablar con Millie. Para contarle lo ocurrido. Pero no sabía dónde vivía Millie y no recordaba su apellido. Y tampoco tenía su número de teléfono porque Luis no había hecho ninguna copia de seguridad de su teléfono.

—¿Es que no le han devuelto el móvil?

—Oh, querido, no quedó mucho que devolver. Lo llevaba en el bolsillo de la chaqueta. Y la hija de puta que le disparó... lo atravesó con una de sus balas. Lo destrozó. Los pedazos se clavaron en Luis. Completamente incrustados. Pero no hablemos de eso. ¿Verdad? Es horrible. De todas formas, hijo, Isabel tardará en regresar a casa. ¿Cuánto? No lo sé. Ha cogido a los niños y se ha ido a casa de sus padres. Lo está pasando muy mal, como podrás imaginar.

—¿Y.... sabría cómo podría ponerme en contacto con ella? ¿Sería posible?

La mujer se balanceó sobre sus pies. Incómoda. Primero en una dirección y luego en la otra.

—Me dio su número de teléfono. Por si había alguna emergencia en su apartamento, pero no sé si tengo derecho a dárselo a alguien.

—Pero podría hacerle llegar un mensaje, ¿no? Podría pasarle mi número de teléfono. Y ya, si ella quiere, que me llame. ¿Le parece bien?

Garabateó deprisa su teléfono al final de la nota y arrancó la hoja del cuaderno.

—Sí —le dijo la mujer con un tono de voz que parecía indicar que había recuperado el equilibrio y la calma—. Sí. Eso puedo hacerlo.

Cuando Raymond llegó a casa, su madre estaba preparando la mesa para la cena. Levantó la mano izquierda, giró la muñeca y, con grandes gestos, miró su reloj.

—Lo has conseguido —dijo—. Pero no con demasiado margen.

—Vale. ¿Has oído mi mensaje?

—Sí, gracias.

—Me voy a mi habitación —añadió—. Tengo que buscar una cosa en Internet. ¿Me avisas cuando esté la cena?

—Pero solo una vez —dijo ella—. Así que deja la puerta abierta. Y también tus oídos.

Raymond se fue sin mediar palabra. Tenía demasiadas cosas en las que pensar como para querer discutir con ella.

Se sentó en su habitación, frente a su escritorio. Encendió el portátil. Buscó *The New York Times*. Introdujo el término «Luis M. Vélez». Y allí estaba. Así, sin más. Todo lo que había estado buscando, pero que no parecía estar allí en su momento. Justo delante de sus narices, para que lo leyera. Para que lo imprimiera. Para que lo compartiera. Volvió a sentir en el estómago ese vacío que le provocaba saber que iba a tener que contárselo.

Hizo clic en el enlace del titular. Decía: «Mujer acusada de homicidio involuntario por el tiroteo fatal a otro peatón».

Cuando apareció la historia, Raymond no se atrevió a leerla. Porque allí, en la pantalla, bien centrada, había una foto de Luis M. Vélez. No podía ir más allá de aquella foto.

Era más joven de lo que se había imaginado. Y estaba tan vivo. Parecía tan vivo en la foto que resultaba imposible imaginárselo muerto. Su sonrisa era tan contagiosa que casi hizo que sonriera al verlo. Y no había nada por lo que sonreír en esos momentos. Los ojos de Luis brillaban. Tenía mucho pelo, tan oscuro como sus ojos. Las cejas, cuidadas y finas. Pero resultaba difícil centrarse en esos detalles porque la sonrisa de Luis seguía captando toda la atención.

El pie de foto decía: «Luis M. Vélez, 33 años, de Manhattan, deja a mujer y dos hijos: María Elena, 11, y Esteban, 7. La viuda, Isabella, está embarazada de su tercer hijo».

Se abrió la puerta de la habitación y su madre asomó la cabeza.

—Creí que ibas a mantener las orejas abiertas.

—Lo siento. ¿Me has llamado para cenar? No te he oído.

—No, te llamé y te dije que había alguien al teléfono que pregunta por ti. ¿No lo has oído sonar?

—Oh. Lo siento. Debo de haber estado demasiado concentrado.

Se le aceleró el pulso al pensar que podría ser Isabel. Supuso que tenía que ser ella porque nadie más lo llamaría. La señora G había memorizado su número, pero siempre esperaba a que él se pasara por su casa cuando quisiera.

Dejó el ordenador en modo reposo y se levantó de la silla. Al cruzar la puerta abierta de su habitación, su madre le dio un puñetazo sorprendentemente fuerte en el hombro.

—Es una chica —dijo, con una voz llena de feliz conspiración—. Aunque has dicho que no tienes novia.

—Y no la tengo —respondió y corrió al teléfono.

Por desgracia, el único teléfono que tenían era el de la cocina.

—¿Sí? —dijo, con la respiración acelerada por el miedo.

—¿Raymond Jaffe? —le preguntó.

—Sí.

—Soy Isabel. La mujer de Luis.

—Muchas gracias por llamar —le respondió en una desesperada bocanada de aire.

Oyó un movimiento. Se giró y se encontró a su madre, de pie junto a la puerta de la cocina, detrás de él. Tapó el teléfono con una mano.

—Perdón —dijo—. Un poco de intimidad, por favor.

—Vale. Pero ya estamos cenando, así que vente a la mesa en cuanto acabes. Dispensa especial por circunstancias especiales.

Se dio la vuelta y se fue.

Quitó la mano de teléfono y volvió a dirigirse a Isabel.

—Lo siento —añadió—. Algo me ha distraído. Le estaba diciendo lo mucho que agradecía su llamada.

—Me alegra mucho saber de ti. ¡Un amigo de Millie! Eso es lo que decía tu nota. Mi vecina me la leyó al teléfono. Estoy muy contenta porque creía que Millie solo tenía a Luis.

—Y así era. No la conocía hasta que Luis...

Se hizo el silencio. Quizá duró uno o dos segundos. Puede que tres. Pero, en la mente, las tripas y el corazón de Raymond, se prolongó demasiado, como una mala semana que no parece acabar.

—Siento mucho su pérdida —le dijo.

—Gracias.

No sabría decir si estaba llorando o no. Su voz estaba cargada de emoción y esa emoción parecía entrecortar sus palabras. Pero no estaba seguro de las lágrimas. ¿Cómo podía estarlo? Solo estaban hablando por teléfono.

—Así que dime —le dijo ella—, ¿ahora eres tú quien la ayuda? ¿La llevas a la tienda a comprar comida y al banco a ingresar sus cheques?

—Sí. Ambas cosas. Salimos cada dos días a comprar comida. Y... he estado pensando en su colada. ¿También debería ayudarla con la colada?

—No te preocupes por eso porque Luis le habló de un servicio que recoge la ropa a domicilio y se la devuelve limpia. Bueno, un millón de bendiciones para ti, Raymond, porque estaba muy preocupada al imaginarla sin nadie que la ayudara. Y por ella. Estaba segura de que Luis se revolvería en su tumba si creyera que una mujer tan dulce como ella no tuviera ayuda de nadie. Quizá hubiera tratado de cruzar la calle sola, algo que habría tenido que hacer en un momento de desesperación. Pero dime algo más, Raymond. Sé que acabas de averiguar lo que ha pasado. Eso es lo que decías en tu nota. ¿Todavía no se lo has contado a ella?

Raymond tragó saliva. Sintió cómo una fuerte sensación de miedo se apoderaba de su estómago. Y de su garganta.

—No, todavía no se lo he contado —dijo—. Lo siento mucho. Juro que iba a hacerlo. Justo después de cenar. En mi familia, tienes que presentarte a la hora de la cena si no quieres irte a la cama con el estómago vacío. Me quedaban como seis o siete minutos. No podía decírselo y luego desaparecer. Dejarla sola con todo eso. Así que he buscado el artículo de prensa. Pensé que podía imprimirlo para poder responder a sus preguntas dentro de lo posible. Iba a ir justo después de cenar, lo juro. Lo siento mucho. Estaba intentando...

—Raymond —lo interrumpió con tono amable—. Relájate. No era una crítica. Es solo que... Me gustaría ir a conocerla lo antes posible, así que estaba pensando que, si no te importa, podría decírselo yo. O, al menos, estar allí cuando se lo digas.

Raymond cerró los ojos y respiró. Le faltaba el aire, de verdad. No se había dado cuenta de que había estado conteniendo la respiración.

—Sí, por favor —le dijo.

—Vale. Dame su dirección. Le pediré a mi madre que se quede con los niños. Pero es posible que tenga que bañarlos y ponerlos a hacer los deberes antes de ir. Podría estar allí en una hora. Sé que Luis solía tardar unos veinte minutos en metro.

Mientras recitaba su dirección de memoria, con la mente a kilómetros de distancia, se la imaginó llamando a su puerta. Conociendo a sus padres. Que creían que tenía una nueva novia. Y allí estaría. Una mujer de unos treinta años. Y embarazada.

—Me reuniré con usted en la calle, frente a mi edificio —le dijo.

Ya cerca de la cocina para unirse a su familia, oyó a su madre y a su padrastro hablando de él.

—Bueno, es obvio que está enamorado —dijo su madre, claramente hablando con Ed. No era el tono que usaría con los niños—. Cuando ha llegado a casa, parecía frustrado. Realmente destrozado.

Jamás lo había visto tan mal. Deben de haber discutido. Y entonces ella lo llama...

—Con todo, debería cenar a la misma hora que todos —dijo Ed.

—No, de eso nada, Ed. Ni se te ocurra. No es momento de aplicar tus normas absolutamente arbitrarias cuando lo está pasando mal. ¿Ya se te ha olvidado lo que era estar enamorado? Por primera vez, me refiero —añadió, tartamudeando y claramente nerviosa por lo que había dado a entender de forma implícita.

—Ya podéis dejar de hablar de mí —dijo Raymond—. Por favor. Ya estoy aquí. Silencio.

Entró en el comedor y se sentó en su sitio de la mesa. Miró a su plato. Espaguetis con una simple salsa marinara y pan de ajo. Suspiró de la manera más silenciosa posible. Nunca le había gustado cómo se sentía después de comer algo que era casi todo hidratos de carbono sin prácticamente proteínas. Y jamás dormía bien.

Se comió una buena cantidad y, luego, levantó la mirada, con espaguetis todavía colgando de su mentón, para ver si su hermana Rhonda se reía de él. Pero no en el buen sentido. Burlonamente.

Un segundo después, Raymond vio un trozo de pan de ajo rebotar en la frente de Rhonda antes de caer a la alfombra.

—Deja a tu hermano en paz —dijo su madre.

Mientras esperaba, Raymond no dejaba de ir de un lado para otro. De un lado para otro. De un lado para otro.

Frente a su edificio, no había absolutamente nada de luz, salvo dos farolas que iluminaban la escena. Podía ver su respiración. No se había molestado en coger una chaqueta y tenía frío, pero no tanto como para volver a entrar y correr el riesgo de que ella llegara en ese momento.

Los vecinos estaban volviendo a casa después del trabajo, a pie desde el metro. Solo conocía de vista a algunos. Observaba el rostro de cada mujer joven y se preguntaba si sería ella.

Entonces, cuando por fin apareció, no dudó ni un instante. Sabía que era ella. Y ella supo que era él. Seguro. Ambos intercambiaron miradas y lo supieron. De alguna manera, se reconocieron al instante porque compartían algo que los identificaba, como esas cartas dentadas que encajan cuando se juntan en una película de espías.

Llevaba el pelo largo y negro recogido hacia atrás. Vestía un plumífero azul claro muy voluminoso. No se notaba que estuviera embarazada. Sus ojos oscuros brillaban, como si hubiera estado llorando o estuviera a punto de hacerlo. Se acercaron el uno al otro y se mantuvieron a unos pasos de distancia, sin decir nada. Era como si no necesitaran hablar.

Raymond volvió a mirarle la barriga sin querer.

—Solo estoy de dos meses —le dijo.

—Oh. Lo siento.

Otro silencio largo e incómodo.

—Vive en el segundo piso —dijo por fin.

—Vayamos entonces.

Ambos entraron en el edificio, en silencio.

—Siento mucho todas estas escaleras —le dijo mientras subían a la segunda planta—. Algunos apartamentos más bonitos cuentan con ascensores, pero el nuestro solo tiene escaleras.

—No tienes que sentirlo —le dijo ella—. Mi apartamento también está en un edificio sin ascensor y el de mis padres, igual. Pero, aunque hubiéramos tenido ascensor, no tendrías por qué preocuparte. No has sido tú quien ha diseñado el edificio y supongo que ni siquiera fuiste tú quien alquiló el apartamento. Vives con tus padres, ¿no? No has tenido ni voz ni voto.

—Habla como la señora G —le dijo mientras llegaban al rellano de la segunda planta—. Siempre dice que debería dejar de disculparme por todo. De hecho... últimamente me lo han dicho mucho.

—Entonces eso significa que es algo importante sobre lo que deberías reflexionar.

Raymond apartó la mirada de su rostro y, entonces, se dio cuenta de que estaban frente a la puerta de la señora G. Estaba sorprendido. Era como si la hubiera llevado hasta allí con algún tipo de piloto automático humano.

Levantó la mano para llamar, pero no llamó...

—Me disgusta muchísimo tener que hacer esto —dijo.

—Y, sin embargo, debemos hacerlo —dijo Isabel.

Llamó. Con su código Morse especial. Toc. Toc, toc, toc. Toc.

Al instante, la oyó al otro lado de la puerta. Cruzando deprisa su salón. Pudo oír el cascabel del collar de Louise al apartarse de su camino. Al menos, esperaba que se estuviera apartando de su camino.

—¡Qué bien! ¡Raymond! —lo llamó a través de la puerta. Siguió hablando con él mientras abría los pestillos—. Creí que hoy no vendrías, pero me alegra que estés aquí. Me he acostumbrado ya a que vengas a verme. Creí que hoy no aparecerías y me vi echando de menos tu visita.

Mientras hablaba, Raymond pudo sentir cómo la presión aumentaba en su pecho. Como si estuvieran estrujándole el corazón con una prensa. O se lo estuvieran aplastando con una de esas enormes máquinas de los desguaces que convierten los coches en cubos.

La anciana estaba contenta.

E iban a poner fin a esa felicidad.

Abrió la puerta de par en par, con la cara resplandeciente, y lo miró. Su sonrisa le recordó a la de Luis en la foto: aquella sonrisa también llenaba todo. Esa sonrisa dominaba tanto su rostro que centraba toda la atención en ella.

—Oh —dijo—. Has venido con alguien.

—Sí —dijo Raymond—. He traído a alguien. Para que la conozca. Ella es Isabel Vélez.

Durante unos segundos, su sonrisa se hizo incluso más grande y más resplandeciente, algo que Raymond ya creía imposible.

—¿Isabel Vélez? ¿De verdad eres tú? ¡Luis me ha hablado tanto de ti que es como si ya te conociera! Estoy tan...

Y entonces se detuvo. Dejó de hablar. Dejó de sonreír. Dejó de brillar.

—Oh —dijo—. Oh. Oh. Ahora lo entiendo. Ha muerto. Se ha ido de verdad, ¿no?

Isabel Vélez estalló en lágrimas. Raymond pensó que nadie podría verter tantísimas lágrimas. Tras el primer sollozo, ya no pudo parar.

La señora G no sollozó. De hecho, no emitió ni un solo sonido. Pero sus ojos se llenaron de lágrimas antes de empezar a brotar.

Raymond las observó, con los ojos secos durante unos segundos. Después tuvo que esforzarse para contener las lágrimas. Entonces, al sentirse incapaz de reprimirlas, les dio vía libre.

Allí, de pie, observando a las dos mujeres y permitiéndose llorar por primera vez en mucho tiempo, aprendió algo sobre sí mismo. Su propia consciencia, su propia consciencia física había desaparecido. Debió de irse justo en el momento en que conoció a la señora G. Ella había conseguido que saliese de sí mismo y lo había llevado a un lugar en el que no todo giraba en torno a él.

Capítulo 9

El puente de Brooklyn

—Podría contarle mucho más —oyó a Isabel decirle—, si es lo que quiere. Muchos más detalles, pero quizá sea mejor que no.

Raymond estaba en la cocina, preparando un té con pastas para los tres. Había observado a la señora G servir el té las veces suficientes como para saber hacerlo. Y también quería mantenerse al margen cuando Isabel le contara a la señora G lo que había pasado con Luis. No obstante, podía escuchar todo lo que se decía en el salón, donde ambas mujeres estaban sentadas a la mesa.

—Primero quiero asegurarme de que quiere saber más —añadió Isabel—. Los detalles son duros de asimilar. Ya me cuesta a mí contarlos, así que me puedo imaginar lo que puede suponer para usted oírlos. Pero sí hay algo que quiero decir y es que habría venido antes si hubiera podido. El teléfono de Luis quedó destrozado en el tiroteo y no tenía copia de seguridad de sus contactos en ninguna parte. Si hubiera sabido dónde encontrarla, ya habría venido. Como le dije a Raymond, Luis se habría revuelto en su tumba si hubiera sabido que estaba sola, sin nadie que la acompañara a la tienda.

—Lo que quiero que me cuentes —dijo la señora G— es qué ha supuesto todo esto para ti y para tu familia. ¿Cómo os las arregláis?

¿Tienes alguien que te ayude a cuidar de los niños? ¿Cómo llevas el día a día? ¿Hay algo que yo pueda hacer?

Raymond se perdió buena parte de la respuesta porque el agua de la tetera estaba hirviendo. Sonaba cuando estaba lista. Apagó el fuego y usó un guante de horno para coger la tetera y verter el agua. El asa estaba caliente.

Luego esperó un rato en la cocina, quizá durante demasiado tiempo. El té estaba infusionando. Las galletas, colocadas en un plato. Había llegado el momento de unirse a ellas, pero no se atrevía. Era como si aquellas mujeres estuvieran disfrutando de un momento de intimidad que, sin querer, él podría estropear.

—Entonces, ¿cómo me has encontrado? —le preguntó la señora G, extrañamente tarde.

—Yo no la he encontrado. No he sido yo. Ha sido Raymond quien me ha encontrado a mí.

Al oír su nombre, se apresuró a salir con el té y las pastas. Al hacerlo, tomó nota mentalmente de que debía volver a colocar la silla de Isabel en su posición exacta junto a la mesa una vez que se fuera.

La señora G miró a Raymond.

—¿Eso es así? ¿Has sido tú el que ha traído a Isabel a mi puerta? —le dijo con voz baja y algo temblorosa, como si estuviera a punto de romper a llorar otra vez—. ¿Y cómo lo has hecho, mi joven amigo?

—Hice una lista de todos los Luis Vélez de Nueva York.

—Yo también. Bueno, no por escrito, pero sí tenía el listín telefónico. Pero nunca conseguí que me respondiera el Luis correcto.

—No llamé —dijo Raymond, sentándose a la mesa con ellas y cogiendo una galleta. Se sentía incómodo por algún motivo, como si quisiera que dejaran de mirarlo, pero era un pensamiento absurdo porque Isabel estaba mirando por la ventana, inexpresiva, y la señora G no podía verlo—. Fui a cada apartamento en persona.

—¿A cuántos?

—No lo recuerdo exactamente. Si solo cuentas los lugares en los que alguien me abrió la puerta... Supongo que... seis o siete.

—¿Y lo has hecho solo? ¡Te podrían haber robado!

Raymond soltó una carcajada.

—No tenía nada que me pudieran robar.

—O hacerte daño.

Una imagen ocupó su mente. El Luis Vélez rapado y con perilla. Su cara cerca, su aliento con olor a cebolla. La sensación de desesperación e impotencia al caer y el pensamiento de que ese Luis, más que amenazarlo, quería provocarlo y de que el miedo de Raymond había sido exagerado.

—Pero no me ha pasado nada —respondió.

Aquella experiencia se quedaría para él, solo para él. A buen recaudo.

—Me sorprende que me encontrara —lo interrumpió Isabel—. Porque cogí a los niños y me fui a casa de mis padres después de que Luis... tras el tiroteo.

—Tuve suerte —afirmó Raymond cuando estuvo seguro de que Isabel no tenía intención de seguir hablando—. Hablé con un Luis Vélez del Bronx que me contó que había leído un artículo en la prensa, así supe que se trataba del Luis M. Vélez del Upper East Side, donde no me habían abierto la puerta. Fui a dejar una nota, pero, una vez allí, me topé con una vecina que sabía dónde estaba Isabel.

Se hizo el silencio. Nadie le puso fin.

—He traído el té —añadió.

Dejó la tetera frente a la señora G, en la mesa. Por si no sabía dónde estaba, aunque, la verdad, nunca había tenido problemas para encontrarla antes. Raymond sospechaba que el calor guiaba sus manos.

—Todavía no puedo creerme todo lo que has hecho —dijo la anciana—. ¿Y todo eso por mí?

—Bueno, sí... Estaba tan triste. Por no saber qué había pasado. Pero ahora me pregunto si habría sido mejor no hacerlo. Ya sabe. Mejor no saber nada. Si es algo tan horrible como esto... ¿No es mejor no saberlo?

La señora G suspiró profundamente. Se sirvió una taza de té usando el dedo para controlar la medida.

—Ahora mismo, resulta muy duro —le dijo—, pero creo que, a largo plazo, siempre es mejor saber. En este momento, todavía estoy impresionada por todo lo que has hecho por mí y me siento incapaz de encontrar las palabras para demostrarte mi agradecimiento. Pero lo haré. Te lo prometo. Ahora mismo estoy intentando procesar toda la información. En cuanto a tu pregunta, Isabel. Si quiero conocer los terribles detalles. Creo que sí que quiero, o más bien necesito, que me digas que Luis no sufrió. Pero, por supuesto, solo quiero que lo hagas si es verdad. No te estoy pidiendo que me mientas para hacerme sentir algo mejor. Pero también quiero que solo me cuentes aquello que seas capaz de soportar, ni una palabra más. Si no puedes soportar revivirlo, no lo hagas por mí. Por favor.

—El forense me ha dicho que murió en el acto —dijo Isabel.

—Bien. Me temo que ese es el pequeño favor por el que trataré de estar agradecida.

—Oh, tiene un gato —dijo Isabel tras varios minutos bebiendo té en silencio—. Luis no me dijo que tuviera un gato.

—La tengo desde hace poco —dijo la señora G—. ¿Dónde está?

Hablaba con absoluta normalidad. Casi despreocupada. Pero su voz había perdido algo o, al menos, esa era la impresión de Raymond. Había perdido su energía. Su marca personal de vitalidad. Parecía que la voz de la señora G había perdido a la señora G y ahora tuviera vida propia, sin ella.

—Acaba de asomar la cabeza por debajo del sofá. Pero luego me ha visto y ha vuelto a esconderse debajo.

—Ha vivido en la calle, pero no creo que haya sido una gata callejera toda su vida. No, seguro que no. No se comporta como una gata que jamás haya estado en contacto con seres humanos. Pero sigue siendo bastante precavida. No me sorprende que se esconda cuando aparece alguien que no conoce.

—Supongo que no tengo que decirle que Luis la adoraba —le dijo Isabel, retomando de repente la conversación, alejándola de una simple charla trivial—. Porque era ese tipo de hombre que te lo cuenta todo.

—El sentimiento era mutuo —respondió la señora G. Un leve destello de su antigua personalidad se dejó entrever en sus palabras.

Raymond soltó un suspiro de alivio. Aunque ni en un millón de años habría deseado un resultado así, se sentía profundamente aliviado al saber que la señora G tenía razón. Luis la quería de verdad.

—Me contó que usted era la única persona que había conocido en su vida que no tenía un gramo de prejuicios en el cuerpo —le dijo Isabel—. Ni un pelo de recelo, como solía decir. Se pasó el primer par de años intentando detectar algún rastro de prejuicio en usted. Algún ápice de escrúpulo. Por supuesto, llegó a la conclusión de que era mejor que la mayoría. Mejor que el noventa por ciento de la gente que había conocido. Supuso que acabaría encontrando alguna cosa, por pequeña que fuera, en alguna parte, como solía pasarle con todos. Pero no encontró nada. Pasado un tiempo, dejó de buscar. Me contó que, si había algo que la definía, algo realmente grande, es que valoraba la vida de todo ser humano por igual. Me dijo que, si usted fuera una historia, su título sería algo como *Todas las vidas cuentan*. La admiraba mucho por eso. Y también lo confundía un poco. Se preguntaba cómo una persona puede llegar a ser así, pero jamás lo averiguó. No llegó a descubrir el origen de ello.

—No creo que todas las vidas valgan lo mismo —dijo la señora G—. Creo que la vida de Rosa Parks vale más que la de Adolf Hitler, pero creo que ese es otro tema.

—Yo pienso lo mismo. Traeré a los chicos para que la conozcan… cuando las cosas se calmen un poco.

—Me encantará conocerlos —respondió la señora G que, a juzgar por su voz, volvía a estar ausente.

—Siempre quise hacerlo —añadió Isabel.

Su voz estaba cargada de ese sentimiento especial de culpa que tanto había escuchado Raymond en esos últimos días. Había perdido la cuenta de cuántas personas le habían confesado las cosas que les habría gustado hacer, pero que se habían quedado sin hacer por culpa de la vida. Y con una tonelada de remordimientos.

—Siempre quise traerlos y hacerle una visita. Luis y yo hablábamos de ello todo el tiempo. Queríamos que conociera a toda la familia. No sé por qué nunca lo hicimos. No tengo explicación. Estábamos muy ocupados con los dos niños. Y luego me volví a quedar embarazada. Pero eso no es excusa. No hay un motivo real. Simplemente cometimos el error de posponerlo. Pensamos que no pasaba nada por retrasarlo. Creíamos que teníamos todo el tiempo del mundo. Supongo que ese fue nuestro error, ¿no? Creímos que siempre habría más tiempo. ¿Por qué hacemos eso? No solo Luis y yo… Todo el mundo. ¿Por qué todo el mundo lo hace? ¿Pensar que siempre habrá más tiempo?

—Bueno, no lo sé —respondió la señora G—, pero eso es otra historia. Cuando era joven, pasé por algo que me enseñó que no hay que dar el tiempo por sentado. Y ahora tengo noventa y dos años… y lo tengo incluso más claro.

—Pero es que nosotros dimos por sentado que tendríamos más tiempo con una mujer de noventa y dos años. Una forma absolutamente errónea de percibir el mundo. Como si la muerte no fuera real y jamás nos fuera a llegar el momento.

—Oh, la muerte es muy real —dijo la señora G—. Eso puedo asegurártelo.

—Ahora lo sé. Lo sé demasiado bien. Ahora que la he visto de cerca.

Pausa.

Entonces, de repente, la señora G tomó la palabra.

—Bueno. Preferiría no tener que decir esto, porque estoy muy agradecida de que hayas venido a verme, pero estoy agotada. Siento que no me queda un gramo de energía en el cuerpo, ni siquiera para mantenerme erguida en la mesa. Espero que no resulte descortés por mi parte, pero si me aseguras que volveremos a vernos, creo que será mejor que me vaya a la cama. Ya sé que puede parecer muy pronto para vosotros. Deben de ser como las siete, supongo, pero estoy demasiado cansada.

—Por supuesto —dijo Isabel—. No hay problema. Le dejaré mi número de teléfono y mi dirección a Raymond.

Pero la señora G ya se estaba yendo. Dando pasitos en dirección al dormitorio, despidiéndose con la mano por encima de su hombro.

Raymond e Isabel se quedaron sentados un instante. Intercambiaron miradas hasta que Raymond miró hacia otro lado.

—¿Está bien? —preguntó Isabel.

—No lo sé. Jamás la había visto así antes: sin energía siquiera para estar sentada en una silla. Pero tampoco es que suela visitarla mucho por la tarde, después de cenar. Creo que la noticia le ha afectado mucho. Le traeré papel y lápiz.

Pero entonces Raymond recordó que no sabía muy bien dónde guardaba esas cosas la señora G.

—Creo que tengo en el bolso —le dijo ella.

Rebuscó en su interior unos minutos. Por lo que Raymond sabía, encontrar algo en un bolso hasta arriba era algo complicado. En mitad de la búsqueda, apartó algo que cayó en la alfombra.

Parecía ser la funda de unas gafas de sol. Se agachó para recogerla y, entonces, se quedó inmóvil. Raymond se preguntó si ambos estarían pensando lo mismo. Supuso que así era.

¿Quién podría imaginarse que el hecho de que se te cayera algo del bolso se acabaría convirtiendo en el primer acto de una cadena de acontecimientos que terminaría costándole la vida a una persona? Un segundo después, volvió en sí y la recogió.

—Yo también debería pasarme por aquí de vez en cuando —dijo Isabel—. Con eso no quiero sugerir ni de lejos que no puedas ayudarla tú solo como es debido. Sé que puedes. Pero ahora que sé dónde vive, me encantaría que conociera a mis hijos.

—Podría venir a verla el fin de semana. Me quedo en casa de mi padre y su mujer en fines de semana alternos. Me toca este fin de semana. Quizá pueda escaparme, pero no lo sé seguro. Nunca sé si mi padre ha hecho planes para los dos o no. Hasta que llego allí.

—Vale—respondió ella—. Recogeré a los niños y me pasaré.

—¿Cuándo es el juicio? —preguntó Raymond mientras ella escribía su dirección.

—Creen que en algún momento del año que viene.

—¿El año que viene? ¿Por qué tan tarde?

Isabel se encogió de hombros.

—Supongo que es así como funciona el sistema judicial. Despacio. De hecho, me han dicho que este caso está avanzando muy rápido. La oficina del fiscal me ha dicho que muchos acusados tienen que esperar entre dos y tres años la celebración de su juicio.

Le pasó el papel al otro lado de la mesa. Raymond lo cogió y se lo guardó en uno de los bolsillos delanteros de los vaqueros.

—Y, mientras tanto, ¿dónde está la mujer? ¿En la cárcel?

—Oh, no, la dejaron salir bajo fianza. Estoy segura de que estará tan cómoda en su casa.

Isabel se puso en pie, así que él hizo lo propio. Caminaron juntos hasta la puerta.

A Raymond no le parecía nada justo que esa mujer estuviera tan cómoda en su casa, pero no había nada que pudiera hacer al respecto. Verbalizarlo no cambiaría nada.

—Muchas gracias por venir —le dijo Raymond—. La acompañaré hasta abajo. O... hasta el metro. ¿Quiere que la acompañe hasta la boca del metro?

—Como quieras. No te preocupes.

Raymond le abrió la puerta y entonces comprendió que había un problema.

—Oh. Espere. No tengo forma de cerrar desde fuera. Si me voy con usted, se quedará sola con la puerta abierta.

—Entonces será mejor que te quedes con ella y resuelvas ese problema. Cuida de ella. Yo estaré bien.

—¿Puedo hacerle una pregunta antes de que se vaya? ¿Habían publicado algo sobre su marido antes del domingo?

—No que yo sepa —respondió ella—. Supongo que mueren muchas personas en esta ciudad.

—Hice una búsqueda en Internet, pero ni siquiera pude encontrar su obituario.

—Hubo uno —dijo Isabel—, pero no se publicó hasta hace una semana. Son muy caros. ¿Lo sabías? Tuve que esperar a cobrar. Creí que los periódicos lo hacían como servicio público. Pero no, la familia tiene que pagar.

—No lo sabía —dijo.

—Pues sí. La familia tiene que pagar.

Isabel se puso de puntillas, posó una mano en la frente de Raymond y lo besó brevemente en la mejilla. Y, entonces, salió.

La observó caminando por el pasillo, sintiendo que la mejilla le ardía en el punto en que lo había besado. Como si la piel de su cara pudiera sentir vergüenza por sí misma. Volvió a cerrar la puerta y cruzó el salón de la señora G. Recorrió el pasillo del apartamento. No llegó a la puerta abierta del dormitorio de la señora G porque supuso que querría algo de intimidad, pero se acercó lo suficiente como para que ella pudiera oírlo.

—¿Qué debo hacer para cerrar la puerta? —le preguntó.

—Puedes entrar —le respondió—. No pasa nada.

Y eso hizo. Dubitativo. Solo hasta la puerta, donde apoyó una mano en el marco. La señora G todavía estaba completamente vestida, tumbada sobre la colcha. Se había quitado los zapatos y se había tapado con una manta de ganchillo. Parecía algo más que cansada. Parecía desamparada y perdida. Totalmente incapaz de enfrentarse a ese momento.

La gata se sentó en posición de esfinge sobre su almohada, ronroneando. Miró a Raymond con los ojos entrecerrados, feliz. La señora G, por su parte, tenía los ojos cerrados.

—Coge mis llaves —le dijo—. Así podrás cerrar la puerta por fuera y venir a verme más tarde, por favor. Mañana, a cualquier hora del día, será un buen momento.

—Vale. Así lo haré. ¿Piensa acostarse vestida? ¿No estará incómoda?

—No lo sé. Si me despierto y me molesta, me pondré el camisón. En este momento, me veo incapaz de cambiarme.

—¿Seguro que está bien?

—No estoy enferma, si es eso lo que te preocupa. Te he oído preguntar dónde estaba la mujer ahora. Hasta el juicio. Pero no he podido escuchar la respuesta de Isabel.

—Fuera, bajo fianza.

—Oh. Entiendo.

—No me parece justo.

—Así funciona nuestro sistema judicial —explicó la señora G.

—¿Pero cómo es que ella puede estar cómodamente en su casa mientras nosotros tenemos que pasar por todo esto?

—Dudo mucho que esté cómoda.

—¿Por qué lo dice?

Abrió los ojos, pero en su rostro seguía sin haber rastro de su entusiasmo, de su combatividad de siempre.

—Quitarle la vida a alguien es algo muy grave, Raymond. Con eso no quiero decir que yo lo haya hecho alguna vez. No es el caso. Pero es algo que tiene que pesarle mucho a una persona. La culpa es un sentimiento horrible y de eso sí que puedo hablar. Desgarra a una persona por dentro. Así que siento algo de lástima por ella. Eso no significa que no le guarde rencor, porque sí que se lo guardo. Pero también lo siento un poco por ella. Prefiero ser yo, en casa, en mi cama, triste por la pérdida de Luis, que esa mujer y saber que he sido yo la que le ha quitado la vida. Si tiene conciencia, vivir con eso es terrible. Si no tiene conciencia, lo siento por ella porque no tiene conciencia. Existe un dicho. Creo que era de Mark Twain, pero quizá me equivoque. Puede que fuera de Will Rogers: «Prefiero ser el hombre que compra el puente de Brooklyn y no el hombre que lo vende». O algo por el estilo. Eres un jovencito inteligente, estoy segura de que entiendes lo que quiere decir.

—Sí, creo que sí.

—Bien. Ahora estoy muy cansada.

Raymond cogió las llaves camino de la puerta. Y entonces se detuvo. Se dio la vuelta. Había olvidado algo.

Corrió hasta la mesa y volvió a colocar en su sitio la silla que había usado, con cuidado de alinearla con las marcas del suelo. Recolocó la silla de Isabel lo mejor que pudo, pegada a la mesa, donde la señora G no pudiera tropezar con ella, suponiendo, por supuesto, que se levantara.

Y entonces salió del apartamento.

Se sentó frente a su ordenador para enviarle un correo electrónico a Isabel.

Le había escrito su dirección de correo junto con la dirección postal y el número de teléfono de sus padres. Raymond quería darle el número de teléfono de la señora G. Y, al escribirle, también Isabel tendría su dirección de correo electrónico.

O, al menos, esa era la batería de razones que se había dado a sí mismo. Mientras lo escribía, una verdad superior empezó a emerger. «Estoy muy preocupado por ella». Eso fue lo primero que escribió.

Anoche se fue a la cama sin ni siquiera quitarse la ropa. Dijo que se sentía incapaz de cambiarse, que requería demasiada energía. Algo por el estilo. He olvidado las palabras exactas. Sé que le ha afectado mucho lo que le ha pasado a Luis. Y sabía que sería así, por lo que resulta estúpido escribir todo esto como si me sorprendiera o algo. Supongo que necesitaba contarle a alguien que estoy preocupado.

Me ha dicho que no está enferma, pero

De su ordenador empezó a salir una serie de tonos extraños, algo parecido a una melodía, que lo hizo saltar de la silla. Literalmente. Se elevó unos cuantos centímetros en el aire y aterrizó con el corazón desbocado.

Entonces se dio cuenta de que solo era Skype. El tono que oyes cuando alguien te llama. Una pequeña foto redonda a modo de avatar apareció en la pantalla. Hizo clic en el botón de videollamada, aunque hubiera preferido terminar de escribir su correo electrónico.

—Eh —dijo Raymond.

—Eh —respondió André con una amplia sonrisa dibujada en la cara.

Raymond echó un vistazo a su propio rostro en el recuadrito en el que podía ver su imagen en llamada. No sonreía.

—¿Pero qué te pasa, tío? —preguntó André.

—Nada —dijo Raymond—. Es solo que ha sido un día muy largo. Un mal día.

—Cuéntamelo.

—No. De verdad, no merece la pena.

De repente, Raymond sintió que ya no era aquel chico que había sido amigo de André. Que él se había convertido en alguien a quien André no comprendería.

«Y, además —pensó—, en realidad, nosotros jamás hablamos de las cosas realmente importantes».

—¿Qué tal el nuevo instituto? —le preguntó Raymond para cambiar de tema.

—Pues no lo sé todavía. Solo hace unos días que empecé. De todas formas, los primeros días siempre son los peores. ¿Y tú qué tal? ¿Qué está pasando? ¿Dónde has estado metido, tío?

—No está pasando nada.

—¿En serio? Pues cualquier diría que sí. He abierto mi Skype como dos docenas de veces para llamarte, pero nunca te he visto conectado. ¿Desde cuándo estás tan ocupado? ¿Y con qué? ¿O con quién?

—No salgo con nadie.

Jamás habían hablado de nada tan profundo e importante.

—¿Entonces qué? ¿A qué se debe tanto misterio?

—No lo es. Es solo que...

Entonces Raymond decidió que aquello era absurdo. ¿Por qué tendría que mantenerlo en secreto? Si André no lo comprendía, ese era su problema, pero no había nada de lo que tuviera que avergonzarse.

—¿Recuerdas a aquella mujer mayor? ¿La que estaba en el pasillo tu último día?

—¿La loca esa? ¿La de «¿Has visto a Luis Valdez?»?

—Vélez. Y no está loca. En absoluto. Tiene la cabeza muy bien amueblada, pero está ciega y por eso te parecía tan extraño cómo miraba.

—Ah. Vale. Así que no está loca. Pero tiene como... noventa años.

—En realidad, tiene noventa y dos. Pero es muy amable. E interesante. Y he aprendido mucho de ella y se puede decir que la he estado ayudando.

—¿Por qué?

Se hizo un silencio durante el cual Raymond estudió la imagen del rostro de su viejo amigo. André no estaba para nada interesado en la conversación. Y Raymond lo sabía. Tenía esa mirada perdida que solía poner cuando intentaba hablar con él sobre los libros de política o historia que había estado leyendo.

—Porque no tiene a nadie más.

—Pero le buscarás a alguien, ¿no?

—¿A qué te refieres con eso de «buscarle a alguien»?

—Pues no sé, llamar a algún tipo de servicio del condado para que vaya alguien a ayudarla, ¿no? Así no tendrías que hacerlo tú.

—No me importa hacerlo yo. Ya te lo he dicho. Es una mujer amable e interesante. Me gusta hablar con ella.

—Pero tiene noventa años.

—No me importa. Ya te lo he dicho, pero no me haces caso.

Raymond estaba empezando a enfadarse. Había intentado que no se le notara en la voz, pero sabía que no lo había conseguido.

—Vale. Lo que sea. Haz lo que te dé la gana, Raymond. No me importa. Bueno, en mi nuevo instituto hay un club de ajedrez, pero es completamente diferente del que...

—¿Sabes qué? —lo interrumpió Raymond—. Ha sido un día muy largo. Y tengo que acabar de escribir un correo electrónico. ¿Puedo llamarte otro día, cuando tenga algo más de tiempo?

—Eh...

Una pausa larga. André estaba sorprendido y un poco dolido. Y Raymond lo sabía. Duele que dos amigos ya no charlen como lo

149

hacían antes. Pero si era así, pues era así. Raymond no veía la razón por la que debiera prolongarlo o negarlo.

—Sí —dijo André—. Claro. No hay problema.

Raymond se despidió y colgó.

Al principio, no se imaginaba devolviéndole la llamada a corto plazo. Luego, mientras miraba la pantalla de la aplicación, se dio cuenta de que André no pretendía hacerle daño, simplemente era incapaz de comprenderlo, y su viejo amigo estaba solo en un lugar nuevo.

Así que para cuando Raymond terminó de escribir el correo electrónico, ya se había calmado lo suficiente como para volver a llamarlo y comportarse de manera civilizada. Incluso puede que atenta.

No volvieron a hablar de la señora G, lo cual, posiblemente, era lo mejor.

Capítulo 10

Un mundo hecho para nosotros

Raymond salió quince minutos antes para ir al instituto con el fin de pasarse a ver cómo estaba. Llamó usando su repiqueteo especial. Dos veces. Sin respuesta. Entró con las llaves que ella le había prestado.

De pie, en su salón vacío, la llamó.

—¿Señora G? ¿Hola?

—Hola, Raymond —la oyó decir de forma apenas audible.

Todavía estaba en el dormitorio y su voz sonaba apagada. No estaba proyectándola bien.

Fue por el pasillo y se detuvo a unos cuantos pasos de distancia de la puerta abierta. Alargó el brazo y dio unos golpecitos en el marco.

—Puedes entrar —le dijo—. No pasa nada.

Cruzó la puerta abierta.

Estaba tumbada en la cama bajo un tenue rayo de luz que entraba a través de las cortinas de la ventana. Seguía completamente vestida, con la misma ropa, con la misma manta de ganchillo por encima. La gata estaba hecha un ovillo sobre la cama, entre el brazo derecho y el costado de la anciana. La señora G la acariciaba, ausente, con la mano izquierda. Parecía estar mirando por la ventana, como si estuviera fascinada con algo en concreto, pero, por supuesto, eso era imposible.

—¿No llegó a ponerse el camisón?

—No—respondió. Nada más. En voz baja.

—¿Se ha levantado en algún momento desde la última vez que nos vimos? ¿Puede levantarse si lo necesita?

—Me he levantado una vez para ir al baño.

—¿Ha comido?

—No tengo hambre.

—Le prepararé algo antes de irme al instituto.

—Oh, no sé, Raymond. No estoy segura de poder tolerar gran cosa.

—Le prepararé té de batista y tostadas. ¿Puede digerir eso?

—Quizá pueda comerme una tostada con azúcar y canela. Mi madre solía preparármelas con mi té de batista cuando estaba triste. Solo tienes que espolvorear un poco de azúcar sobre un poco de mantequilla derretida y luego algo de canela, la encontrarás en la estantería de las especias.

—Vale —le dijo Raymond—. Ahora vuelvo.

Cuando Raymond llegó con el desayuno que le había preparado, servido sobre una bandeja de madera pulida que había encontrado en la alacena, la anciana se sentó, no sin cierto esfuerzo, para que él pudiera dejar la bandeja sobre su regazo.

Le dio un mordisco a la tostada y suspiró. Aunque no le pareció que fuera en señal de desaprobación.

—Ha sido un detalle por tu parte —le dijo—. Y cómo lo has preparado es simplemente perfecto.

Raymond miró la hora en el despertador de la mesilla. Aunque saliera de inmediato, llegaría tarde al instituto. Pero no pensaba ir a ninguna parte hasta estar seguro de poder dejar a la anciana sola.

—¿Necesita algo más antes de que me vaya? —le preguntó, sentándose levemente en el borde de la cama.

—¿Puedes hacer que este mundo sea un lugar en el que nadie hubiera disparado a Luis por tener el arma ya preparada? O, mejor todavía, ¿por no llevar ninguna arma? Porque, ¿para qué disparar? Solo iba andando por la calle como los demás y, si no lo conocían, ¿qué motivo podrían tener para juzgarlo? ¿Por qué lo percibirían como una amenaza cuando solo era un hombre andando por la calle? Si pudieras convertir el mundo en un lugar así, eso me ayudaría mucho. Bueno. Olvídalo. Habría ayudado mucho a Luis. Nos habría ayudado a todos.

Se sentó en silencio un instante, dolido. La observó mientras le daba otro mordisco a la tostada.

—Ya sabe que no puedo hacer eso.

—Sí, lo sé. Y espero que mi forma de decirlo no haya impedido que comprendas lo que quiero decir. La gente necesita un mundo que nadie parece capaz de crear. Y, como no puede arreglarse, el tiempo dirá. Creo que voy a necesitar muchísimo tiempo para asimilar lo que ha pasado. Pero el hecho de que quieras ayudarme significa más para mí de lo que soy capaz de expresar. Significa mucho, Raymond. Eso y la idea de que esos niños, sus hijos, vengan a verme y conocerme. Ellos y tú sois lo único que me mantiene anclada a la tierra en estos momentos. Ah, y esta gatita. Me ha aportado tanto consuelo, sentada en mi regazo, ronroneando. Y querría que te pararas un segundo a pensar cuántas de estas cosas tendría si no nos hubiéramos conocido. Piénsalo. Todo lo que me mantiene aquí en esta tierra ahora mismo es algo que tú has aportado a mi vida. Y eso me recuerda... ¿No vas a llegar tarde al instituto?

—Sí —respondió—. Si no salgo ya, llegaré tarde.

Pero no se movió.

—Vete—le dijo ella—. ¿Qué crees que puede cambiar mientras estás fuera? Nada va a cambiar. Seguiré aquí.

A regañadientes, muy a regañadientes, la dejó y se fue corriendo al instituto.

Raymond decidió pasarse camino de su casa con la esperanza de que se hubiera movido algo mientras él estaba fuera.

Pero no, no se había movido nada.

Estaba sentada en la cama, con la gata en su regazo. Vestida con la misma ropa. Mirando en la misma dirección.

—¿Ha comido?

Eso fue lo primero que le preguntó. Ella respondió con tan solo un suspiro.

—Si le preparo algo, ¿se lo comería?

—No me apetece demasiado comer —le respondió, girando la cabeza vagamente en su dirección—. Pero sí que me he levantado para dar de comer a la gata. Eso es lo bueno de tener un animal. Aunque no quieras levantarte por iniciativa propia, tienes que hacerlo por ellos. Pero a mí no me apetecía comer.

Raymond se sentó en el mismo borde de la cama.

—En realidad, esa no era la pregunta. No tanto si tenía hambre o si le apetecía comer. Le estaba preguntando si se lo comería. Si preparo algo y se lo traigo aquí, ¿al menos intentaría comer algo como hizo esta mañana? Porque la gente necesita comer para vivir. Y a la comida no le importa si te apetece o no. Te nutre de todas formas.

Permanecieron sentados en silencio un minuto o dos.

Entonces la anciana dijo:

—Tengo la sensación de que te estoy decepcionando, Raymond. Como si estuviera impidiendo que llevaras la vida que realmente te mereces.

Por algún motivo, su comentario hizo que le temblara la cara. Casi una respuesta de miedo. O quizá de vergüenza.

—No entiendo muy bien por qué dice eso.

—Quieres que esté bien. Que me levante y me sienta mejor. Y que siga con mi vida.

—Sí —respondió—. Y usted quiere que convierta este mundo en un lugar en el que nadie hubiera disparado a Luis porque la pistola seguiría en el bolso al descubrir que solo intentaba devolverle el monedero. Pero no me lo tomo como algo personal porque no puedo hacer lo que me pide. No lo veo como un fracaso personal.

—Bien visto, amigo mío. Bien visto.

Otro minuto o dos de silencio.

—Quizá unos huevos revueltos —dijo por fin.

—Marchando.

—Me siento mal por tenerte pendiente de mí de esta manera.

—No tiene por qué —le respondió Raymond—. No es molestia.

—¿Qué he hecho yo para merecer un amigo tan bueno, Raymond?

Quizá solo era un comentario, sin más. Raymond no estaba seguro. Pero decidió tomárselo como una auténtica pregunta.

—Creo que usted es la primera persona que he conocido que... A ver si lo digo bien. Digamos... que me ve de verdad. Y me refiero a todo yo, no solo la parte de mí que se ajusta a lo que los demás quieren ver. Y me resulta extraño porque la primera persona que conozco que me ve de verdad... ya sabe... está ciega.

—En lo que se refiere a ver lo que es importante en una persona —dijo ella—, creo que es posible que lo que nos dicen nuestros ojos no sea más que una distracción. Eso no quiere decir que no me gustaría poder volver a ver. Oh, sí que me gustaría. Echo de menos ver. Pero también me gustan las cosas que he aprendido a ver sin ellos.

—¿Y qué tal si le preparo dos huevos revueltos? —preguntó al percibir cierta mejora en el estado de ánimo. Del estado de ánimo de los dos—. ¿Intentaría comerse los dos?

—Sí. Por ti, lo intentaré.

Cuando Raymond volvió a casa, se encerró en su habitación y abrió su portátil. Encontró lo que espera encontrar: un correo electrónico de Isabel.

«Estimado Raymond», decía.

> Creo que nos está afectando a todos mucho, a todos aquellos que lo conocieron bien. Pero ella acaba de enterarse, así que ten paciencia. Está bien que te preocupes por ella, pero la gente necesita tiempo para procesar las malas noticias.
>
> Ni siquiera voy a intentar convencerte de que preocuparse sea algo inapropiado. Quizá lo sea. Solo quiero recordarte algo que, seguramente, ya sepas: no hay nada que puedas hacer para ayudarla a asimilar esto. Te estás asegurando de que tenga cubiertas todas sus necesidades básicas y eso ya es mucho.
>
> Me pasaré por allí el sábado con los niños mientras tú estás con tu padre.
>
> ¿Debería acompañarla a la tienda o te vas a encargar de que tenga todo lo que necesita antes de irte?
>
> Muchas gracias por todo. Eres un chico encantador. Atentamente,
>
> Isabel Vélez

Raymond se quedó sentado un minuto, con la sensación de que siempre se sonrojaba cuando alguien decía algo así sobre él. Incluso por escrito. Incluso cuando no estaban cerca.

Entonces, pulsó en «Responder». «Isabel», escribió.

> Revisaré los armarios de la cocina esta semana y me aseguraré de que tenga de todo. No tiene

hambre, pero tiene que haber bastante comida en
la casa como para que le apetezca comer un poco,
de eso me he estado ocupando yo estos días. Quizá
podrías animarla a comer algo cuando la visites.
Si lo consiguieras, te lo agradecería mucho. Y
si no, gracias por intentarlo.
Raymond

Justo cuando pulsó el botón «Enviar», se abrió la puerta de su
dormitorio y se oyó la voz de su madre.

—Deja de chatear con tu novia y ven a cenar —le dijo—. No
puedo creer que haya tenido que llamarte dos veces.

La mujer de su padre abrió la puerta del apartamento. Quizá
debería llamarla madrastra, pero como aquella mujer apenas tenía
diez años más que él, a Raymond llamarla así le resultaba un poco
extraño.

Solía llamarla por su nombre de pila, pero no sabía si eso le
molestaba o no.

—Hola, Neesha—le dijo.

Era viernes por la tarde y no le quedaba más remedio que plan-
tarse en aquella puerta. Así era cómo habían planificado su vida.
No tenía ni voz ni voto. No es que le importara ver a su padre; por
lo general, eso era bueno, pero le resultaba incómodo tener que
presentarse el viernes incluso antes de que el hombre llegara a casa.

—Raymond —le respondió ella.

Eso fue todo. Solo «Raymond». Ni un «hola». Ni un «¿cómo
estás?», ni siquiera un «entra». Tan solo su nombre, sin más. Lo curioso
es que ella, seguramente, creyera que bastante hacía con recordarlo.

Raymond se quedó de pie, en silencio, en el rellano, con la
puerta del apartamento abierta, mirándola. Llevaba su bolsa de viaje
de lona en el hombro. Empezaba a pesarle demasiado.

—¿Todavía está en la oficina?

—Sí. ¡Menuda novedad!

Se apartó de la puerta. Raymond sabía que ese gesto era su manera de decirle que le permitía entrar, pero era lo que estipulaba el acuerdo de custodia. Vivía allí fines de semanas alternos por orden judicial. No necesitaba su permiso.

Entró en el salón y se quedó allí, de pie, todavía con la bolsa en el hombro. Había dos billetes de veinte dólares en la mesa auxiliar. Los miró, sin saber muy bien si quería comentar algo al respecto. Quizá fuera su paga. Su padre solía darle una paga bastante generosa, al menos en comparación con Ed, pero no se atrevió a cogerlos hasta estar seguro.

Quizá fuera una prueba. A veces, con Neesha, había pruebas.

—Tengo reunión con mi grupo de lectura esta noche —le dijo cuando vio que estaba mirando los billetes—. Así que no voy a poder cocinar nada.

A Raymond le pareció un comentario curioso, teniendo en cuenta que nunca cocinaba los viernes cuando llegaba.

—Así que pide una *pizza* para Malcolm y para ti —añadió.

Jamás lo llamaba «tu padre». Jamás. Neesha parecía discrepar con esa realidad. O, al menos, no reconocía lo que suponía la misma en su totalidad.

— Tú sabes de qué le gusta, ¿no?

—Sí. De lo mismo que a mí.

«*De tal palo, tal astilla. Te guste o* no».

—Tengo que irme —le dijo.

Cogió su bolso y se fue. Raymond entró en su dormitorio secundario y dejó la bolsa en la cama. Luego, salió y encendió la televisión.

Había olvidado llevarse el libro que estaba leyendo. No había mucho más que pudiera hacer.

Su padre no volvió a casa hasta las siete de la tarde.

Raymond levantó la cabeza de su *pizza* cuando oyó la puerta.

A pesar de que ya hacía bastante frío fuera, su padre entró con la chaqueta colgada del hombro. Sujetaba un cigarrillo apagado entre los dientes. Raymond sabía que no tenía permiso para fumar en la casa. Sonrió cuando vio a su hijo sentado en el sofá, viendo la televisión. Y eso fue agradable, tan agradable como puede ser una cosa tan sencilla.

—He empezado sin ti —le dijo Raymond, sujetando una porción a medio comer de la *pizza*—. Lo siento. Tenía hambre.

—No te preocupes.

Su padre era un hombre grande con una voz grave y profunda, pero para nada intimidante. Raymond había heredado su altura, pero no su complexión delgada.

—He tenido una emergencia. Un paciente había perdido una corona. Puedo meter una porción en el microondas. No pasa nada.

—No uses el microondas. La reblandece. Calienta una parte en el horno. O, si quieres, lo hago yo. Si estás demasiado cansado.

Su padre se encogió de hombros.

—Pues a mí me gusta al microondas.

Desapareció en la cocina.

Raymond oyó el pitido del microondas.

Menos de dos minutos después, salió con una porción de *pizza* en un plato de papel. Se dejó caer en el sofá junto a Raymond y se aflojó la corbata. Le dio una palmadita a su hijo en la rodilla. Luego se quitó los zapatos y apoyó los pies con calcetines en la mesa auxiliar.

Raymond observó los pies de su padre un instante.

—Tenías que aprovechar para poner los pies encima de la mesa antes de que volviera Neesha —le dijo—, ¿eh?

—Cómo lo sabes. ¿Qué estás viendo?

159

En realidad, Raymond tuvo que esforzarse para recordarlo. Tuvo que mirar a la pantalla en busca de pistas. Había estado pasando de canal en canal con la mente en otra parte casi todo el tiempo.

—Eh. Algún tipo de serie de misterio sobre vida extraterrestre, creo. No es demasiado verosímil.

—¿Qué me he perdido?

—No lo sé. No le he estado prestando demasiada atención.

Había estado pensando en la señora G.

Ambos se quedaron allí, sentados frente a la pantalla. Raymond se preguntó si su padre le estaría prestando más atención que él. No hablaron. Casi no hablaban cuando estaban juntos.

Raymond suponía que se llevaba bien con su padre. No tenían problemas, jamás discutían. Pero se veían cada dos semanas. Y luego, cuando por fin volvían a verse, ninguno de los dos parecía ser capaz de sacar tema de conversación alguno. Cualquier cosa.

El domingo, a media mañana, se sentaron juntos en su restaurante favorito. Donde el *brunch*. Donde Raymond había llevado a la señora G.

—Le he pedido a tu madrastra que se una a nosotros —le dijo su padre—. Pero se ha llevado trabajo a casa que debe tener terminado para mañana.

Raymond miró la carta, aunque ya sabía qué iba a pedir. Al principio, pensó en dejar pasar el comentario. Fingir que no lo había oído, como siempre.

Pero, de repente y para su sorpresa, decidió acabar con la complacencia que siempre le había contenido en el pasado.

—Cada vez que se niega a pasar tiempo con nosotros, intentas disculparla. Ya sé que no le gusto y yo no entiendo por qué no podemos hablar de ello. Es algo tan obvio. No es que no me haya dado cuenta.

Observó a su padre mientras procesaba sus palabras. Observó cómo se le arrugaba la piel oscura de la cara y se ponía triste.

Raymond lamentó haber hablado. Su intención no había sido hacer daño a su padre, pero parecía que era justo eso lo que había conseguido.

—Creo que estás malinterpretando la situación, Raymond.

—Lo siento mucho si te he molestado, pero no creo que sea así.

—En cierta forma, sí. No digo que sea una persona cercana contigo. Porque no lo es. Pero cuando dices que no le gustas, puedo asegurarte que no es así. Tú piensas que tiene algo que ver contigo, pero no es el caso. No es que no le guste quién eres. Probablemente ni siquiera sepa quién eres. Lo que pasa es que cuando te mira, lo único que ve es la vida que he tenido con otra mujer antes de que la conociera a ella. Ese es el problema.

No dijo nada. Se limitó a estudiar la carta. Supuso que era bastante probable que su padre tuviera razón. Tenía cierta lógica. Sin embargo, no estaba seguro de que esa nueva perspectiva mejorara la situación. El camarero vino a tomar nota. Ambos pidieron una tortilla. Raymond, además, pidió té con leche. Había sobrecitos de azúcar en el centro de la mesa. No tenía que pedirlos. Su padre pidió champán.

—Así que ahora tienes novia, ¿no? —le dijo su padre cuando se volvió a ir el camarero—. Son buenas noticias.

—No tengo novia. Mamá está equivocada.

—Oh.

Pausa. Raymond se volvió a sentir atascado en esa sensación. Esa sensación que le decía que le estaba haciendo daño a su padre sin querer. Así que decidió esforzarse más por hacer las cosas mejor.

—Es solo que he hecho nuevos amigos.

—Me alegra oír eso. Entonces, ¿otros chicos?

—No —respondió Raymond con la esperanza de que la conversación se quedara ahí, aunque sabía que era poco probable.

—Entonces es una chica.

—No creo que chica sea el término más adecuado. Tiene más de noventa años.

—Oh —volvió a decir su padre. De hecho, su padre decía «oh» muchas veces. Aquel hombre era bastante parco en palabras—. ¿Y por qué tu madre cree otra cosa?

—No lo sé. Le dije que solo era una amiga, pero no quiso escucharme. Supuso que tenía novia, pero que yo no quería admitirlo.

—Entonces, ¿le has dicho lo que no es pero no lo que sí es?

—Más o menos. Sí. No creo que lo entendiese. Es difícil explicar por qué me gusta pasar tiempo con esta nueva amiga. Quiero decir que... al principio era porque me necesitaba. Es ciega y necesita ayuda... y han asesinado a la persona que la estaba ayudando. Pero eso no es todo. Me gusta pasar tiempo con ella. Hablamos.

Su padre asintió con la cabeza un par de veces, pero no dijo nada.

Su té y su champán llegaron. Bebieron en silencio un minuto o dos.

—¿Desde cuándo bebes té? —le preguntó su padre como si se acabara de despertar y se hubiera dado cuenta de ello.

—Más o menos dos semanas.

—Oh.

Otro silencio. Pero este era diferente. Su padre estaba intentando asimilar todo aquello y Raymond podía sentirlo. Sentía su lucha interior. Se preguntó cuántas veces habría sido así. Cuántos silencios no habrían sido completamente voluntarios por parte de su padre.

Quizá tuvieran más cosas en común de lo que Raymond pensaba.

—Cuando era un poco más joven que tú —empezó su padre—, más o menos al principio de mi adolescencia, había un tipo en nuestro barrio. Solía pasear a su perro por el parque. Era un perro con muchísima energía, así que los demás chicos solían jugar con él, pero yo prefería sentarme en un banco y hablar con aquel hombre. Le llamábamos el Coronel porque había sido coronel del ejército. Era militar retirado. Era un señor mayor. De unos cincuenta, quizá. Puede que sesenta. Me caía bien porque me trataba como a un adulto, no como a un niño. Y porque parecía saber más de la vida que los demás adultos que conocía. Supongo que es algo parecido, ¿no?

—¡Sí! —dijo Raymond, sin darse cuenta de que estaba casi gritando—. Sí, más o menos eso. La escucho y siento que ella comprende el mundo. Cómo vivir en él, ya sabes. Luego escucho hablar a otras personas y parecen estar fingiendo.

Salvo su padre, su padre no parecía fingir. Al menos, en ese momento, cuando le había contado la historia del Coronel, no. Pero Raymond no sabía muy bien como traducir eso en palabras y reconocerlo.

—Creo que tu madre es capaz de entender eso.

—Preferiría no decírselo.

—¿Por qué?

—Porque es una de esas personas que finge.

—Entiendo. Bueno, eres un jovencito inteligente. Encontrarás la forma de hacerlo.

Raymond estuvo a punto de preguntarle por qué había tardado tanto tiempo en dedicarle un auténtico cumplido, pero se sintió incapaz de volver a verlo triste, así que se guardó sus pensamientos.

Su padre sacó de su cartera dos billetes de veinte dólares y se los pasó.

—Gracias —dijo Raymond.

—No presumas de ellos delante de Ed.

—No lo haré.

Raymond ya había decidido que, si su padre le daba dinero, compraría una tortilla para llevar. Para llevársela a casa. Espinacas, tomate y queso. Cualquier tipo de queso. Con crema agria por encima.

Podría calentársela en el horno.

Quizá le resultaría tan tentadora que no podría resistirse.

—Entra, Raymond —le dijo ella a través de la puerta.

Raymond abrió los pestillos con sus llaves. O... con las llaves de ella, en realidad, pero que se había acabado quedando.

La anciana estaba sentada en el sofá y a él le pareció una noticia sorprendentemente buena. Se había cambiado de ropa. Llevaba la bata roja de rayas. Tenía el pelo limpio y recogido en una trenza. Entonces recordó que Isabel y los niños la habían visitado el día anterior. Seguramente se habría arreglado para la visita. Raymond no podía saber si se había vuelto a arreglar ese día.

«Sigue siendo un progreso», pensó.

—¿Qué has traído? —preguntó—. ¿Algo para comer?

—¿Cómo lo hace? —Entonces se dio cuenta de que la respuesta era bastante simple en ese caso—. Ah. Vale. La nariz.

—Sí. Mi nariz me dice que es algo rico, pero no estoy del todo segura, así que tendré que esperar a ver.

—¿Ha comido?

—Hoy todavía no. No. Ayer Isabel trajo *pizza*, pero hoy todavía no he comido nada.

Raymond agitó la cabeza mientras ponía rumbo a la cocina.

—Entonces es una suerte que haya venido —murmuró.

—Lo he oído, ¿sabes?

—Lo siento. Voy a calentar un poco esto en el horno para usted.

—Perfecto. Muchas gracias. Espero que sea lo que creo que es.

Sacó un cuchillo del cajón y cortó la tortilla en dos tercios. Encontró una olla con tapa en el armario y metió una porción dentro. Cerró el envase y encontró un hueco para él en el frigorífico, dejando el pequeño recipiente con la crema agria fuera.

También había sobras de *pizza* allí. Y una botella abierta de vino blanco con el corcho puesto para que no se estropeara.

—Hay vino en el frigorífico —le dijo Raymond.

—Pues sí.

—¿De Isabel?

—Así es. Pensó que media copa de vino con la cena me ayudaría a dormir mejor.

—¿Y funcionó?

—Difícil de decir. No dormí demasiado bien. Pero supongo que tampoco me hizo daño.

—¿Quiere media copa con su...? —Estuvo a punto de decir «tortilla», pero quería mantener el suspense—. ¿... cena?

—Eso estaría bien. Gracias.

—Esperemos que no acabe con un problema de alcoholismo —dijo, bromeando en un noventa y cinco por ciento, y esperaba que eso se percibiera en su voz.

Para su sorpresa, ella se echó a reír. Con bastante naturalidad. Como si no acabara de morir alguien querido.

—Teniendo en cuenta que me quedaría dormida con menos de una copa —le respondió—, supongo que es poco probable que eso pase.

La acompañó a la mesa y deslizó la silla bajo ella mientras se sentaba.

—Tenía razón —dijo la anciana—. ¡Es justo lo que creía! Estaba empezando a pensar que quizá sería demasiado pedir.

—Espinacas, tomate y queso.

—¿Con crema agria?

—Por supuesto.

—¿Tu padre te llevó a ese adorable restaurante para el *brunch*?

—Sí.

—Ha sido un detalle por tu parte traerme esta maravilla.

Tocó los bordes de la tortilla con el tenedor y el cuchillo, posiblemente para saber cuánto le había servido.

—Es como un tercio. El resto está en el frigorífico.

—Sigue siendo mucho —le respondió, tomando su primer bocado.

Cerró los ojos y suspiró con satisfacción.

—Cómase lo que pueda.

—Me veo capaz de comer un poco. Muy amable por tu parte haberme traído esto, Raymond. Está deliciosa. Cada bocado es mejor que el anterior, incluso recalentado.

Comió en silencio unos minutos. Raymond se sentó con ella, mirando por la ventana al vacío.

—¿Qué tal la visita de los niños? —le preguntó Raymond pasado un tiempo.

Masticó deprisa para poder tragar antes de hablar.

—Más duro de lo que imaginaba. Son como un espejo de su enorme pérdida. Todavía no lo acaban de entender. Bueno, lo entienden y, a la vez, no. Es algo difícil de asimilar a su edad. Oh, ¿pero a quién pretendo engañar? Es algo difícil de asimilar a cualquier edad. Incluso a la mía. —Le dio un sorbito a su copa de vino—. ¿Y qué tal tu fin de semana con tu padre?

—Pues bastante bien, la verdad. Mejor que de costumbre. Esta vez incluso hemos sido capaces de hablar de algo. Ya sabe. Algo de verdad.

—Bien. Bien. Ahora dime algo, Raymond. Llevo algún tiempo preguntándomelo desde que te fuiste. Así que iré directa al grano. ¿Por qué estás tan preocupado por mí?

—¿Que por qué estoy preocupado por usted? —le devolvió la pregunta.

Giró la cabeza para mirarla directamente a la cara. En busca de pistas, quizá. La tenía inclinada hacia él, como si eso la ayudara a escucharlo. Levemente inclinada, como un perro que intenta identificar un sonido curioso. Con el cuchillo y el tenedor suspendidos en el aire, completamente inmóvil. Pudo ver que tenía su total atención.

—¿Estoy preocupado?

—Eso me parece a mí, sí.

—Bueno... la gente tiene que comer, ya sabe.

—Podemos pasar varios días sin comer.

—Supongo. Pero...

Y entonces lo vio claro. Sobre lo que le había preguntado. Estaba allí. A punto de materializarse. Abriéndose paso hasta su boca. Dispuesto a salir al mundo exterior, donde jamás podría recuperarlo. Ni negarlo.

—Siento que... ahora que Luis no está... Es solo que parecía tener un gran deseo de vivir y supongo que me preocupa que lo esté perdiendo.

—Entiendo —dijo la anciana. Soltó el cuchillo y el tenedor. Se limpió la boca con la servilleta—. Bueno, Raymond. Déjame contarte más sobre mí, quiero que lo sepas. Mucha gente que conocía ha muerto joven. Y eso es todo lo que me gustaría decir al respecto. Puede que vuelva a verlos... quién sabe. Quizá haya otra vida después de la muerte. Quizá los vea. Nadie lo sabe. ¿Acaso crees que voy a unirme a ellos antes de lo necesario y decirles que dejé de intentarlo porque la vida me quitó algo? Eso sería una afrenta para aquellos que no han tenido la suerte de llegar a viejos. Sería una bofetada en la cara. Y, aunque jamás vuelva a verlos, sería una bofetada en tu cara.

—¿En mi cara?

—Sí, en tu cara. Sería no reconocer que la vida me quitó a Luis, pero también te trajo a ti. La vida siempre nos quita algo a todos. Te contaré algo sobre la vida que puede que ya sepas o quizá no, mi joven amigo. La vida no nos da nada en absoluto. Solo nos lo presta. Nada es nuestro para siempre. Absolutamente nada. Ni siquiera nuestros cuerpos ni nuestros cerebros. Este «yo» que creemos conocer tan bien, que creemos reconocer como nosotros mismos. Solo es un préstamo. Si una persona entra en nuestra vida, volverá a salir. Porque se separan nuestros caminos o porque todo el mundo muere. Ellos mueren o nosotros morimos. No podemos quedarnos nada de lo que recibimos en esta vida. No soy una niña malcriada que se lleva sus juguetes a casa porque no quiere aceptar que las cosas funcionan así.

—Bien —dijo Raymond—. Me alegro de que hable así. Me preocupaba que pudiera...

Pero se sintió incapaz de decirlo.

—¿Morirme? Por supuesto que me moriré. Antes que tú, supongo, aunque también supuse lo mismo de Luis. Sí, me voy a morir, Raymond, pero no puedo prometerte cuándo. Quizá mañana. O puede que con ciento seis años. Pero sí puedo prometerte algo: no será porque no quiera seguir viviendo. Vivir muchos años es un regalo negado a muchos y conlleva la responsabilidad de sacarle el mayor partido posible. O, al menos, apreciarlo. La gente se queja cuando envejece, los achaques de la edad, lo difícil que se vuelve todo, como si se olvidaran de que la alternativa sería morir joven.

Volvió a coger su tenedor y siguió comiendo. A Raymond le pareció verla con energía renovada. O, al menos, la vio impulsada por su cabezonería.

—Además —añadió entre bocados—. Tengo que vivir lo suficiente como para saber qué pasa en el juicio de esa mujer.

SEGUNDA PARTE

ABRIL

Capítulo 11

LA GALLETA DE LA FORTUNA

Cuando su padre entró en la habitación, Raymond estaba sentado en el sofá del apartamento de su progenitor, solo, leyendo un libro electrónico sobre la segunda guerra mundial en su ordenador portátil y cenando comida china.

Echó un vistazo rápido al reloj de su ordenador. Eran las seis y veinte.

—Espero que no te importe —le dijo a su padre—. Me he cansado de la *pizza*.

—Gracias a Dios.

Su padre cruzó la habitación hasta detenerse frente a él antes de tirar la chaqueta en una silla. Cayó en la alfombra y la dejó allí. Neesha se habría vuelto loca si hubiera estado en casa.

—Creía que eras tú quien quería tanta *pizza*.

—Bueno, todo tiene un límite.

—¿Qué estás comiendo?

Su padre se sentó junto a él en el sofá y se quitó los zapatos. Como si le dolieran los pies, algo muy probable. Llevaba todo el día con ellos puestos.

—Pollo al sésamo. Rollitos de huevo. Arroz frito con gambas. Solo hace unos minutos que están aquí. No creo que tengas que calentarlo.

—Voy a por un plato.

Mientras su padre estaba en la cocina, Raymond cerró su ordenador e inspiró profundamente. Se preparó mentalmente todo lo posible.

—Tengo que hablar contigo de algo —le dijo incluso antes de que a su padre le diera tiempo a sentarse.

—Vale. Dime.

—Hay algo que necesito hacer. Es importante para mí, pero supondría perder algunas clases. Pero es educativo, así que creo que es una buena razón por la que no ir a clase, y mis profesores me pondrán deberes y los haré por la tarde, cuando vuelva a casa. No dejaré que bajen mis notas. Pero necesito una autorización.

—¿Y qué opina tu madre?

Raymond guardó silencio. Se quedó sentado, observando a su padre mientras se servía el pollo al sésamo en el plato con un par de palillos desechables nuevos. Sabía que tenía que decir algo, pero no había nada que pudiera decir que le permitiera salir airoso de aquella situación.

—Ya veo —dijo su padre, volviendo a sentarse con un suspiro—. ¿Por qué no se lo has pedido a ella?

—Bueno. Ya sabes cómo es. Necesita que todo se haga como ella quiere. No es nada flexible cuando alguien quiere cambiar esos planes.

—Sabes que no va a funcionar, Raymond. ¿De verdad crees que te puedo escribir una autorización y que ella no se entere?

—Solo era una idea.

Y, entonces, Raymond soltó una carcajada. Apenas duró un segundo. Y, para su alivio, su padre también se rio.

—¿Y qué es exactamente eso que quieres hacer?

—Es un... juicio.

—¿Un juicio penal?

—Sí.

—¿Qué delito?

—Homicidio involuntario.

—¿Conoces a la persona a la que van a juzgar?

—No, pero conozco a la familia de la víctima.

—Entiendo. Esto tiene que ver con tu amiga, ¿verdad? ¿La anciana?

—¿Cómo lo sabes?

—Porque te presto atención cuando me hablas, hijo. Cuando me hablaste por primera vez de ella, me dijiste que era ciega y que necesitaba ayuda y que habían matado a la persona que la ayudaba.

—Oh —dijo Raymond—. ¿Dije eso?

Estaba tan sorprendido que, durante un instante, fue incapaz de articular palabra.

—¿No te habías dado cuenta de que te escucho?

—Yo... supongo que no estoy acostumbrado. Mamá y Ed no me escuchan. Bueno, Ed no escucha. Mama sí que escucha todo lo que le digo, pero luego lo olvida.

—Pero deberías haberte dado cuenta de que yo sí me acuerdo.

—Como no hablas mucho —dijo Raymond, con sinceridad inesperada—, a veces, resulta difícil saberlo...

—Sea como sea, al ver lo cercana que es esa persona para ti, creo que tu madre lo comprendería.

Otro largo silencio. Esta vez duró, al menos, un minuto. Quizá dos o tres. Raymond esperaba que su padre lo rompiera y llenara ese vacío con palabras. Porque él no tenía intención de hacerlo.

—Ni siquiera le has hablado de tu amiga a tu madre —dijo, al fin, su padre. Era una afirmación. No una pregunta.

—No.

—¿Por qué no?

Raymond suspiró.

—Es difícil de explicar. ¿Alguna vez te ha pasado eso de que algo es realmente importante para ti, pero sabes que nadie más lo comprendería? Es como si quisieras mantenerlo a salvo. Como si fueran a dejar sus huellas por todas partes y estropearlo todo. Y esto de perder clases para ir al juicio es un buen ejemplo. Es algo muy importante para mí y ella es la que va a echarlo todo a perder… y ambos lo sabemos.

Más silencio. Lo bastante largo como para que su padre se terminara el pollo al sésamo y se pusiera los dos últimos rollitos de huevo en su plato. Raymond cogió una galleta de la fortuna y la sacó de su envoltorio. Durante unos segundos, la mantuvo en su mano sin llegar a romperla.

—¿Y qué piensan en tu instituto? ¿Se lo has dicho ya al director?

—Todavía no. He empezado por ti.

—Deberías haber empezado por tu madre. Y luego tienes que decírselo al director. Y, entonces, yo te escribiré esa autorización, pero solo si tu madre está de acuerdo. Si crees que voy a jugármela con esa mujer, es que no me conoces demasiado bien.

Raymond volvió a suspirar. Miró la galleta de la fortuna de su mano y la abrió. Sacó la nota de su interior.

PRONTO EMPEZARÁS UNA GRAN AVENTURA

—¿Qué dice? —le preguntó su padre.

Raymond le pasó la nota de papel. Su padre la sujetó a distancia. No llevaba las gafas de leer. Cuando, por fin, consiguió leerla, esbozó una sonrisa burlona.

—Me pregunto quién de la fábrica de galletas de la fortuna conoce a tu madre.

Ambos estallaron en carcajadas y esas risas los consolaron.

Tal como lo veía Raymond, si aquello hubiera sido una película, la subdirectora habría dicho algo tajante y oficial. Algo como «El director te recibirá ahora».

Pero aquello era la vida real.

La subdirectora chascó los dedos para captar su atención mientras permanecía sentado, mirando por la ventana. Luego hizo un gesto con la cabeza, señalando el despacho del señor Landucci.

—Entendido —dijo Raymond.

Se puso en pie. Inspiró profundamente. Y entró.

El señor Landucci era un hombre bajito y ancho de unos cincuenta años, que llevaba el cuello de la camisa demasiado apretado, lo que hacía que la piel regordeta de su propio cuello se desbordara y cayera sobre el nudo Windsor de su corbata. Usaba gafas de media montura y miraba a Raymond por encima de ellas. Entrecerró los ojos, como si intentara clasificarlo de alguna forma.

—¿Y tú eres...?

—Raymond Jaffe.

—¿Has estado alguna vez antes en mi despacho?

—No, señor.

—Bien. Eso es un punto a tu favor. Siéntate.

Raymond se sentó, incómodo, en el borde de la silla dura de madera. No tenía reposabrazos, así que no sabía qué hacer con las manos.

«Como en los viejos tiempos», pensó.

Mientras intentaba instalarse en el asiento, el director parecía observarlo con cierto interés, como si fuera incapaz de imaginar cómo se debía sentir alguien que tenía que controlar sus propias extremidades todos los días. Entonces miró el monitor de su ordenador un instante, aunque Raymond no sabía si su vida formaba parte de lo que fuera que estuviera leyendo.

—¿Qué puedo hacer por ti? —le preguntó el señor Landucci por fin.

—Quiero hablar con usted sobre una ausencia.

—De acuerdo. ¿Cuánto tiempo has faltado y hace cuánto?

—No, no se trata de una ausencia pasada. Es una ausencia futura. Quiero hacer algo que hará que tenga que faltar a clase, pero creo que sería algo muy educativo. Lo que quiero hacer, me refiero.

—Necesitaré una autorización de tu madre.

Raymond se quedó sentado un rato, pasmado, con las orejas ardiendo.

—¿Mi madre?

—Sí, tu madre.

—¿Por qué no ha dicho «mis padres»?

—Porque aquí dice que tienen un acuerdo de custodia compartida. Que vives con tu madre y pasas fines de semana alternos con tu padre.

—Oh —dijo Raymond—. ¿Dice todo eso? ¿Por qué dice todo eso?

—Porque se trata de una información importante para nosotros. Si un estudiante llega tarde determinados días, quizá sea porque viene de un domicilio más alejado. O si un estudiante está más distraído que de costumbre o muestra signos de abuso... Bueno, simplemente es información útil. Volvamos al tema que nos ocupa. ¿Tu madre está de acuerdo con que pierdas clases?

—Mi padre me dijo que él me escribiría una autorización.

—Ya veo.

Supuso que el director sí que veía. Probablemente incluso demasiado. Más de lo que Raymond habría querido revelar.

—Déjeme que le cuente lo que quiero hacer. Por favor. Va de aprender más sobre nuestro sistema judicial penal. De primera mano. Bueno, no literalmente de primera mano. No es que me vayan a juzgar ni nada de eso. Pero sí a nivel práctico. Y mis profesores me darían los deberes, que yo haría en casa por la noche. No me quedaré rezagado. No dejaré que bajen las notas. Nunca dejo que bajen mis notas. Probablemente pueda ver eso también, ya que está viendo toda mi vida ahí, en su pantalla.

Al principio, no hubo respuesta. El señor Landucci no estaba mirando a Raymond. Estaba leyendo la pantalla de su ordenador. Le sorprendió mucho que el director no lo hubiera mirado desde que había tratado de dominar sus piernas. El hombre parecía haber perdido todo interés después de aquello.

—Sí —dijo el señor Landucci de repente, asustando a Raymond—. Eres un buen estudiante. Ojalá tuviéramos más alumnos como tú. Pero necesitaré una autorización de tu madre. Y, como has dejado bastante claro que esperabas evitarla, la llamaré para verificarlo, pero, aparte de eso, no tengo ningún problema en lo que propones, siempre que entregues todos tus deberes.

Raymond se quedó sentado un instante. Sabía que debía levantarse e irse, pero, durante un buen rato, no se movió.

—No lo entiendo —dijo.

—¿Qué es lo que no entiendes? Pareces un jovencito inteligente y no es tan complicado.

—Mi padre es tan progenitor mío como mi madre.

—Pero ella es tu tutora principal. Y él es el secundario.

—Oh —dijo Raymond, recordándose a sí mismo por un instante a su padre. El hombre de pocas palabras. Oh.

—Así que ven a verme otra vez cuando tengas la autorización firmada de tu madre.

Esa fue la forma educada del director de decirle que la reunión se había acabado y Raymond lo sabía.

Raymond iba bajando la calle con la señora G del brazo, camino del banco para ingresar los cheques de los dos últimos meses. Tenían algo de prisa para llegar antes de que cerraran. En cualquier caso, su versión de prisa a Raymond le parecía muy lenta.

—¿Y al final vas a poder ir? —le preguntó ella mientras esperaban a que cambiara el semáforo.

—Todavía no lo sé —respondió—. Sigo trabajando en ello.

La anciana pareció captar su desánimo. «Parece captarlo todo», pensó Raymond. Esperaba que le preguntara más sobre el tema, pero jamás lo hizo. Cruzaron la calle en silencio.

—En cuanto a mí, creo que estoy presionando demasiado —dijo—. Invirtiendo demasiado.

—No la sigo.

Raymond observó cómo movía su bastón rojo y blanco hacia delante y atrás mientras caminaban. No sabía muy bien por qué lo utilizaba de esa forma porque, si fuera a pisar o caerse en algún sitio, él se lo diría, pero quizá se le escapara la razón. Él jamás había tenido que transitar por las concurridas calles de Manhattan preguntándose si estaba a punto de tropezar con algo.

—Estoy intentando encontrar la mejor forma de plantearlo —dijo la anciana—. Para que tenga sentido. ¿Sabes cuando te duele algo y llamas al médico? Bueno, quizá no lo sepas, porque eres joven y estás sano, pero quizá haya algo parecido en tu vida. Así que pides cita y, digamos, te la dan para dentro de un par de semanas. Lo apuntas en la agenda y pones todas tus esperanzas en ese día. Como si todo dependiera de esa cita con el médico y ya todo estuviera bien, pero en el fondo sabes que deberías prepararte para una gran caída. Quizá sepa qué te provoca el dolor o puede que tenga que hacerte algunas pruebas. O puede que sepa lo que es, pero no sea fácil de tratar. Sabes que es bastante posible que salgas de su consulta con el mismo dolor. Y entonces tendrás que enfrentarte a la ardua tarea de tener que reajustar tu reloj interno a una nueva fecha en la que todo vaya a estar bien. ¿Alguna vez te ha pasado algo así?

—Sí —respondió—. Creo que sí. —Levantó la mirada para ver el banco ubicado al final de la manzana. Miró el reloj. Iban a llegar con siete minutos de margen—. ¿Entonces cree que está haciendo eso con el juicio?

—Exactamente.

Bajaron en silencio la manzana. Cruzaron las puertas del banco, que un cliente mayor mantuvo abiertas. Una vez dentro, Raymond la guio hasta el final de una cola de tamaño medio.

—¿Hay algo que pueda hacer para solucionar eso? —le preguntó mientras esperaban.

—No se me ocurre nada.

Esperaron en silencio hasta que llegaron a la ventanilla de Patty, la cajera favorita de la señora G.

—¡Mis dos clientes favoritos! —cacareó Patty, quizá con demasiada fuerza, mientras se acercaban despacio a su ventanilla—. ¡La señora Gutermann y Raymond!

Raymond la llevó hasta la ventanilla, donde la señora G dejó su bolso en el mostrador y empezó a rebuscar en su contenido.

Unos segundos después, levantó la mirada por encima de la anciana, hasta la puerta del banco. Y entonces vio.... a su madre.

Era cuestión de tiempo y él lo sabía. De hecho, había sido un milagro que no se hubieran topado con ella en el portal durante todos esos meses. O que se hubieran topado con alguna de sus hermanas. Raymond había asumido que estaba teniendo algún tipo de golpe de suerte inexplicable, pero, si así había sido, ya se le había acabado.

Lo miró directamente a la cara y no le quedó más remedio que devolverle la mirada. Se le empezó a acelerar el pulso y sintió las orejas rojas. Ella siguió preguntándole con la mirada. No parecía enfadada. Solo curiosa.

—Perdonadme —se disculpó ante Patty y la señora G—. Vuelvo ahora mismo.

Con el corazón desbocado, se acercó a ella. Se sintió fuera de su cuerpo, lejos de su ser habitual.

Se quedaron uno frente al otro en silencio durante uno o dos segundos.

—Este no es nuestro banco —dijo Raymond al fin.

—No —le respondió su madre con tono irónico, arqueando las cejas. Toda su cara rezumaba ironía—. No, no lo es.

—Y, entonces, ¿qué haces aquí?

—Yo podría preguntarte lo mismo.

—No, en serio. ¿Qué estás haciendo aquí?

Se puso en jarras, con los codos bien abiertos. Eso nunca era buena señal.

—No es que sea asunto tuyo, pero un compañero de trabajo me ha dado un cheque y he pensado que podría cobrarlo en su banco para que me lo dieran directamente en efectivo, ya sabes. No sería un ingreso y, así, si alguna vez me hacen una inspección, el Estado no me podría reclamar el pago de impuestos por dicha cantidad. Vale. Tu turno.

Raymond abrió la boca para hablar, pero, cuando iba a hacerlo, Patty lo llamó.

—¡Raymond! Raymond, cariño, te necesitamos aquí ahora mismo. Ya hemos acabado.

Su madre volvió a arquear las cejas. O quizá solo las arqueara más.

—Ahora voy —dijo.

Se acercó a la ventanilla en busca de la señora G. Le cogió la mano, como siempre hacía, para colocársela en el antebrazo. Entonces, una vez localizado el brazo, ella pasó el suyo por debajo y se agarró a él. Y empezaron a andar juntos.

—¿Dónde te habías ido? —le preguntó la anciana—. Me has dejado sola en la ventanilla. No es que no estuviera bien. Solo me preguntaba por dónde andabas.

—Mi madre está aquí.

Aquellas simples palabras arrastraban una gran carga. Pudo percibirlas en su propia voz y sabía que la señora G también.

—Me encantaría conocerla —dijo, sin entrar en el trasfondo.

—Bien, porque parece que eso es justo lo que va a pasar.

La condujo hasta su madre y se detuvo a unos cuantos pasos de distancia. Entonces Raymond se dio cuenta de que faltaban tan solo unos minutos para que cerrara el banco y que era bastante posible que, al ritmo que iban, su madre no pudiera hacer su trámite.

—Mamá —dijo—, te presento a la señora Gutermann. Vive en nuestro edificio, en la segunda planta. Necesita ayuda para ir al banco, así que...

Pero no terminó el pensamiento.

—Encantada de conocerla —dijo la señora G para llenar el silencio.

Le ofreció la mano, pero su madre seguía sin decir nada y sin producir sonido alguno, así que la mano terminó unos treinta grados a la derecha del objetivo buscado. Raymond la cogió y se la acercó a su madre, que alargó su propia mano para estrechársela.

No se dieron la mano exactamente. Fue más un gesto en el que la señora G estrechaba la mano de su madre y su madre se dejaba hacer.

—Debe de estar muy orgullosa de su hijo —dijo la señora G con voz digamos que emocionada por el entusiasmo que imprimió a sus palabras—. Durante todo este tiempo ha demostrado ser un gran amigo. Me ayuda a hacer muchas cosas que no sé cómo podría haber hecho yo sola. Y siempre tan amable. No sé qué se necesita para criar a un jovencito tan cariñoso y considerado, pero es evidente que ha hecho un buen trabajo.

La madre de Raymond clavó sus ojos en la cara de su hijo. Por fin había entendido que podía hacerlo sin que la señora G la viera, así que le preguntó con la mirada. Y, mientras abría la boca para responder a la señora G, no apartó los ojos de Raymond.

—Eso que me cuenta es muy interesante. ¿Cuánto tiempo lleva ayudándola?

—Oh, varios meses ya. Desde octubre, creo. Nos hemos hecho muy buenos amigos. ¿Verdad, Raymond?

—Desde luego —dijo Raymond, con la cara ardiendo bajo la mirada férrea de su madre.

Ella articuló las palabras «muchos meses» y, a continuación, extendió la mano y le dio un golpecito en la frente con el dedo índice.

—Ay —dijo Raymond.

—¿Estás bien, Raymond? —preguntó la señora G—. ¿Qué ha pasado?

—Nada. Es solo que... nada —Raymond miró el reloj—. Mamá, el banco cierra en unos dos minutos. Si no te das prisa y cobras tu cheque ahora mismo, habrás venido aquí para nada.

—Tienes razón. Ya hablaremos en casa. Encantada de conocerla, señora...

—Gutermann, pero puede llamarme Millie. Para mí también ha sido un placer conocerla.

Entonces su madre los sorteó y se fue. Y, por fin, Raymond pudo volver a respirar. Acompañó a la señora G hasta la puerta, donde otro cliente, esta vez una mujer joven, la mantuvo abierta.

Salieron a la calle juntos. Durante un instante, guardaron silencio.

Hacía un tiempo primaveral fresco y había el tráfico propio del final de la jornada. La gente pasaba tan deprisa a su lado que a veces chocaban con un hombro de Raymond.

—Sí, no le había dicho que la estaba ayudando —dijo, pasado un rato.

—Algo había notado, sí.

—Es difícil de explicar por qué.

—No hace falta. No pasa nada. Lo comprendo.

—No lo creo.

—Tener como amiga a una señora mayor no es algo de lo que alardea un chico joven. No es exactamente algo de lo que enorgullecerse.

—No estoy avergonzado. En absoluto. Más bien lo contrario.

Caminaron otra manzana en silencio. Otro peatón con prisas por volver a su casa golpeó a Raymond en un hombro.

—Entonces, me lo vas a tener que explicar —le dijo ella—, porque soy incapaz de imaginarlo por mí misma.

—Ah. Guau. Es difícil. Vale. Es más bien que me avergüenzo de mi familia. Lo que, supongo, no debería pasar, pero... Quiero decir que... mi madre no es mala persona. Cuida de nosotros y, supongo, es una buena madre. Pero se enfada con facilidad y le cuesta aceptar las nuevas ideas. No es de las que cambian fácilmente de opinión. Y si le digo que, para mí, es muy importante hacer tal cosa, me dirá que quiere que haga tal otra y no cederá ni un centímetro. No sé cómo definirla exactamente.

—¿Obstinada? —propuso la señora G.

—Sí. Obstinada. Y sabía que no entendería nuestra amistad. No entiende determinadas cosas. Usted las entiende. Todo tipo de cosas. Entiende a la gente.

—No entiendo a la gente en absoluto. Incluso me atrevería a decir que, con cada día que pasa, me dejan más perpleja.

—Bueno, en cualquier caso, los entiende mejor que la mayoría de gente que conozco. Entiende todo mucho mejor que todos lo que conozco. Y mi familia, no... Ellos no entienden nada. Supongo que pensé que ser su amigo era algo muy bonito y que mi familia solo lo estropearía.

Caminaron en silencio hasta que Raymond vio su edificio al final de la manzana.

—Debes intentar hacer las paces con tu familia, Raymond —le dijo ella.

—¿Por qué?

—Porque es tu familia. Cumplirás los dieciocho en menos de un año y, entonces, te irás y te independizarás y fundarás tu propia familia de la forma que tú decidas hacerlo, pero solo tendrás una familia de origen. Una madre. Así que te aconsejo que hagas las paces con ellos... Y con ella. Si tu madre te pone de los nervios, puedes pasar menos tiempo con ella cuando seas adulto. Pero si no trabajas estas diferencias, si no solucionas lo que no funciona, lo lamentarás al final. Y sé de lo que hablo. Así que, cuando volvamos a casa y me dejes a salvo en mi apartamento, deberías subir las escaleras y hablar con ella de una manera más profunda que hasta ahora.

—Vale —le dijo Raymond—. Vale. Lo haré.

Tampoco es que le quedara más opción.

—Estaré con usted durante la celebración del juicio —le dijo mientras subían despacio las escaleras de su edificio.

—No digas eso todavía. No lo sabes. Quizá no sea posible.

—Necesita que esté, ¿verdad?

—Me sería de gran ayuda, sí. Creo que Isabel podría llevarme, pero ella tiene mil cosas en la cabeza. Además, podría ponerse de parto en cualquier momento. No es un buen momento para pedirle que atienda las necesidades de otra persona.

—Así que me necesita en el juicio.

—Supongo que es así, sí.

—Entonces, allí estaré. Y nadie va a detenerme.

En un movimiento con apenas precedentes, Raymond se sentó en el sofá de su apartamento y se dispuso a esperarla. Esperaría a que su madre llegara a casa.

No tardó mucho. Menos de cinco minutos.

Cuando entró por la puerta, pareció sorprenderse de verlo allí. Tenía la misma expresión burlona, como si, para ella, todo aquello fuera un gran chiste sarcástico. A Raymond le estaba empezando a resultar muy irritante.

—Esto va a ser muy interesante —dijo su madre, cerrando la puerta tras de sí. Entonces, se giró hacia él y se puso en jarras con los codos bien abiertos—. Te voy a decir lo interesante que todo esto me parece. Estoy desando salir a tomarme algo con las chicas después del trabajo. Imogene me contará que su hijo ha vuelto a consumir *crack*, pero que, por supuesto, intenta ocultárselo. Y Paulette tiene una hija con once multas de aparcamiento sin pagar y ahora han emitido una orden contra ella, algo que su madre jamás habría sabido si no fuera porque la notificación llegó a su casa por correo el sábado. Porque, ya sabes... Así son los hijos. No quieren que sepas las cosas malas que hacen. Y entonces yo podré decir: «Oh, sí, chicas. Os entiendo perfectamente. Mi hijo Raymond ayuda a una ancianita ciega a cruzar la calle, pero, por supuesto, me lo oculta porque ¿qué hijo querría que una madre supiera eso?». ¿Pero qué diablos, Raymond? ¿Qué diablos pasa?

Raymond se limitó a mirarla y a pestañear. Sabía que lo estaba haciendo, pero no podía evitarlo.

En su interior, dos partes muy diferentes de sí mismo se habían declarado la guerra mutuamente. Una parte quería quedarse callada, tranquila, y mantener esa calma porque necesitaba su permiso para faltar a clase. Cuanto más se enfadaba su madre, menos probable era que eso lo ayudara. La otra parte solo quería contraatacar.

Decidió esperar a ver cuál de las dos partes ganaba.

—¿Por qué no me lo has contado, Raymond? Te he preguntado una y otra vez por tus nuevos amigos.

—Temí que no pudieses entenderlo.

—¿Qué es lo que no puedo entender? ¿Acaso crees que te habría dicho que era malo ayudar a las personas mayores y a los ciegos?

—Pensé que me dirías que tengo que hacer amigos de mi edad.

—Bueno, porque sí que necesitas tener amigos de tu edad. Eso cae por su propio peso.

Raymond abrió los brazos de par en par, como para mostrarle lo que acababa de suceder. Pensó que la situación hablaría por sí sola si era capaz de conseguir que se percatara de ello, pero su madre no cayó en la cuenta. Seguía pareciendo perdida en sus propios pensamientos, en su propio mundo.

—De hecho, si lo piensas bien... es raro. Es raro, Raymond. Un chico de diecisiete años, amigo de una mujer de... cien años. Hay algo repulsivo y extraño en eso. Oh, bueno, lo siento, ha sonado demasiado duro. Lo que sí está claro es que no era lo que yo me esperaba.

«Y ahora tienes el valor de preguntarme por qué no te lo he dicho».

—Y ahora tienes el valor de preguntarme por qué no te lo he dicho —dijo Raymond. En voz alta.

Se quedó inmóvil, escuchando sus propias palabras, que parecían vibrar en el aire que los separaba. Llevaba años diciendo ese tipo de cosas en su cabeza mientras interactuaba con sus padres. Aquella había sido la primera vez que las había pronunciado en voz alta.

—Solo estoy expresando mi opinión —respondió su madre.

—Y yo no quería escuchar tu opinión, pero tú nunca, jamás, eres capaz de callarte tu opinión. Y es por eso por lo que no te lo he dicho.

Se levantó del sofá y puso rumbo a su habitación.

—No estás siendo nada razonable —le gritó ella.

«No, tú no estás siendo nada razonable».

—No, tú no estás siendo nada razonable —le gritó él por encima de su hombro.

Se preguntó si era así como iban a funcionar las cosas ahora. Si jamás volvería a ser capaz de guardarse sus comentarios.

Se encerró en su habitación y pensó que nunca encontraría ese momento mágico para pedírselo. Su madre siempre sería así: a la defensiva, irascible, de comprensión lenta. Y por ello puede que no le pidiera permiso. Puede que simplemente se saltara las clases para ir al juicio.

Luego podría castigarlo como ella estimara oportuno. Habría merecido la pena.

Se sentó en la mesa a cenar, empujando algo en el plato con su tenedor. Ni siquiera estaba seguro de qué era aquello. Podía ser pollo, pero quizá fuera cerdo.

Miró a sus dos hermanas medianas, quienes, a su vez, le devolvieron la mirada. Luego se miraron entre sí y empezaron a reírse con nerviosismo. Raymond optó por apartar la mirada. Por centrarse en Clarissa, que estaba metiéndose grandes cucharadas de arroz en la boca sin prestar atención a nada más. Volvió a mirar a sus hermanas y la escena se volvió a repetir.

—¿Qué? —gritó de repente.

Lo hizo con más fuerza y con más furia de lo que pretendía. Sorprendió a Clarissa, que dio un salto. Al instante, sus ojos se llenaron de lágrimas.

Rhonda fue la que lo dijo en voz alta.

—Raymond tiene novia. ¡Y tiene... cien años!

Se levantó de la mesa de un salto y volcó su plato a propósito. Cayó con fuerza cerca del centro de la mesa, cubriendo todo el hule de plástico con los trozos de la misteriosa carne.

Miró a su madre, que levantó ambas manos como si le estuvieran apuntando con un arma.

—Yo no les he dicho nada —dijo—. Alguna de ellas debe de habernos escuchado hablar.

—¿Ves? Por esto es por lo que no soporto formar parte de esta familia. Me tratáis como si fuera un bicho raro, llegado del espacio exterior o algo así. No tenemos nada en común. Mírame. No me parezco físicamente a vosotros, no actúo como vosotros y tampoco me siento como vosotros. Ni siquiera tenemos el mismo apellido. Todos me sacáis de quicio y actuáis como si me pasara algo. Bien, pues tengo algo que deciros. Quizá el problema no sea yo. Quizá yo sea perfectamente normal y no sea yo quien tiene el problema.

Se quedó inmóvil, mirándolos desde arriba, observando sus caras de horror. Jamás les había hablado así antes. Jamás había hablado así a nadie antes. Sus hermanas medianas estaban boquiabiertas. Clarissa estaba llorando a lágrima viva.

—Tú no, Clarissa —añadió—. Tú eres buena.

Miró el hule. Agitó la cabeza. Mucho.

—No tengo hambre. Me voy a mi habitación.

Mientras recorría el pasillo del apartamento, oyó a Ed decir:

—¿Vas a dejar que te hable así?

No pudo oír la respuesta de su madre.

Ella fue a su habitación uno o dos minutos después. Llamó a la puerta, pero no esperó a que respondiera. Raymond estaba tumbado bocabajo en su cama. No se movió mientras su madre cruzaba la habitación y se sentaba en el borde de la cama, junto a él.

Puso su mano entre sus escápulas.

—Por favor, no —le dijo Raymond porque quería seguir enfadado.

Su madre quitó la mano.

—No era nuestra intención hacerte sentir que no encajas aquí.

—Lo que pasa es que lo importante aquí no es si era vuestra intención o no. Lo importante es que me hacéis sentir así. Lo importante es que esa es la verdad. No encajo aquí. No tengo nada que ver con mi familia. Es un hecho.

Pausa.

Y entonces Raymond soltó la bomba que había llevado oculta en la bodega del avión durante años. No había sido consciente de su existencia hasta entonces. No había reflexionado sobre ello. Pero siempre había estado ahí.

—Quizá debería irme a vivir con papá.

Silencio. Un silencio mortal, casi radioactivo.

Entonces, con una inquietante tensión en la voz, su madre dijo:

—¿De verdad crees que su nueva mujer lo consentiría? ¿Que ella te trataría mejor que nosotros?

—No. Creo que me trataría como si no debiera estar allí. Pero, al menos, encajaría con papá. Eso ya sería una persona, que ya es algo.

Entonces se dio cuenta de que mudarse implicaría tener que coger el metro para visitar a la señora G, pero quizá no fuera tan grave. Luis se había mudado más lejos y eso no había supuesto el fin de su amistad.

Sintió un saltito en la cama, y oyó la puerta abrirse y cerrarse. Tuvo que mirar a su alrededor para confirmar lo que ya sabía. Su madre se había ido y, por fin, lo había dejado solo.

Cuando Raymond fue a desayunar a la mañana siguiente, se encontró a su madre y a su padrastro en la mesa. Aquello no pintaba bien. Era la primera vez que sucedía algo así.

Ed se levantó de inmediato de la mesa y se marchó con su café. Raymond no sabía si lo había hecho porque estaba enfadado con él o porque habían acordado dejarlos solos para que pudieran hablar.

—¿Por qué no estás en el trabajo? —le preguntó a su madre, con cierta ansiedad en el estómago. Pudo percibirla en su propia voz.

—Me he organizado para poder llegar más tarde y así poder hablar. Sienta.

Raymond se sentó. Siempre había deseado que dijera «siéntate» para que así sonara menos a la típica orden que le das a tu golden retriever. Con todo, no le pareció el momento adecuado para sacar el tema.

—¿Qué puedo hacer —empezó— para que sientas que respeto las diferencias que hay entre nosotros?

Raymond estaba anonadado. Sabía que estaba parpadeando a toda velocidad. Ella siguió hablando mientras tanto:

—Y no me refiero solo a las diferencias externas como la altura, el color de piel o los apellidos. Sí, parece que te preocupas por cosas por las que los demás no nos preocupamos. Es evidente. Y cuando intentas contarme qué es lo que te preocupa, yo no lo entiendo. Ya lo sé. Así que… ¿qué puedo hacer para que sientas que te veo y que lo que eres me parece bien? Porque de verdad que quiero hacerlo, si puedo.

—Vaya. —Por un momento, Raymond no supo qué responder y entonces, así, sin más, lo supo—. Hay algo que quiero hacer. Será dentro de un par de semanas y es muy importante para mí.

Le contó todo sobre el juicio. En tan solo cuatro o cinco frases, quizá. Lo mínimo que pensó que le permitiría salir airoso.

—Ahora te puedes imaginar lo importante que es para mí, pero tengo que saltarme algunas clases, así que necesitaría una autorización tuya.

—No —respondió. Rápido y al instante—. No, sabes que no estoy de acuerdo con que los niños falten a clase. Imposible.

Raymond se tapó la cara con las manos. Y las dejó ahí durante un rato. Una oleada de ira recorrió su cuerpo, pero la dejó pasar. Dejó que lo atravesara. No le iba a servir de nada en ese momento. Solo afianzaría su resistencia.

Dejó caer las manos y la miró a la cara para valorar cuál era su posición real. Era la cara habitual de su madre. Todavía no había cambiado en nada su forma de tratarlo.

—Así que me estás diciendo que —empezó Raymond— quieres verme de otra forma y respetar lo que ves y relacionarte conmigo de una forma completamente diferente...

—Eso es.

—Pero no quieres hacer ningún cambio en absoluto.

Observó el rostro de su madre mientras asimilaba sus palabras. Vio cómo su «resistencia materna» se derrumbaba, ladrillo a ladrillo. Sabía que había dicho lo correcto para conseguir ese cambio.

—¿Entregarás todos tus deberes?

—Lo prometo.

—Oh, cuánto me disgusta todo esto.

—Ya lo sé. Sé que esto es muy difícil para ti. Por eso valoraría mucho que lo hicieras.

Su madre suspiró profundamente y Raymond supo que escribiría esa autorización. Hablarían del tema unas cuantas veces más, pero, al final, no podría negarse.

Capítulo 12

PESO Y PARTO

Raymond se arrodilló en su habitación para rebuscar en los bolsillos de su mochila. Repasó sus provisiones para el juicio. Se aseguró de que tenía todos los aperitivos que había comprado con su paga, tanto para él como para la señora G. Repasó sus deberes de clase, algunos escritos solo para él en un papel, otros almacenados en una memoria USB en formato digital. Supuso que, si tenía algo de tiempo, podría conectarla a su ordenador portátil y adelantar algo de trabajo entre sesión y sesión.

Estaba buscando la memoria USB en el bolsillo lateral cuando su mano se topó con un trozo de papel desconocido y lo sacó al instante. El papel, después de haber pasado ahí medio año, estaba arrugado.

Lo sostuvo bajo la luz de la lamparita de su mesa.

Decía, en claras letras mayúsculas, «LUIS Y SOFÍA VÉLEZ Y FAMILIA», seguido de un número de teléfono.

Raymond se quedó inmóvil un instante, allí, de rodillas, al recordarlos. La tarta de chocolate y la forma en la que se habían percatado de lo desanimado y cansado que estaba. La forma en la que quisieron ayudarlo, a pesar de no conocerlo de nada. La forma en la que aquella chica le había acariciado el pelo al ponerle aquella medalla religiosa en el cuello. La forma en la que la abuela, que solo hablaba español, más o menos había sugerido que era una buena idea que su nieta le diera la medalla.

Subió la mano y tocó el medallón a través de su camisa blanca y limpia. Se preguntó durante un instante si su causa y la de la señora G seguía siendo una causa perdida. Solo quería que la señora G encontrara algo de consuelo en el juicio. Y él también quería pasar página. Ella ya había comentado que no creía que fuera a aportarle gran cosa.

Se metió el papel en el bolsillo delantero de su pantalón de vestir bueno y bajó corriendo las escaleras hasta el apartamento de la señora G.

—Soy yo —gritó, después de hacer su llamada especial, algo un poco estúpido, pues ya había hecho su llamada especial. ¿Quién podía ser si no?

Entonces entró con la llave.

Estaba sentada en el sofá, con un vestido azul oscuro, unos toscos zapatos negros y un chal de punto estampado sobre los hombros, aferrada a su bolso. No levantó la mirada ni habló con él. Parecía inmersa en sus pensamientos. También parecía muy asustada, pero Raymond prefirió no decir nada.

—¿Le importaría que usara su teléfono para hacer una llamada rápida? —preguntó en su lugar.

No respondió con palabras. Simplemente giró la cabeza en dirección al anticuado teléfono fijo.

—Si resulta ser una llamada de pago, le prometo que se la pagaré.

La anciana giró la cara en su dirección y suspiró profundamente.

—Oh, Raymond, ¿y eso qué más daría?

Aquellas palabras flotaron en el aire un instante, como si Raymond pudiera seguir oyéndolas tiempo después de que fueran pronunciadas. Cuanto más las escuchaba, más sonaban como si estuviera preguntando «¿Acaso importa algo?».

Pero tampoco sabía qué decir ni qué hacer al respecto, así que se limitó a sacar el trozo de papel de su bolsillo y coger el teléfono. Marcó el número. Bueno, pulsó los botones correspondientes. La marcación no era con disco giratorio. No era tan viejo. Sonó y sonó y, entonces, saltó el contestador.

La voz profunda y retumbante de Luis lo invitó a dejar un mensaje.

—Hola —dijo—. Soy Raymond. Quizá no me recuerde, pero estuve en su apartamento el otoño pasado, buscando a un Luis Vélez que resultó no ser usted. Dije que les llamaría cuando lo encontrara, pero lo olvidé. Lo siento. Pero fueron muy amables al interesarse por la resolución de todo esto. Bueno, fueron muy amables conmigo en general, así que quería que supieran lo que había averiguado, aunque no sea un final feliz. Resulta que Luis... murió. Pero pude encontrar a su familia y eso fue bueno. Al menos ahora sabemos qué había pasado. Así que... bueno. Solo quería decirles eso. Y, una vez más, muchas gracias por su amabilidad.

Raymond inspiró profundamente y colgó.

—Deberíamos irnos —le dijo a la señora G.

—Bien —dijo ella.

Pero no hizo el más mínimo gesto por levantarse.

—¿Ha desayunado?

—No, no podría digerir nada.

—¿Se comería una barrita de cereales de camino al juicio si le diera una?

—Por ti, al menos lo intentaría.

Echó el peso hacia delante para disponerse a levantarse y Raymond corrió hacia ella, le ofreció un brazo y colocó una de las manos de la anciana en el mismo. Soportó su peso mientras se ponía en pie.

Raymond tenía la impresión de que cada vez que lo hacía, había menos peso que soportar.

—¡Eh! —le dijo Raymond—. ¡Isabel está ahí!

Su voz casi era imperceptible bajo el estruendo de tantas voces.

Estaban en el pasillo del juzgado. Faltaban tres minutos para que dieran las nueve de la mañana. El pasillo estaba lleno de puertas que conducían a salas individuales. Al parecer, había programados juicios en todas ellas y todos empezaban en tres minutos.

Hombres y mujeres trajeados corrían en todas direcciones, algunos con maletines, otros con archivos con ruedas que parecían maletas, pero más pesadas y complejas. Policías de uniforme y alguaciles conducían a los miembros de los distintos jurados convocados aquel día. Todo el mundo parecía estar hablando de todo, a la vez.

Raymond, por seguridad, le había pasado el brazo derecho por los hombros a la señora G y, con la mano izquierda, le sujetaba el codo.

Levantó una mano y buscó la mirada de Isabel. Entonces volvió a mirar a la señora G, justo a tiempo.

Un hombre, que estaba pasando demasiado cerca de las piernas de la anciana con un maletín con ruedas, tuvo que desviarse de repente para evitar a una mujer que casi lo atropella. El carrito iba directo al pie de la señora G.

Raymond la acercó con fuerza usando su brazo derecho y la sacó de la trayectoria del peligro para después ayudarla a recuperar el equilibrio en cuanto estuvo a salvo.

—Oh, Dios mío —dijo ella, sin saber muy bien qué es lo que había pasado.

—¡Eh, mira por dónde vas! —le gritó Raymond al hombre—. Casi la atropellas con eso.

El hombre miró a Raymond por encima del hombro, pero no dijo nada. Su cara no expresaba nada. Parecía estar en su propio mundo y, al parecer, no tenía intención de salir de él por Raymond ni por la señora G. Volvió a mirar hacia delante y siguió su camino.

Raymond inspiró profundamente e intentó calmarse. Levantó la mirada y se encontró a Isabel frente a ellos.

—Ya sé en qué sala es —dijo—. Seguidme.

—Creía que tus padres vendrían —dijo Raymond, sin moverse todavía—. Ya sabes. Por si te pones de parto.

—Tienen gripe. No puedo estar con ellos mientras estén enfermos.

—Entonces, si te pones de parto...

—Entonces, mi única esperanza serías tú —le dijo.

Atravesaron juntos aquella marea de gente. Raymond tuvo la sensación de que Isabel tenía prisa. Estaba nerviosa y preocupada y resultaba evidente que le costaba ajustarse a la velocidad de la señora G. Cada unos cuantos pasos, tenía que pararse para no dejarlos atrás. Raymond podía sentir la ansiedad apoderándose de ella por oleadas y él se estaba contagiando de la misma forma que la gripe que Isabel había conseguido evitar recientemente. Pero no había nada que pudiera hacer. La señora G solo podía andar a la velocidad que podía andar. No era ni realista ni justo pedirle más.

Mientras tanto, un único pensamiento rondaba la cabeza de Raymond una y otra vez.

«*Por favor, no te pongas de parto. Por favor, no te pongas de parto. Por favor, no te pongas* de parto».

Una mujer joven uniformada —Raymond no estaba seguro si era agente de la policía o algún tipo de funcionaria del tribunal— le bloqueó el paso a Isabel. Estaba mirando su enorme barriga con la cara iluminada, como si estuviera viendo algún tipo de milagro religioso. A Isabel no le quedó más remedio que parar. La mujer puso sus manos sobre su vientre.

Raymond hizo una mueca porque sabía que ella lo odiaba. ¿Y quién no lo haría? A nadie le gusta que le toque un extraño y un embarazo es una mala excusa. O, al menos, eso le parecía a él.

—Oh, ¿cuándo sale de cuentas? —le preguntó la mujer con voz entrecortada y alta.

Raymond sabía que Isabel estaba harta de responder a esa pregunta, así que decidió responder por ella.

—Hace cinco días —dijo.

—Vamos allí —dijo Isabel, señalando a la sala número 559.

—Sí, yo también —afirmó la mujer.

Todos entraron juntos.

Raymond esperaba encontrarse la sala a rebosar, como el pasillo. Que ya no quedaran asientos. Esperaba tener que quedarse en una esquina o sentarse en el suelo. O conformarse con un asiento al fondo.

Sin embargo, se encontró con una sala donde prácticamente solo había gente al otro lado de la puerta baja. La parte no pública. El banquillo. En los asientos reservados para el público, Raymond solo vio un hombre y una mujer de unos treinta y tantos y pelo rubio, sentados detrás de la acusada y sus abogados. Raymond intentó ver bien a la acusada. Hacerse una imagen de ella. Pero no había mucho que ver en la espalda de una mujer de la que solo se veía el pelo oscuro.

Isabel los llevó por el pasillo hasta los asientos de la primera fila y escogieron un banco que había justo detrás del fiscal, el fiscal del distrito o un representante de su oficina, supuso Raymond. Se dio cuenta de que debía averiguar quién llevaba el caso y recopilar todos los detalles. Y tomar nota de todo ello. Porque, al final del juicio, debía hacer un trabajo. El director lo había sorprendido con ese requisito en el último minuto.

Se sentaron en silencio, esperando a... Bueno, Raymond no estaba seguro. Esperando a ver qué pasaba después.

—¿Dónde están todos? —le susurró a Isabel.

Lo miró a los ojos y Raymond vio en su mirada una total confusión. Como si se hubiera dirigido a ella en una antigua lengua muerta. Quizá en ese latín que tanto había llegado a despreciar.

—¿Todos?

—Sí.

—¿Qué todos?

—Bueno... Pensé que habría más gente aquí. Ya sabes. Esperando a ver el juicio.

Isabel soltó una carcajada llena de amargura.

—Así funciona el mundo —le dijo—. Luis está muerto y al mundo le da igual. Puede seguir adelante sin él. Solo a nosotros nos importa lo que le pasó a Luis.

Raymond tomó notas detalladas en su ordenador portátil durante las casi dos horas de selección de miembros del jurado. Además de cuanto allí se dijo, añadió comentarios y anotó sus pensamientos, así como los procedimientos propiamente dichos. Miró con nerviosismo el indicador de nivel de batería, preocupado por tener que usar lápiz y papel antes de que acabara la jornada. A menos que pudiera encontrar algún sitio donde cargarlo durante el almuerzo.

Los abogados de ambas partes interrogaron a los posibles miembros del jurado. Raymond tuvo claro en torno a qué giraban las preguntas.

¿Alguna vez le han atracado o asaltado? ¿Alguna vez ha sido víctima de violencia? ¿Tiene alguna arma? ¿Está a favor o en contra de las leyes de control de armas? ¿Alguna vez ha oído hablar de las leyes de «defensa de la posición» como las que hay en Florida y en otros estados, aunque no en este, que autoriza a cualquier persona a no abandonar un lugar si se siente amenazada por otra persona? ¿Qué piensa sobre ellas?

Tanto el fiscal como el abogado defensor podían rechazar a los posibles miembros del jurado. Por causa evidente o sin justificación. Pero si lo hacían sin dar una razón, solo tenían un número limitado de esos comodines.

«Recusación sin causa —escribió—. Tres por cada parte». Pero eso podía haberlo aprendido leyendo un libro.

La conclusión a la que había llegado Raymond, seguramente expresada con otras palabras, era que lo que se pretendía, al menos en la superficie, era eliminar prejuicios. Pero, bajo la superficie, Raymond se percató de que ambos abogados eran bastante conscientes de dichos prejuicios, incluso en los miembros del jurado que sí escogían. Todo su trabajo parecía basarse en los prejuicios. Los prejuicios, en un tribunal, eran, en opinión de Raymond, una especie de baraja de cartas que había que colocar de forma estratégica en algún tipo de juego cínico. Todo el mundo tiene algún prejuicio y eso parecía formar parte del proceso. Y los abogados parecían quererlo. Solo que no contra su cliente.

La parte delicada parecía ser que la gente rara vez declara sus prejuicios en voz alta. Había que leer entre líneas y esperar que lo estuvieras leyendo bien.

—Para empezar, me gustaría dejar algo claro —dijo el fiscal, ese que Raymond había estado llamando en su cabeza «su» abogado—: no estoy en contra de llevar un arma con licencia para autodefensa.

Raymond escribió las palabras «Discurso de apertura: acusación» en su teclado.

El hombre caminaba de un lado a otro mientras hablaba, dando la espalda de vez en cuando al jurado y luego mirándolos de frente para subrayar algún punto.

—Y, por supuesto, todos queremos tener derecho a protegernos. Y deberíamos tener ese derecho. Sin embargo, hay algo curioso en nuestros derechos. Hay un hecho sobre ellos que no queremos ver, pero que debemos ver. Tenemos que hacerlo si queremos convivir en paz. En esta ciudad, vivimos unos encima de otros y, en determinados momentos, nuestros derechos entran en colisión. ¿Qué es lo primero que aprendemos en el colegio sobre nuestros derechos? Yo recuerdo que lo primero que aprendí sobre ellos fue en la guardería. Mi profesora nos enseñó que nuestro derecho a sacar el puño terminaba donde empezaba la nariz de nuestro compañero. ¿Recuerdan eso? Así que puede que estén aquí, sentados, pensando que tienen derecho a disparar su arma si creen estar en peligro. ¿Pero tiene derecho tu vecino a dispararte si cree que eres un peligro para él? Planteada así, la pregunta parece ser muy diferente en función de quién esté al otro lado del cañón. Ahora hagámonos una pregunta muy importante.

Se giró deprisa para mirar directamente al jurado, pasando de un miembro a otro, buscando el mayor número posible de miradas.

A Raymond le habría gustado que hubiera, al menos, un rostro latino en el jurado. Pero solo había habido tres en el grupo de miembros potenciales y los tres habían sido descartados por el abogado de la defensa, aparentemente por cuestiones no relacionadas con la causa.

—¿Y qué pasa si tu vecino se equivoca? ¿Qué pasa si tú solo intentabas ayudarle, pero él o ella piensa, de forma equivocada, que quieres hacerle daño y te dispara? ¿Acaba con tu vida? ¿Te aparta de tu mujer y tus hijos? ¿Tendría ese derecho? ¿Y qué pasa con tu derecho a caminar tranquilamente por la calle de forma segura? Yo tengo un arma en el cajón de mi mesita de noche. Si alguien entra en mi casa e intenta hacerle daño a mi mujer o a mí... Bueno, solo puedo decir que Dios ayude a esa persona. Pero la licencia de armas conlleva una enorme responsabilidad. Y es muy simple, señoras y señores: no puedes equivocarte. Le debes al tipo que está intentando devolverte el monedero estar seguro de que conoces la diferencia entre un ladrón y un buen samaritano. Tienes que estar dispuesto a no apretar el gatillo durante un instante, aunque sea una décima de segundo, hasta estar seguro de qué situación tienes entre manos. Claro que tienta pensar que esperar ese instante podría suponer un riesgo. Y quizá lo haya. Pero no correr ese riesgo sería poner excesiva carga en nuestros derechos y no suficiente en los derechos del otro. Es pensar solo en ti mismo. Todos nos ponemos a nosotros primero. Es algo humano y puede que ni siquiera sea malo. Pero tenemos que poner al otro, al menos, en un segundo lugar muy cercano. Porque, ¿saben? Luis Vélez tenía derecho a volver a casa esa noche. Tenía derecho a criar a sus hijos. Tenía derecho a estar presente el día que su mujer diera a luz a su tercer hijo.

Se detuvo: dejó de hablar y también de caminar. Se giró hacia Isabel. Los ojos de los miembros del jurado siguieron su mirada.

Raymond miró a Isabel y vio cómo se retorcía bajo sus atentas miradas. Se sonrojó.

—Al señor Vélez se le negaron esos derechos de forma violenta. ¿Se despertó aquella mañana la acusada, la señora Hatfield, con pensamientos homicidas? —Hizo una pausa. Miró a la acusada. Hasta el momento, Raymond solo había conseguido ver su nuca—. ¿Albergaba malas intenciones contra el señor Vélez y premeditó su muerte? Por supuesto que no. Solo tuvo miedo. Pero con miedo o sin él, seguimos teniendo que usar el sentido común antes de desplegar fuerza letal. Y si no es así, hay que pagar un precio. Un precio justo, pero un precio al fin y al cabo por llevarse la vida de un inocente primero y preguntar después. A lo largo de este juicio, confío en que tomen una decisión justa y razonada en cuanto al precio que se debe pagar. Gracias, señoras y señores. Gracias, su señoría.

Mientras el fiscal se dirigía a su asiento, Raymond se dio cuenta de que había estado tan cautivado escuchándolo que había olvidado tomar notas. Escribió tan deprisa como pudo mientras el abogado de la defensa se levantaba para empezar su presentación del caso.

—Señoras y señores del jurado, voy a pedirles que usen su imaginación. ¿Qué harían si fueran por la calle al anochecer y un extraño apareciera por detrás y los agarraran por el hombro?

—¡No la agarró por el hombro!

Raymond saltó ante el sonido de la voz de Isabel, justo a su lado. Se había puesto en pie con sorprendente velocidad a pesar de su estado.

—¡Le dio un golpecito en el hombro! —gritó Isabel—. ¡Ambos testigos lo han dicho!

El juez llamó al orden con su mazo.

—¡Silencio! —le gritó—. Un arrebato más como ese y la acusaré de desacato. Siéntese.

Isabel no se movió. Se quedó inmóvil como una estatua, balanceándose levemente, mirando al vacío como si estuviera escuchando voces que nadie más podía escuchar.

—¡He dicho que se siente! —le volvió a gritar.

Isabel miró al juez y pronunció tres palabras que casi paran el corazón de Raymond. De hecho, sí que se lo pararon, pero solo durante un latido y medio.

—He roto aguas —dijo.

La mujer uniformada que le había tocado la barriga los sacó de la sala y los acompañó al vestíbulo.

Por lo que Raymond pudo ver mientras corrían juntos, se trataba de una agente de la policía de Nueva York. Vio su placa. El nombre que se podía leer en la solapa del bolsillo de la camisa de su uniforme era «J. Truesdale».

Raymond miró detrás de él por, al menos, décima vez, inquieto por haber dejado a la señora G sola en la sala. Así lo había deseado ella. Le había prometido que se quedaría sentada hasta que volviera. Pero seguía sintiéndose profundamente inquieto por dejarla sola sin su ayuda.

La agente Truesdale los dejó en el vestíbulo del tribunal.

—Tengo el coche patrulla aparcado a la vuelta de la esquina —les dijo—. Esperad aquí mientras lo acerco.

Raymond estaba aferrado al codo de Isabel. Durante un instante, sintió vértigo, como si él fuera lo único que la sujetaba. Isabel estaba pálida, tensa por el miedo y el dolor.

—Contracción —siseó.

Su rostro se retorció ante semejante agonía y Raymond sintió cómo un dolor agudo se apoderaba de su estómago y luego bajaba hasta el interior de sus muslos. Una reacción visceral a sus propios pensamientos desbocados.

—Vale —dijo Isabel un minuto o dos más tarde—. Ya estoy bien.

Pero solo estuvo bien hasta la siguiente contracción, como Raymond había supuesto que ocurriría.

Se sentó junto a su camilla en la sala de partos del hospital, pasándole los cubitos de hielo que tenía en un pequeño vaso de cartón.

—Deberías volver —le dijo Isabel.

—¿Seguro que estarás bien?

—Mira a tu alrededor, Raymond. Estoy en una sala de maternidad. Aquí hay todo cuanto necesita una mujer de parto. Cuento con la ayuda del personal del hospital. Pero ha sido muy amable por tu parte que me acompañaras para asegurarte de que llegaba bien. Muchas gracias. Tenía miedo y necesitaba a alguien.

Raymond se preguntó qué quería hacer. Fue consciente al instante que estaba dividido entre dos opciones. Era como si lo hubieran partido por la mitad.

—Quizá debería esperar a que naciera el bebé.

—Eso pueden ser horas. Incluso un día.

—¿Un día?

—Puede ser. No lo sabemos.

—Entonces, supongo que debería volver a buscarla.

—Cuando acabe la sesión de hoy, puedes traerla aquí. Si todavía no he tenido al bebé, podrás esperar conmigo. Si ya ha nacido, podrás verlo.

Raymond se levantó mientras ella hablaba. Estaba a punto de dirigirse a la puerta cuando una palabra lo detuvo.

«VerLO».

—¿Ya sabes que va a ser un niño?

—Sí. Espera un minuto. Quiero decirte algo.

A regañadientes, Raymond se volvió a sentar en la silla blanca de plástico situada junto a la camilla. Había programado su reloj interno para volver con la señora G al juicio y le dolió tener que retrasar su objetivo. Pero Isabel tenía algo que decirle. Así que inspiró profundamente y escuchó.

—Vale—dijo Raymond—. Te escucho.

—Casi durante todo el embarazo creía saber qué nombre le iba a poner. Lo iba a llamar Luis Jr.

—Me parece lógico.

—Eso mismo pensaba yo, pero me equivocaba… Hace dos noches, tuve un sueño. Soñé que hablaba con Luis. Durante mucho tiempo. Me pareció como una hora, pero tampoco sé cuánto tiempo estuve soñando en realidad. Ya sabes que los sueños son raros en ese aspecto. Te juegan malas pasadas.

—Vale —dijo Raymond, aunque no estaba seguro de entenderlo.

—Hablamos de diferentes cosas. Como solíamos hacer en la vida real. Y entonces, al final, justo antes de que se levantara y se fuera, me dijo: «No lo llames Luis».

—¿Por qué no? ¿Le preguntaste por qué?

—Por supuesto. Dijo que no sería justo para el chico. Dijo que sería como pedirle que fuera algo o, mejor dicho, «alguien», que jamás podría ser. Sería como pedirle que llenara el vacío que había dejado Luis... al morir. Y dijo que el chico crecería triste porque jamás podría ser lo que todo el mundo querría que fuera.

—Ah. Supongo que tiene sentido. ¿Ese sería el tipo de cosas que diría Luis en la vida real?

—Sí, exactamente. Era un sueño bastante realista.

—Y, entonces, ¿cómo piensas llamarlo?

—Contracción —dijo Isabel.

Raymond vio cómo se le formaban gotas de sudor en la frente. Se las secó con un pañuelo de papel de una caja que había sobre una mesa cercana. Emitió un gemido tan terrible que congeló cada centímetro del cuerpo de Raymond. Luego empezó a respirar de forma nerviosa con los dientes apretados durante un periodo dolorosamente largo de tiempo. Doloroso incluso para Raymond.

Las contracciones habían empezado a ser más largas.

¿Cómo alguien podía soportar algo así durante todo un día?

—Vale —dijo Isabel cuando el dolor remitió—. Ya estoy bien. No, no voy a llamar al bebé Contracción, si es eso lo que te preocupa. Le pregunté a Luis. En el sueño, me refiero. Al Luis del sueño. Le dije: «Entonces, ¿qué nombre quieres que le ponga?». Y me dijo: «Llámalo como el chico. El nuevo amigo de Millie».

—¿Yo? —preguntó Raymond, incrédulo.

—Eso es lo que me dijo.

—Vaya. Es todo un detalle. Pero... Raymond es un nombre bastante friki. ¿No crees? A mí siempre me lo ha parecido.

—Pero Ray sería bastante guay.

—Cierto —dijo Raymond—. Con razón nadie me ha llamado nunca así.

Isabel soltó una risita. Justo como él esperaba que hiciera.

Entonces, se hizo el silencio. Raymond se preparó para la llegada de otra contracción, pero quizá fuera demasiado pronto. Sintió la necesidad de volver junto a la señora G. Sintió la satisfacción del honor que le había sido concedido.

—Pero una cosa —añadió—. Tus otros dos hijos tienen nombres españoles, ¿no?

—Este puede ser diferente.

—Es difícil ser diferente de tu propia familia. Te lo dice alguien que sabe de lo que habla. ¿Existe una versión en español de mi nombre?

—Bueno, está Ramón.

—Mucho mejor. Sí, debes llamarlo Ramón.

—¿Tú crees?

—Sí, lo creo. Yo siempre sabré que le pusiste ese nombre por mí. Lo que, por cierto, es todo un detalle. Y así sentirá que encaja con el resto de su familia. Y eso es importante. Te lo aseguro.

Cuando Raymond llegó a los juzgados, sin aliento por haber ido corriendo, se sorprendió al encontrar la puerta de la sala cerrada. Intentó girar el pomo varias veces. La empujó cada vez con más angustia.

Miró a ambos lados del pasillo y solo vio a un agente uniformado paseando como si estuviera de patrulla.

—¡Perdón! —gritó, sorprendido por el pánico que transmitía su propia voz—. ¿Dónde está todo el mundo?

—Pausa para el almuerzo —le gritó el hombre.

—Pero dejé a una amiga en la sala y se supone que me iba a esperar dentro, sentada, hasta que volviera para que no nos perdiéramos. Ninguno de los dos tenemos teléfono. No la habrán dejado encerrada dentro, ¿no?

—Oh, lo dudo —le respondió el agente, acercándose a Raymond—. Estoy seguro de que habrán vaciado la sala.

—Entonces, ¿dónde está? —dijo con algo parecido a un grito a pleno pulmón.

Raymond dejó de ser él mismo y se dio cuenta de que estaba perdiendo el control. Era una sensación extraña. Jamás se permitía externalizar de manera tan abrumadora sus emociones.

—Bueno, no lo sé, pero respira. La mayoría suele ir a uno de los cuatro o cinco restaurantes que hay cerca de aquí. Yo empezaría buscando en la cafetería. Está en la primera planta, en la parte de atrás del edificio, al fondo del pasillo que sale del vestíbulo.

—Gracias —le dijo Raymond y volvió a echar a correr.

Ni siquiera había sido capaz de recuperar el resuello que había perdido en el último *sprint* del maratón.

En cuanto entró en la cafetería, la vio.

Estaba sentada en una mesa con la pareja de treinta y tantos. Los que habían estado en el juicio con ellos, pero al otro lado del pasillo. En el lado de la defensa.

Apoyó un hombro en el marco de la puerta y jadeó un buen rato. Hasta que pudo volver a respirar con normalidad y ya no sentía tanto pánico.

Entonces, se acercó a ella.

—Oh, Raymond —le dijo ella, girando la cabeza en su dirección—. Gracias a Dios. Ya has vuelto. ¿Está bien Isabel?

Casi le pregunta cómo lo había reconocido, pero entonces lo recordó: gracias al sonido de su zapato izquierdo.

—Sí. Está bien. Está en el hospital. Me ha dado un susto de muerte. No sabía dónde estaba.

Raymond sacó la cuarta silla y se sentó a la mesa.

—Oh, Dios mío. ¿El agente no te ha dado el mensaje?

—No, he hablado con él y no sabía nada.

—Ha debido de ser otro agente. El agente a quien le di el mensaje era una mujer. Qué vergüenza. Me dijo que estaría allí y va entonces y se va. Siento mucho haberte asustado de esa forma, Raymond, pero no tenía elección. Vaciaron la sala para el almuerzo y no caí en eso. Pero qué desconsiderado por mi parte. Perdóname. Te presento a Peter Hatfield y Mary Jane Hatfield Swensen. Peter y Mary Jane, él es mi gran amigo Raymond. Peter y Mary Jane me han ayudado a venir hasta aquí para el almuerzo y estábamos charlando un rato.

Raymond miró a la pareja y no dijo nada. Ambos apartaron la mirada, quizá algo incómodos. Quizá incluso avergonzados.

Hatfield. Parientes de la acusada.

—Oh —dijo Raymond—. Encantado de conocerlos.

Pero no era así.

Los Hatfield se limitaron a hacer un gesto con la cabeza en silencio. Raymond recordó algo que había leído sobre una famosa enemistad heredada durante generaciones entre una familia apellidada Hatfield y... no pudo recordar cómo se llamaba la otra familia, pero le pareció algo irónico.

—Entonces, ¿cómo está Isabel? ¿Ha tenido ya al bebé?

—Todavía no. Quiero decir que no lo había tenido todavía cuando la dejé. Dijo que podría tardar mucho tiempo. Que debería volver aquí, con usted, y que cuando acabara la sesión, podríamos ir juntos al hospital y ver al bebé. O esperar a que naciera. Ya sabe. En función de la situación.

Peter y Mary Jane hicieron el numerito de limpiarse la boca con la servilleta y dejarla en sus platos vacíos, como para subrayar el hecho de que ya habían acabado de comer. Algo que era bastante evidente.

Ambos se pusieron en pie.

—Nosotros nos vamos ya —dijo Peter—. Su amigo ya está aquí para ayudarla cuando esté lista, ¿no?

—Creo que la sala todavía está cerrada —dijo la señora G. Levantó el cristal de su reloj y palpó las manecillas—. Todavía no son las dos.

—Daremos un pequeño paseo antes de la sesión de la tarde —
dijo Mary Jane.

Se fueron a toda prisa.

Raymond los observó mientras se alejaban y luego giró la cara
hacia la señora G. En ese momento se dio cuenta de que parecía
haber comido algo. Tenía un plato vacío delante junto con un resto
de sándwich.

—Eso ha sido raro —dijo.

—¿Qué exactamente?

—Esos dos. Se apellidan Hatfield. ¿Son familiares de la mujer
que mató a Luis?

—Sí. Son sus hijos.

—¿Y estaba aquí, sentada con ellos, almorzando?

—Sí. Han sido tan amables que, cuando han visto que tenía
problemas cuando vaciaron la sala, me ayudaron a llegar hasta aquí.

—Y me dice que han tenido una charla agradable.

—Así es.

—¿Y sobre qué han hablado?

—Oh, de todo y de nada. Sobre el tiroteo, no. De eso no hemos
hablado. Pero sí de muchas otras cosas.

—¿Y no se ha sentido rara almorzando con los hijos de esa
mujer?

—Sí. En muchos sentidos. Pero luego pensé que no son su
madre. ¿Cómo te sentirías si alguien te culpara por algo que hubiera
hecho tu madre?

—Oh —dijo Raymond—. Supongo que no me lo había planteado así.

Capítulo 13

Solo los hechos

—Señor Adler —dijo el fiscal—, por favor, dígale al tribunal qué vio la noche de los hechos.

—Por supuesto —respondió Ralph Adler.

Era un hombre en la cincuentena, grueso y con pelo fino oscuro. Tenía una expresión que le hacía parecer que estaba oliendo pescado podrido.

«Quizá sea el estrés de tener que testificar —pensó Raymond—. Y tiene que ser duro presenciar un acto de violencia tan terrible y que luego te pidan que lo revivas».

—Yo iba caminando por la Tercera Avenida. Iba detrás de ellos. De la víctima, ya sabe, y de la señora. La acusada, supongo que debería llamarla así. Yo iba detrás de los dos. Todos íbamos andando en la misma dirección. La víctima, Luis, el señor Vélez, iba más cerca de ella que yo. Y como andaba muy deprisa, le iba recortando distancia. Pero no le estaba prestando atención, solo caminaba por la calle, ya sabe. Pero supongo que estaba acortando la distancia porque ella empezó a mirar por encima de su hombro, como si estuviera nerviosa. Y empecé a fijarme en ella porque me di cuenta de que estaba nerviosa y yo estaba intentando identificar si tenía algún motivo para estarlo, pero no vi ningún motivo, porque el señor Vélez no le estaba prestando atención, como ya he dicho.

El abogado defensor se puso en pie.

—Protesto, señoría. Conjetura. El testigo no está cualificado para juzgar a qué le estaba prestando atención el señor Vélez ni para determinar si mi cliente tenía razones o no para preocuparse.

—A mí me parece que el señor Adler simplemente está comentando sus observaciones —sentenció el juez—, así que voy a rechazar su protesta, pero el jurado deberá tener claro que se trata de la valoración personal de la situación del propio testigo.

El abogado defensor negó con la cabeza y se sentó.

Raymond escribió a la velocidad del rayo, intentando plasmar todo lo que estaba pasando. No había tenido la posibilidad de cargar la batería de su ordenador durante el almuerzo, ya solo le quedaba un treinta y nueve por ciento.

—Continúe, señor Adler —dijo el fiscal.

—De acuerdo. Así que después de pasar un rato mirando por encima de su hombro a cada segundo, empezó a rebuscar en su bolso. Parecía tener muchas cosas ahí dentro. No es que pudiera verlas, pero se podía deducir por la forma en la que rebuscaba. Parecía que era difícil encontrar algo ahí dentro. Y, entonces, sacó algo. Ahora sé que era una pistola. En ese momento, pensé que sería algún tipo de maza o espray de pimienta o algo así. No debía de ser un arma demasiado grande porque no pude ver qué tenía exactamente en la mano. Pero, supongo, que sí lo suficientemente grande, porque el hombre está muerto.

—Protesto, señoría —volvió a decir el abogado de la defensa. Esta vez, se puso en pie más lentamente, como si estuviera cansado con tanto ejercicio.

—Se acepta. Señor Adler, limítese a contarnos lo que vio y evite los comentarios personales.

—Disculpe, señoría. Sea como sea, justo cuando estaba sacando la... bueno, el objeto, llamémoslo así, ya que en ese momento no sabía que era una pistola... justo cuando lo sacó de su bolso, se le cayó algo. Como si, al sacar el objeto, algo más saliese de allí y se cayera al suelo. Al parecer, no se dio cuenta. Pero la víctima, el señor Vélez, lo vio al instante. No creo que le prestara atención antes de eso. Al menos yo no lo vi. Pero él vio cómo se le cayó el monedero y eso, digamos que lo despertó. Era una especie de cartera y monedero. Tenía un monedero pegado a uno de los laterales. Solo lo digo porque, posteriormente, no paraba de llamarlo su bolso y resultaba algo confuso porque el bolso lo llevaba en el hombro, pero, en realidad, estaba hablando de esa especie de combinación de cartera y monedero. Lo que sea. El señor Vélez lo cogió. Cogió lo que se le había caído. E intentó llamarla. No se acercó a ella de inmediato. No corrió hasta ella ni le dio un golpecito en el hombro. Intentó captar su atención, varias veces. «Señora», le dijo. Y luego lo dijo más fuerte. Y luego incluso más fuerte. «¡Señora, se le ha caído esto! ¡Se le ha caído algo!». Debió de decirlo unas diez veces. Quizá doce. Había varias personas en la calle. Una de ellas fue la mujer que ha testificado antes, pero, en ese momento, había más personas que no se han presentado. Pero recuerdo a una de ellas y la forma en la que nos miramos mutuamente como diciendo «¿Es que esa señora está sorda o algo así?». —Y entonces, se giró hacia la acusada y añadió:— Lo siento, señora. Resulta ser que sí que tiene problemas de oído y no era mi intención ofenderla. Solo les digo lo que estábamos pensando. O, al menos, lo que yo estaba pensando.

—No pasa nada, señor Adler —dijo el fiscal—. Continúe.

—Bueno, siguió gritando cada vez con más fuerza, pero gritar no estaba sirviendo para una m... Perdón. Para nada. Entonces es cuando se le acercó y le dio un golpecito en el hombro. Pero creo que ni siquiera llegó a tocarla en realidad. Alargó la mano para darle el golpecito, pero, en ese momento, ella ya se estaba dando la vuelta.

Estaba anocheciendo, casi ya era noche cerrada, así que lo siguiente que recuerdo fueron los fogonazos. Se podían ver muy bien los fogonazos de la pistola con aquella luz. Sé que también debía de haber un sonido. Sé que un sonido debía acompañar a los disparos, pero, de alguna forma, no es lo que recuerdo. Solo recuerdo cómo la pistola escupió fuego. Me asusté muchísimo porque estaba justo detrás de él. Justo detrás del señor Vélez. Sentí como si me hubiera disparado directamente a mí, así que me aparté. Perdí el equilibrio, me estrellé contra el edificio y me hice un moratón en el hombro. Y, entonces, volví a mirar y ella seguía disparando. Y disparando. Y disparando. Y yo pensaba: «¿Pero qué diablos está haciendo?». Incluso si el tipo hubiera intentado robarle el bolso... Quiero decir... ¿Para qué meterle tantas balas en el cuerpo?

El abogado defensor volvió a ponerse en pie, pero no tuvo la oportunidad de abrir la boca.

—Lo siento —dijo el testigo—. Vale. Lo he captado. Me ceñiré a los hechos. Lo siento. Me he dejado llevar por las emociones porque presenciar aquello fue una experiencia realmente traumática. Bueno, desde luego no fue tan traumática como para el señor Vélez, pero... Ups. Supongo que lo he vuelto a hacer. Vale, lo pillo. Volveré a centrarme en los hechos.

El abogado defensor suspiró y se dejó caer en su silla.

Raymond miró a la señora G. La anciana tenía los ojos cerrados con fuerza.

—¿Está bien? —le susurró.

—Cansada —articuló.

Pero parecía algo más que cansada.

—Continúe, señor Adler —dijo el fiscal.

—Supongo que no dejó de disparar hasta vaciar el cargador. Lo digo porque recuerdo oír unos cuantos clics. Como si ya no quedaran balas, pero ella siguiera apretando el gatillo. Y el señor Vélez estaba allí tirado, con el suelo cubierto de sangre, desangrándose cada vez más a cada minuto que pasaba, pero seguía queriendo dispararle y apretaba el gatillo. Clic, clic, clic. Y pensé... Oh, vale. Se supone que no puedo decir lo que pensé.

—Solo díganos qué pasó después, señor Adler. Una vez que acabó el tiroteo.

—Bueno, la gente empezó a arremolinarse alrededor. Solo miraban. Creo que estaban en *shock*. Yo, al menos, sí que lo estaba. Así que esta mujer, la acusada, empezó a mirar a su alrededor y a decir: «Lo habéis visto, ¿verdad? Ha intentado robarme el bolso. ¿Lo ven? Lo lleva en la mano. Han visto cómo ha intentado llevárselo, ¿verdad? Todos sois testigos».

—¿Le dijo algo? ¿Le dijo que no era eso lo que había visto?

—No, señor. Como ya he dicho, yo estaba en *shock*. Y, de repente, llegó un policía. Un policía que debía de estar de patrulla, creo. Supongo que oyó los disparos y vino corriendo. Pero no creo que viera el tiroteo con sus propios ojos, porque preguntó qué había pasado. Y la mujer, la acusada, empezó a contarle lo mismo que había intentado contarnos a nosotros. «Oh, me robó el bolso. Mire, ahí está, lo lleva en la mano». En ese momento pensé que iba a decirle que no podía ir por ahí disparando a la gente, aunque eso fuera verdad. Pero no le dijo nada. Estaba llamando por radio. Pidiendo algún tipo de refuerzo. Y entonces... bueno... No me siento orgulloso, pero estaba disgustado con lo que había visto y no quería involucrarme, así que simplemente me fui.

—Dejó la escena.

—Sí.

—¿Cuándo decidió presentarse como testigo?

—Un par de días después. No paraba de tener pesadillas con lo ocurrido. Fue horrible verlo. Y empezó a preocuparme que nadie más se hubiera quedado a testificar. Empecé a preocuparme por la familia del hombre. Como que, quizá, tendría hijos, que resultó ser el caso, pero incluso si no hubiera tenido hijos, tendría padres y

¿qué pasaba si esa mujer decía que era un ladrón y no había nadie para contradecirla? Eso sería algo terrible de asimilar cuando un ser querido se va. Así que fui a la comisaría de policía y confesé lo que había visto.

El fiscal se limitó a permanecer de pie unos instantes, dejando que el silencio se apoderara de la sala. Parecía no querer interrumpir al testigo si tenía algo más que decir.

—Le agradezco que haya venido hoy a cumplir su deber cívico, señor Adler —El testigo solo asintió con la cabeza, así que añadió:— No tengo más preguntas, señoría.

El juez miró a la mesa de la defensa.

—¿Desea la defensa interrogar al testigo?

—Sí, señoría.

El abogado de la defensa se volvió a poner de pie, incluso con más esfuerzo. Raymond consideró la posibilidad de que estuviera cansado o enfermo de verdad, pero a él le pareció que, más bien, estaba montando un numerito y eso le hizo sentir rabia. Como si el abogado estuviera convirtiendo en un espectáculo la cuestión que a Raymond más le preocupaba.

*«Siento que la muerte violenta de Luis le resulte una molestia», pensó Raymond mientras el hombre camina*ba sin prisa hacia el banquillo de los testigos.

—Bueno, señor Adler —Hizo una pausa, como para darle más efecto. Demasiado larga, según el reloj interno de Raymond—. Ha dicho varias veces que la señora Hatfield le dijo a todo el mundo que el señor Vélez había intentado robarle el bolso, aunque no se refería al bolso que llevaba en el hombro, sino a la combinación de cartera y monedero que él llevaba en la mano.

—Sí, señor, así es.

—Me temo que el jurado puede haber inferido de sus palabras que usted consideraba que la acusada estaba mintiendo.

—Es que eso es justo lo que pensé.

En esa ocasión, las palabras de Adler salieron tajantes y decididas. No miró al juez. No dudó ni se disculpó.

Raymond miró al cogote de la acusada, pero, por supuesto, no le dijo nada.

—Esa es una afirmación muy fuerte, señor Adler. Mi cliente está aquí, luchando por su libertad, y me gustaría que pensara en el prejuicio inherente a esa afirmación y que lo reconsiderara.

—No hay ningún prejuicio. Sé lo que vi.

—¿Pero por qué no considera la posibilidad de que de verdad creyera que eso era cierto? Ella no sabía que se le había caído la cartera. Miró al señor Vélez y vio que tenía su cartera en la mano. ¿Cómo debía suponer que había llegado allí? Y, por cierto, ¿está seguro de que, literalmente, la tenía en la mano? Imagino que se le habría caído al suelo después de que le dispararan seis veces.

—No, señor. No la soltó. Podría habérsele caído, sí. Pero no, fue más bien lo contrario. Supongo que hizo que se aferrara a ella incluso con más fuerza. Pero el caso es que la tenía en la mano incluso después de caer tirado en la calle.

—Vale, de acuerdo. Lo que sea. Pero volvamos a mi pregunta original. ¿Llegó a considerar la posibilidad de que la señora Hatfield pensara de verdad que lo que estaba diciendo era cierto?

—No, señor.

—¿Ni siquiera lo consideró?

—No, señor.

—¿Le importaría decirle al tribunal qué es lo que hizo que estuviera tan seguro?

—Porque no hubo tiempo. Él estaba alargando el brazo para tocarle el hombro cuando ella le disparó. Y llevaba el puñetero bolso bien cogido con el brazo. Lo apretó con mucha fuerza ahí justo después de sacar la pistola. O, bueno, lo que luego supe que era una pistola. No había forma de que él hubiera podido meter la mano ahí antes de que le disparara.

«Esto está yendo muy mal para la defensa», pensó Raymond mientras escribía de forma compulsiva, cometiendo miles de errores tipográficos que no tenía tiempo para corregir. Bien.

—Con el debido respeto, señor Adler, la pregunta no era si el señor Vélez tuvo tiempo de sacar la cartera del bolso de la señora Hatfield o no. Mi pregunta era por qué está tan seguro de que la acusada estaba mintiendo de manera premeditada. Sugerir que estaba mintiendo a sabiendas es una acusación bastante grave contra mi cliente. Ha dicho que estaba conmocionado. Y la conmoción genera confusión. Eso altera el sentido del tiempo. Todo sucedió muy deprisa. La señora Hatfield miró hacia abajo y vio su cartera en las manos de un hombre que creía que había intentado robársela. ¿No cabe pensar que pudiera creer que se la había robado?

—¡Si ella no hubiera tenido tan jodidamente claro que él iba a robársela, no creo que todos estuviéramos aquí ahora!

Raymond oyó una fuerte respiración. Un resoplido silencioso. Tanto de la señora G como de una mujer del jurado.

—Señoría —dijo el abogado de la defensa.

—Le vuelvo a advertir, señor Adler —le dijo el juez—. Vaya con cuidado.

El señor Adler no se disculpó. Se limitó a guardar silencio.

—Se lo vuelvo a preguntar, señor Adler —le dijo el abogado—. ¿Cómo puede mirarme a los ojos y afirmar con total seguridad que la acusada no pensó, en el calor del momento, que su versión de los hechos era cierta?

El testigo siguió en silencio. El tiempo suficiente como para que un par de miembros del jurado empezaran a moverse, incómodos, en sus asientos.

—Bueno... —dijo Adler al fin—... supongo que no puedo saber lo que se le estaba pasando por la cabeza.

—Justo lo que yo decía. No tengo más preguntas, señoría.

Los dos se sentaron juntos en el metro. Raymond podía percibir el traqueteo habitual del movimiento del vagón al desplazarse sobre las vías.

Cuando miró a la señora G, parecía estar escurriéndose en su sitio, como si fuera a desmayarse o caerse. Raymond la agarró por los hombros y la volvió a sentar bien y, entonces, se despertó de repente.

—Oh —dijo—. Oh.

—¿Está bien?

—Supongo que me he quedado dormida un minuto. Estoy muy cansada, Raymond. Ha sido un día muy largo. Hacía mucho tiempo que no me esforzaba tanto en un solo día.

—Sí. Eso es cierto, sí. Pero, aparte de cansada, ¿está bien?

—No.

Guardaron silencio unos segundos.

—Quizá prefiera volver a casa —le propuso Raymond.

—Oh, no. No podemos dejar a Isabel sola. Va a tener a su bebé. Le hemos dicho que iríamos después del juicio. Y vamos a ir, aunque sea lo último que haga.

—No diga esas cosas.

—Es solo una expresión.

Silencio. No intentó responder. También estaba cansado y molesto. Quizá no tanto como la señora G, pero bastante.

—Lo siento mucho —le dijo la anciana—. Está siendo duro para los dos. Intentaré cuidar mis palabras. Además... puede que recupere fuerzas cuando vea al pequeñín. ¿Qué puede haber mejor para el espíritu que una nueva vida en el mundo?

A mitad de las escaleras de subida entre el metro y la calle, Raymond supo que tenía un problema.

Se detuvo y la esperó. Dejó que recuperara el aliento. Sabía que acabaría subiendo las escaleras si le daba tiempo, pero era evidente que estaba consumiendo sus últimas reservas de energía.

Si no recordaba mal, había que andar siete manzanas desde la boca de metro hasta el hospital.

Y, luego, tendrían que volver a casa.

Le puso la mano en la espalda e intentó darle un empujoncito. Para sujetarla. Y pareció funcionar bastante bien.

Cuando llegaron a la calle juntos, la señora G estaba jadeando, sin aliento, con la cabeza hacia abajo. Raymond miró a su alrededor y pensó en coger un taxi, pero no llevaba demasiado dinero encima y tampoco sabía si ella lo tenía. No le pareció adecuado pedírselo, ni siquiera en semejante situación.

—Estamos a siete manzanas del hospital —dijo, al fin preparado para dar la mala noticia.

—Oh, no lo sé, Raymond. Quizá sea demasiado. Lo intentaré, pero no sé si puedo.

—Creo que no tengo suficiente dinero para coger un taxi. ¿Y usted?

—Puede. Miraré en mi monedero, pero no sé cuánto cuesta un taxi ahora. ¿Y tú?

—No, la verdad. Siempre lo paga mi padre.

En ese momento, Raymond fue consciente de que tenían problemas. Que la situación era grave. Estaban lejos de casa y le había pedido que hiciera más de lo que era capaz de hacer. Su temor arrasó su ánimo como si hubiera pasado un tsunami. No sabía cómo arreglar lo que había roto.

Levantó la mirada y se topó con un taxi que se acercaba a la acera para recoger a un hombre de negocios trajeado que llevaba un caro maletín de piel. Lo miró a la cara y el hombre le devolvió la mirada. No estaba seguro de por qué. No sabía qué había hecho para atraer la atención de aquel hombre. Pero allí estaba, de pie, a tan solo unos pasos de distancia y pensó que, quizá, pudiera haber oído su conversación.

—Coged este —le dijo el hombre, abriendo la puerta trasera del taxi y apuntando al asiento trasero.

—Pero puede que no tengamos...

Antes de que pudiera pronunciar la palabra «dinero», el hombre extendió la mano derecha, como si quisiera darle la mano. Raymond pensó que era un gesto extraño y un momento extraño para el ritual del saludo, pero imitó su gesto y le estrechó la mano al hombre.

En cuanto lo hizo, sintió el billete doblado. Doblado en silencio, invisible, en la palma de su mano.

—Gracias —dijo Raymond.

Pero no estaba seguro de que el hombre llegara a escucharlo. Ya se había ido, levantando la mano para llamar a otro taxi.

—Buenas noticias —le dijo a la señora G mientras la ayudaba a entrar en el taxi—. Podemos coger un taxi.

—Oh, gracias a Dios. ¿Al final resulta que tienes suficiente dinero?

—Sí. Resulta que sí.

—Puedo devolverte una parte.

—Oh, no se preocupe por eso. He encontrado algo más de dinero, eso es todo. Ya está solucionado.

Raymond asomó la cabeza en la habitación del hospital y allí estaba Isabel, agotada, casi herida, como si hubiera sobrevivido a una guerra, pero sonriente. En sus brazos había un pequeño recién nacido, envuelto en una mantita.

—¡Oh, ahí está! —dijo Raymond.

Al escuchar la noticia, la señora G aceleró el paso.

Ambos entraron en la habitación a la vez.

—Me alegro mucho de que hayáis podido venir —dijo Isabel—. Aquí hay alguien que quiere conoceros. Os presento a Ramón.

Raymond se acercó un poco más, llevando con él a la señora G. Miró la carita del niño de cerca. Era... increíble. Increíblemente pequeño. Increíblemente perfecto. Resultaba difícil de creer que ese pequeñín tan perfecto fuera real.

—¡Oh, es muy guapo!

—Descríbemelo —pidió la señora G.

—Vale. Lo intentaré. Pero no creo que las palabras le hagan justicia. Pero tiene un pequeño mechón de pelo negro suave, pero solo en la parte superior de la cabeza. Y sus pequeños labios y orejas son tan perfectas que le juro que duele verlos. Y su piel es casi... como si pudieras ver a través de ella, es tan nueva y perfecta. Puedo ver venitas en sus mejillas, pero de una forma muy bonita. Me refiero a que tiene una buena piel. Bueno, eso. Es todo muy nuevo.

—Aquí —dijo Isabel a la señora G—. Deme la mano.

La señora G extendió la mano con cuidado e Isabel la cogió y la guio hasta el suave pelo de Ramón. La señora G acarició con cuidado la cabecita del bebé con los ojos cerrados y la cabeza ladeada, como si estuviera escuchando una melodía lejana. Luego, le tocó con delicadeza las mejillas y la nariz.

Raymond le estaba mirando a la cara, así que percibió el momento justo en el que todo cambió. Cuando el embeleso desapareció y fue sustituido por... bueno, no estaba seguro. Y no sabía muy bien por qué, pero no era bueno. De alguna forma, había caído en algún pozo emocional.

«Quizá esté muy cansada», pensó.

La ayudó a sentarse en una de las sillas de plástico.

—Bueno, contadme, ¿qué me he perdido del juicio? —preguntó Isabel.

Raymond cogió otra silla para él sin dejar de mirar la carita del recién nacido. Y entonces fue consciente de que jamás había estado tan cerca de ver a Luis Vélez.

—Bueno, también yo me he perdido una buena parte de la mañana —dijo Raymond, ya que la señora G parecía estar perdida en otro mundo—, pero esta tarde, han interrogado a uno de los testigos. Estuvo bien todo lo que dijo. Dejó bastante claro que creía que la acusada estaba mintiendo sobre algunos hechos. Aun sabiendo que podía tener problemas con el juez, ese testigo fue muy franco al respecto. Se suponía que no podía dar su opinión, pero lo hizo de todas formas. Así que, en ese momento, pensé que le iba realmente bien a la acusación, pero entonces, al final del contrainterrogatorio, el abogado defensor consiguió darle la vuelta.

La sonrisa de Isabel desapareció.

—Sí, eso es lo que harán —dijo ella. Se giró hacia la señora G, que estaba mirando en dirección a la pared—. ¿Y qué nos hemos perdido Raymond y yo esta mañana, Millie?

La señora G volvió a mirar hacia ellos, como si se hubiera despertado de un sueño profundo.

—Lo siento. ¿Qué me has preguntado?

—¿Qué nos hemos perdido Raymond y yo esta mañana?

—Oh, no demasiado, diría yo. El primero de los dos testigos, pero no dijo nada muy diferente del segundo. Fue más insegura en sus respuestas. Esa ha sido la principal diferencia. Si tenía alguna opinión al respecto, se la guardó para ella.

Se quedaron allí sentados, en silencio, durante un breve instante. Entonces, Raymond oyó un repiqueteo en la puerta abierta de la habitación. Cuando se giró se encontró con la agente de policía que los había llevado al hospital esa misma mañana, aunque Raymond tenía la sensación de que aquello había sucedido hacía semanas.

—¿Puedo entrar? —preguntó.

Raymond miró a Isabel para comprobar si todavía le incomodaba la presencia de la agente, pero tenía una expresión abierta y tranquila.

—Sí, por supuesto —le dijo—. Me alegra tener la oportunidad de darle las gracias por traerme aquí esta mañana.

La agente se acercó a la cama, despacio y con mucho respeto, como si estuviera en una iglesia.

—Espero que no le importe que haya venido. Sé que cuando nos vimos por primera vez esta mañana fui un poco invasiva, pero es que estoy embarazada de dos meses y estoy tan emocionada que me cuesta contenerme. En ese momento, no sabía quién era, solo que podía ponerse de parto en cualquier momento. Pero cuando supe que era la viuda, quería... ya sabe... ayudarla de alguna manera.

—Traerme aquí a tiempo ya ha sido de gran ayuda —dijo Isabel—. Te presento a Ramón.

La agente acarició con cuidado la cabeza de Ramón.

—Es muy guapo —le dijo—. ¿Va a pasar aquí la noche?

—No, no puedo. Mi seguro no me cubre tanto. Mi hermana vendrá a buscarme después del trabajo.

—Oh, Dios mío. Creía que una noche en el hospital era lo más adecuado.

—Ya, pero no me la puedo permitir.

—No pensará ir al juicio mañana, ¿no?

—Probablemente no. Les pediré a Raymond y Millie que luego me pongan al día. Pero pasado mañana, es bastante probable que sí. Oh, al juez le encantará. ¿No crees? Primero abro la bocaza cuando se suponía que debía guardar silencio. Luego, vuelvo con un recién nacido que llora...

—Bueno, pero no hagas las dos cosas a la vez —dijo la agente.

—No, no lo haré. Me quedaré calladita. Me siento muy avergonzada por haber reaccionado así. —Miró al bebé que tenía en los brazos durante un segundo o dos—. Pero cuesta mucho callarse la verdad.

—Sí. Ese es el problema en los juicios. De alguna forma, juez y jurado piensan que lo que decidan será la verdad, pero la verdad ya ha tenido lugar. No pueden decidir qué ha pasado. Solo pueden acertar o equivocarse sobre lo que ha pasado. Y, en demasiadas ocasiones, se equivocan.

La agente guardó silencio, como si se lamentara por la deriva que estaba teniendo aquella conversación.

Nadie más se atrevió a hablar después de eso.

—Oh —dijo la mujer—. Tengo que irme.

Se dio la vuelta y salió de la habitación sin pronunciar ni una sola palabra más.

Raymond se levantó de un salto y la siguió hasta el pasillo.

—Disculpe —le gritó porque había olvidado su nombre.

La policía se detuvo. Se dio la vuelta.

—Necesito pedirle un favor —le dijo Raymond.

—Adelante.

—Es un favor muy grande. Quizá me diga que no.

—Prueba a ver.

—La amiga que acompañé al juicio esta mañana. La señora mayor. Está muy cansada. A mí me asusta lo duro que ha sido este día para ella. Me preguntaba si podría llevarnos de vuelta a la boca de metro.

Vio cómo su rostro se suavizaba y el profundo miedo que le oprimía el estómago desapareció. Y entonces supo que los dos, tanto él como la señora G, estarían bien.

—Haré algo mejor que eso —le respondió—. Os llevaré a casa. Viváis donde viváis, os llevaré a casa sanos y salvos.

La señora G se quedó dormida durante el trayecto a casa, dentro del coche patrulla, y en un momento dado se despertó sin motivo aparente, al menos ninguno que Raymond pudiera ver u oír.

—Ramón —dijo.

—¿Qué pasa con él?

—Ese nombre, ¿no es Raymond, pero en español?

—Sí, así es.

—¿Es una coincidencia?

—No, no lo es.

Y, entonces, volvió a guardar silencio el tiempo suficiente como para que Raymond llegara a pensar que se había vuelto a dormir.

Observó los edificios y los peatones al pasar por encima del rostro inmóvil de la anciana. Ya era casi de noche. La hora en la que dispararon a Luis. Raymond se preguntó cómo se veía un fogonazo de disparo en esa oscuridad. También deseó jamás tener que averiguarlo.

—¿Ves? —dijo la señora G de repente, sorprendiéndolo—. Estás dejando huella en este mundo.

—¿Eso cree?

—Lo sé —respondió.

Y se quedó definitivamente dormida. Raymond lo supo porque roncaba un poco.

Capítulo 14

¿QUÉ CLASE DE PERSONA?

Raymond llamó a su puerta a las ocho de la mañana del día siguiente.

—Entra, Raymond —le dijo ella, pero esta vez su voz sonaba extrañamente distante y pequeña.

Entró con las llaves.

—¿Dónde está? —gritó, mirando a su alrededor, en un salón vacío.

Esperaba que estuviera en el baño, dándose los últimos retoques antes de salir.

—Estoy en el dormitorio—respondió—. Puedes entrar.

Se acercó a la puerta y se paró en seco, mirando al interior. Todavía estaba en la cama.

Tenía el pelo suelto, sin trenzar. Llevaba un camisón de cuello alto. Sujetaba las sábanas a la altura de su pecho con sus artríticas manos. Louise estaba hecha un ovillo junto a su cadera derecha, mirando a Raymond por encima de sus propios omoplatos.

En mitad de su oleada de decepción, encontró un pequeño rayo de luz. Estaba contento de que hubiera llegado a casa la noche anterior con suficiente energía como para cambiarse antes de irse a dormir.

—¿No está preparada? —le preguntó.

—No voy.

—Oh.

—Lo siento. Pero no puedo. No puedo. Es demasiado duro.

—¿Físicamente?

—Bueno, sí —le respondió—. Eso también. Tú tampoco tienes que ir, por supuesto, si es demasiado duro para ti. Pero si vas, ¿podrías tomas notas y contarme más o menos qué me he perdido? Solo a grandes rasgos. Los acontecimientos más importantes. Los detalles son demasiado duros para mí. Hoy serás nuestro único representante en la sala. Si es que vas.

—¿Irá mañana?

—Creo que iré cuando el jurado tenga un veredicto. Quiero oír qué deciden. ¿Crees que será mañana o pasado? ¿O quizá más tarde?

—No tengo ni idea.

—Bueno, ya me lo dirás. Por favor. Si puedes. Lo siento, Raymond. Sé que querías que fuera, pero tengo una larga y sórdida historia con la muerte y la agonía. Cuando algo me lo recuerda, se hunde el suelo bajo mis pies. No es que la muerte de Luis no sea suficiente por sí sola, pero la combinación de pasado y presente es más de lo que puedo soportar.

Se quedó allí, de pie, un instante, con el hombro apoyado en el marco de la puerta, con la esperanza de que le hablara voluntariamente de su pasado. Como no lo hizo, confiaba en haber ganado en valentía y preguntárselo.

Pero no ocurrió ni una cosa ni la otra.

—Hay una última cosa que me gustaría pedirle antes de irme —le dijo, pero era algo simple y sin importancia. Al menos, eso esperaba—. Anoche, cuando fuimos a conocer al bebé. Estaba tan emocionada. Y, de repente, dejó de estarlo...

—Cierto.

227

Se inclinó en silencio unos cuantos segundos más, preguntándose si sería apropiado o no preguntar más. Al final, no fue necesario.

—Al principio, estaba tan embelesada con él —dijo—, con lo perfecto, inocente y vulnerable que es. Y, durante un segundo, me pareció algo maravilloso. Y, entonces, empecé a preocuparme por el mundo en el que el pequeño había nacido. ¿Qué le acabará haciendo? ¿Cuánto le quitará? Mira cuánto le ha quitado ya y eso incluso antes de que hubiera podido salir del vientre de su madre y ver en qué se había metido.

Raymond esperó, pero no parecía dispuesta a continuar. Miró al despertador y vio que no le quedaba mucho tiempo. Además, su propia valoración no sería más optimista.

—Vale—dijo Raymond—. Descanse. Luego vendré y le contaré qué tal ha ido.

—Señora Hatfield —le dijo el abogado de la defensa a su cliente—, ¿podría explicar al jurado por qué apaga sus audífonos cuando camina por la calle?

Llevaban casi tres horas de la sesión de la mañana. Casi toda la sesión había consistido en el abogado defensor interrogando a la acusada.

Raymond miró sus notas y prácticamente no había escrito nada. Porque no había dicho gran cosa. Por supuesto, de su boca habían salido muchas, muchas palabras, pero, en la mente de Raymond, no parecían aportar nada.

Podía resumir toda la sesión matutina en una frase o dos.

Miradme, soy buena persona. Soy como vosotros.

Pero habría sido raro incluir eso en sus notas. Además, tampoco creía que su campaña estuviera funcionando. No se parecía en nada a él y tampoco creía que fuese una buena persona. Estaba a la defensiva. Al menos eso era lo que él había podido percibir. Actitud defensiva.

Observó su cara en ese milisegundo previo a que volviera a hablar. Tenía unas mejillas redondas y grandes. Regordetas. Contrastaban con su nariz y su mentón, que eran afilados. Sus ojos, marrones y pequeños, estaban extrañamente juntos.

—Créanme, si llevaran audífonos, lo entenderían. Amplían el sonido de fondo. Resulta irritante. Es insoportable, ya saben.

—De acuerdo —dijo su abogado—. Creo que lo entendemos. No tengo más preguntas.

Raymond no entendía que dejara el interrogatorio en ese momento. No estaba seguro de lo que el abogado defensor creía haber conseguido.

Escribió unas cuantas notas rápidas y, al levantar la mirada, vio al fiscal acercarse al banquillo de los testigos y a la acusada.

—No estoy muy seguro de haberlo comprendido bien —le dijo—. Por eso me gustaría aclararlo, por si el jurado está igual de confuso que yo.

—¿Qué es lo que no ha entendido? —le preguntó la acusada.

Actitud defensiva.

—¿Por qué no les baja el volumen a los audífonos hasta que el sonido de fondo sea soportable?

—Si uno no ha usado audífonos, no puede comprenderlo.

—Eso no responde a mi pregunta. Ayúdeme a entenderlo.

—Es un sonido chirriante, incluso a un volumen bajo. El tráfico y todo eso. Es un sonido artificial, como estático. Me molesta mucho.

—Y cabe suponer que sería importante para su seguridad tenerlos encendidos, ¿no?

—¿En qué sentido?

Sonó desconfiada. Como si el fiscal estuviera intentando venderle algo. Algo que sabía que era mejor no comprar.

—¿Qué pasaría si estuviera cruzando la calle y pasara un coche?

—Miro a ambos lados de la calle.

—Seguro que sí. ¿Pero qué pasaría si un conductor estuviera tocando el claxon y no lo oyera?

—Oiría un claxon si estuviera cerca de mí.

—Pero no oyó al señor Vélez.

—No.

—¿Y ahora lo lamenta? Un hombre ha perdido la vida porque apagó sus audífonos. Si yo estuviera en su lugar, esa decisión me quitaría el sueño.

—No sé adónde quiere llegar —dijo la acusada, aparentemente queriendo hundirse todavía más en su propia piel para sentirse más segura.

—Ha declarado en varias ocasiones que es muy incómodo llevar audífonos cuando hay tráfico alrededor. Al menos eso es lo que yo he creído entender y eso ha hecho que quisiera saber más sobre el tema. La señora Vélez, viuda de la víctima, no está hoy en esta sala porque dio a luz ayer. ¿Pero qué pasaría si estuviera aquí? ¿Qué pasaría si estuviera allí sentada, justo al lado de ese caballero?

Todos los ojos del jurado, así como los de la acusada y sus dos hijos adultos, se giraron hacia Raymond. Miró brevemente detrás de sí mismo, pero no había nadie más allí. Él era el caballero en cuestión.

—¿No cree que, quizá, se estremecería por dentro al escucharle hablar de su incomodidad? Es decir, no para de decir que los audífonos son muy molestos, pero le habrían salvado la vida a ese hombre. Estoy seguro de que no quiere que el jurado se lleve la impresión de que sigue hablando de su propia comodidad después de que un hombre haya perdido la vida.

—Protesto, señoría —dijo el abogado de la defensa. No se puso en pie. No se molestó siquiera en concretar su protesta.

—Abogado —dijo el juez, frunciendo el ceño al fiscal—, sea donde sea donde quiera llegar, le aconsejo que se dé prisa.

—Por supuesto, señoría. Seré extremadamente directo. Señora Hatfield, ha estado muchas veces en la calle desde que este desafortunado incidente tuviera lugar, ¿verdad?

—Verdad.

—¿Y ha llevado los audífonos encendidos o apagados?

—Apagados.

—Incluso después de que un hombre perdiera la vida.

—No tenía forma de saber que eso podía pasar.

—Pero ahora ya ha sucedido. Y lo sabe.

—Fue un extraño accidente. Algo que solo ocurre una vez en la vida. No va a volver a pasar.

—Si pudiera, ¿seguiría llevando un arma en el bolso por la calle?

—Por supuesto que sí. Las calles son peligrosas y este «desafortunado incidente», como usted lo llama, así lo demuestra.

Raymond levantó la mirada. Observó la cara del fiscal. Se hizo el silencio en la sala. Y se prolongó mucho y de manera extraña.

Entonces, el fiscal por fin puso orden en sus pensamientos.

—¿Me está diciendo de verdad, señora Hatfield, que este tiroteo demuestra que es usted la que corre peligro en la calle? Porque yo creía que el mismo demuestra que usted es el peligro.

—Protesto, señoría.

—Lo retiro. Una última pregunta, señora Hatfield, antes de hacer un receso para almorzar. Es una pregunta importante y espero que reflexione un instante antes de responder. ¿Siente remordimientos?

—¿Disculpe?

—Es una pregunta bastante sencilla. ¿Siente remordimientos por lo que pasó?

—Bueno, sí, por supuesto. ¿Qué clase de persona cree que soy? ¿Cree que soy un monstruo? ¡Pues no lo soy! Por supuesto que siento que ese hombre muriera, pero tomé la mejor decisión que pude tomar en ese momento.

—Así que todavía cree que fue una buena decisión.

—Creo que hice lo que pude.

—Así que no lamenta lo que hizo.

Pausa. Raymond observó la coronilla del abogado defensor. Esperaba que diera un salto y protestara, pero no lo hizo.

—Cómo tiene la desfachatez de decirme algo así. Usted no sabe ni lo que pienso ni lo que siento. ¿Cómo puede decirme algo así?

—Bueno, si de verdad quiere saberlo, señora Hatfield, se lo diré. Le contaré cómo he llegado a esa conclusión. La única vez que se ha referido a la víctima y ha dicho que sentía su muerte, inmediatamente después ha añadido la palabra «pero». Es más, cuando una persona hace algo que lamenta profundamente, tiende a cambiar su comportamiento. Ve cómo sus acciones han tenido determinadas consecuencias y..., bueno, parece que la naturaleza humana tiende a realizar cambios para asegurarse por completo de que no se vuelve a producir ese resultado.

La acusada se recostó en su asiento con fuerza, entrecerrando los ojos.

—Me ofende su insinuación —dijo.

—Se lo volveré a preguntar. A quemarropa, si es que esa no es una mala elección de palabras. Aunque me temo que sí. ¿Siente remordimientos por lo que le pasó al señor Vélez?

—Tomé la mejor decisión que podía tomar dadas la circunstancias.

—De acuerdo. Entendido. Quizá ahora sea un buen momento para ese receso, señoría.

Raymond se puso en la cola de la cafetería, donde había pedido un sándwich de pavo. Lo colocó en su bandeja de plástico, con la mirada gacha. Cogió un tenedor de acero inoxidable y un cuchillo, y luego se dio cuenta de que no sabía por qué lo había hecho. No los necesitaba para comerse un sándwich, pero le daba vergüenza devolverlos.

Pagó en la caja para efectivo, se apartó de la cola y echó un vistazo a su alrededor. No había sitio donde sentarse. Ni una sola mesa libre.

Puso rumbo a la puerta, pensando que encontraría algún lugar fuera de la cafetería. En las escaleras, quizá. Pero un guardia uniformado de la puerta lo hizo volver adentro.

—No puedes sacar eso de aquí.

—Lo he pagado.

—Pero no has pagado la bandeja y el plato. Ni los cubiertos. Lo siento. Te tienes que sentar dentro.

—¿Sentarme? —preguntó con un tono de voz que reflejaba la imposibilidad de obedecer esa orden—. ¿Dónde ve un lugar en el que pueda sentarme?

—Puedes preguntar a alguien si le importa compartir su mesa si hay algún asiento libre.

—Pero están todos ocupados.

—No, ese no.

Y señaló a una mesa de cuatro, en esos momentos ocupada por dos personas. Por desgracia, esas dos personas eran Peter y Mary Jane, los hijos de la mujer que casi le había quitado el apetito.

Raymond suspiró y se acercó a la mesa.

«Si la señora G puede, yo también».

Ambos levantaron la mirada. Saludaron con la cabeza. Y apartaron la mirada al instante.

Si Raymond hubiera tenido que escribir bocadillos sobre sus cabezas, como en un cómic, habrían sido: «Oh. Hola. Eres tú. Nos alegramos de volver a verte. Vete de aquí ahora mismo».

Pero Raymond no tenía intención de irse.

—Lo siento —dijo—. Pero, literalmente, no hay ningún otro asiento libre en el que me pueda sentar. Ni ningún otro lugar.

Peter alargó su cuello como una jirafa y echó un vistazo al recinto, como si tuviera la esperanza de demostrarle que se equivocaba.

—Bueno —respondió—. Entonces, siéntate aquí...

—Vale. Gracias.

Raymond se sentó y centró cada gramo de energía que tenía en su sándwich de pavo. No apartó la mirada de él en ningún momento. El silencio era atronador. Parecía vibrar en la mesa que lo separaba de ellos.

Raymond no lo rompió.

Comió durante unos cinco minutos en aquel extraño silencio.

—Mi madre tiene cosas buenas —dijo Peter de repente.

—Seguro que sí —respondió Raymond sin apartar la mirada de su sándwich a pesar de no estar para nada seguro.

—Solo tiene problemas con una cosa. Bueno, creo que me he expresado mal. No quiero decir que todo lo demás en ella sea perfecto. Supongo que en todo lo demás es razonable. Pero no es capaz de reconocer que se ha equivocado. Creo que es algo generacional. Pero, aparte de eso, es buena persona.

—¿Por qué dices eso de ella? —preguntó Mary Jane. Al verla tan disgustada, Raymond deseó dejar allí su comida y salir corriendo—. No solo es mamá. También es su abogado. Le dijo que no reconociera que se equivocó.

—¿Quién te ha dicho eso? —le preguntó Peter a su hermana—. ¿Estás segura de eso? ¿Te lo ha dicho ella?

—No, tampoco era necesario que me lo dijera. Es solo sentido común. Uno no se sube al banquillo y reconoce su error. Se enfrenta a pena de cárcel.

—Es una estrategia arriesgada —dijo Peter.

Otro silencio. Incluso más extraño que el anterior.

Raymond pensó que, quizá, debería decir algo. Luego se dijo que era mejor no decir nada. Estuvo dudando un rato. Cuando, por fin, decidió hablar, lo hizo porque la duda lo estaba volviendo loco.

—He oído que las cosas van mejor en un tribunal cuando se muestran remordimientos.

Mary Jane se levantó de la mesa y se marchó. Salió de la cafetería sin detenerse un segundo. Tampoco miró atrás.

Raymond respiró hondo e intentó liberarse de toda la tensión. No funcionó.

—Bueno, que diga lo que quiera sobre la estrategia —dijo Peter—. Hace treinta y cuatro años que conozco a esa mujer. Es mi madre y la quiero. Pero jamás la he oído pronunciar las tres palabras «Me he equivocado». Y me preocupa la forma en la que la han pintado y más ante gente que no la conoce de nada.

Raymond masticó un trozo de sándwich de pavo e intentó tragárselo. Ya estaba seco de por sí. Sentía que se estaba comiendo una gran bola de algodón. Y ni siquiera tenía una bebida con la que bajarla.

—¿De qué hablaron con la señora Gutermann ayer? —le preguntó Raymond cuando pudo al fin.

—Oh, de todo un poco. Es una señora sorprendente. ¿Por qué?

—Me preguntaba cómo logró ella que algo así funcionara. Yo simplemente... no he podido.

—No es culpa tuya. Ha sido culpa mía y de mi hermana. Nosotros sacamos el tema. No deberíamos haberlo hecho. Pero ha sido muy duro estar ahí toda la mañana, escuchar su testimonio y preguntarnos qué pensaría de ella la gente que la estaba escuchando. Es duro no poder decirles que, por favor, intenten tener una mejor opinión de ella. Pero no podemos dirigirnos al jurado, así que...

—Bueno, tampoco importa lo que yo piense.

—Debería ir a buscar a mi hermana.

Se levantó y se alejó, dejando un plato de espaguetis a medio comer en la mesa. Raymond se acomodó en su silla y suspiró profundamente. Apretó los ojos con fuerza.

«*Tengo que preguntarle cómo lo hace. Cosas como el almuerzo de ayer con los Hatfield. Tiene que haber algún* secreto».

Entonces supuso que el secreto sería tener noventa y dos años de experiencia y que, probablemente, no serviría de nada preguntarle eso.

El fiscal siguió interrogando a la acusada tras el almuerzo.

—Me gustaría profundizar más en la escena del tiroteo —dijo.

La señora Hatfield se reclinó en su silla con evidente disgusto.

—No veo qué más se puede decir sobre algo que ya se ha dicho cientos de veces.

—Le ruego tenga algo de paciencia conmigo. Por favor. Quiero hacerle una pregunta sobre algo que dijo el señor Adler ayer. Dijo que era imposible que se hubiera dado la vuelta, que hubiera visto que el señor Vélez tenía su cartera y que hubiera supuesto que se la había robado porque no tuvo tiempo. Que no hubo tiempo material para que se lo robara. Tenía el bolso a buen recaudo bajo su brazo. Dijo que se lo colocó allí justo después de sacar el arma.

—Así es.

—Y el señor Vélez apenas había tenido tiempo de llegar hasta usted y mucho menos para robárselo.

—Ya veo por dónde quiere ir, pero yo no estaba mintiendo. Me giré. Y vi la cartera en su mano. La llamo bolso, no era mi intención resultar confusa. Llegué a la conclusión de que era un robo y actué en consecuencia.

—Creo que su línea temporal es incorrecta.

—No —respondió ella—. Es correcta.

—Sin embargo, hay pruebas de lo contrario. Antes de que se girara y lo mirara, ya le había disparado una vez.

La mujer puso expresión de sorpresa.

—Eso es ridículo. ¿Cómo podría haber disparado incluso antes de darme la vuelta?

—No lo sé —dijo el fiscal—. Dígamelo usted.

Se acercó a la mesa en la que tenía sus notas y expedientes.

—Señoría, me gustaría presentar las pruebas D, E1 y E2.

Le entregó dos fotografías y un documento al juez, que les echó un vistazo, asintió y se los devolvió.

Se acercó a la testigo con esas dos fotografías y la acusada, a su vez, se alejó en su silla del fiscal y de las fotografías como si fueran venenosos.

—Según el artículo publicado en la prensa sobre el incidente, disparó seis veces en el torso del señor Vélez, hasta vaciar el cargador, pero no fue así. Tengo una foto de la escena del crimen aquí en la que se ve claramente que en el cuerpo del señor Vélez hay cinco entradas de bala. Y también tengo el informe del forense, que dice exactamente lo mismo.

—Bueno, no sé dónde fue la otra bala. Supongo que fallé.

—Sí, así fue. Falló unos cuarenta y cinco grados. También tengo una foto del lugar al que fue a parar la primera bala. O la bala que, según la policía, fue la primera que se disparó. Estaba en el edificio junto al que se encontraba en el momento del tiroteo. El edificio que estaba a su derecha antes de que se diera la vuelta.

—¿Y? Eso, fallé. Como ya he dicho. Estaba alterada.

—Pero nadie se enfrenta a un hombre a corta distancia y dispara cuarenta y cinco grados a su izquierda.

—Entonces, según usted, ¿qué fue lo que sucedió?

—Lo que digo es que disparó una vez mientras se estaba dando la vuelta.

—Vale. Bien. Estaba asustada. ¿Qué pasa si lo hice?

—Si todavía no se había dado la vuelta, entonces era imposible que hubiera visto la cartera en su mano.

El fiscal hizo una pausa por si la acusada quería decir algo, pero la mujer no dijo nada. Cada vez parecía más pálida.

Entonces, decidió continuar.

—Hace unos instantes ha dicho que sí, que se había girado, que vio la cartera en su mano, que llegó a la conclusión de que se trataba de un robo y que actuó en consecuencia, pero, al parecer, tenía el dedo ya tan metido en el gatillo de la pistola que disparó incluso antes de que pudiera mirar al señor Vélez. Sé que no era su intención hacerle daño al edificio junto al que usted se encontraba, así que solo puedo llegar a la conclusión de que tenía mucho miedo y que ya estaba preparada para defenderse.

—Sí —dijo ella. Vacilante. Como si pudiera tratarse de una trampa—. Así era.

—¿Por qué?

—¿Por qué?

—Sí, ¿por qué? ¿Por qué tenía tanto miedo? ¿Por qué había llegado ya a la conclusión de que tenía que usar su arma para defenderse?

—Ya se lo he dicho. Pensé que era un atraco.

—Pero acabamos de ver que no tenía motivos para pensar que se trataba de un atraco.

—Por supuesto que los tenía. Estaba cada vez más cerca. Estaba extendiendo la mano. Estaba a punto de tocarme.

—¿Cómo lo sabía?

—¿Que estaba extendiendo la mano?

—Sí.

—Giré la cabeza un poco y lo vi por el rabillo del ojo. De todas formas, ¿qué importa qué delito pensara yo que iba a cometer contra mí? Solo supe que, fuera el que fuera, no quería ser víctima de nada.

Se detuvo, como si se hubiera quedado sin aliento. Sin duda la acusada había puesto mucha energía y tensión en esas palabras. Raymond se dio cuenta de que estaba sentado en el borde del banco de madera. Podía notarlo presionando su trasero.

—Entiendo —dijo el fiscal—. Volvamos atrás un instante. Volvamos a cuando sacó la pistola de su bolso... ¿Qué estaba haciendo mal el señor Vélez?

Pausa reveladora.

—¿Mal? —preguntó ella—. No entiendo la pregunta.

—Acaba de decir que disparó porque estaba alargando la mano.

—Sí.

—Entonces, cuando usted sacó la pistola del bolso, ¿qué estaba haciendo el señor Vélez?

—Pues... andando.

—Entonces, ¿por qué sacó su arma?

—Porque se estaba acercando.

—¿Se refiere a que estaba andando más deprisa que usted?

—Sí, pero... había algo que me resultó amenazador.

—¿Qué?

—No sé si sabría explicarlo.

—Bueno, espero que pueda, señora Hatfield. Porque no creo que vivamos en una sociedad en la que se pueda disparar a alguien sin ser capaces de explicar qué hizo esa persona para que se sintiera amenazada. Al menos, eso espero.

—Protesto, señoría —dijo el abogado de la defensa, tratando de ponerse en pie—. Acoso a la testigo.

—Denegada. Es una pregunta pertinente y la testigo tiene que responderla.

Silencio en la sala. Quizá se pudo contar hasta cinco.

—Se me da bien juzgar a las personas. Puedo sentir cuando algo va mal.

—Si eso fuese así, señora Hatfield, este incidente sería un malísimo ejemplo, es decir, no podría utilizar este caso para demostrarlo. El señor Vélez estaba intentando devolverle algo que se le había caído a usted. No podría haber estado más equivocada en cuanto a él. Su capacidad para juzgar a la gente no habría podido estar más lejos de la realidad. Pero repasemos los hechos un segundo. Alguien camina detrás de usted por la calle. Juzga sus motivos. ¿Basándose en qué?

Silencio de estupefacción.

—La acusada debe responder la pregunta —ordenó el juez.

—No lo sé, de verdad. Solo fue una sensación.

—Vale. Una sensación. Me gustaría profundizar un poco en esas sensaciones. Si fuera yo quien caminara detrás de usted por la calle, ¿me vería como una amenaza?

—No lo sé. No. Puede.

—Esas son muchas respuestas, señora Hatfield. Le ha dicho al tribunal que se le da bien esto.

—Por otra parte, usted es un hombre. Pero es obvio que tiene mucho dinero.

—Interesante. Entonces, ¿una persona rica supone una menor amenaza?

—No manipule mis palabras.

—Creía estar reproduciendo sus palabras con bastante fidelidad.

—Quiero decir... ¿Para qué querría robarme? Tiene dinero.

—¿Así que la gente pobre roba, pero la rica no?

—No he dicho eso. He dicho que usted no tiene necesidad de robar.

—Si la gente que tiene mucho dinero no necesita robar, siento curiosidad por saber qué piensa usted de todos esos ricos que tienen cuentas en las islas Caimán.

—Protesto, señoría.

—Denegada —dijo el juez—. La acusada ha abierto esta puerta al afirmar que podía evaluar correctamente una amenaza.

El abogado defensor suspiró y volvió a dejarse caer en su silla.

—¿Qué podría decirnos de este jovencito? —Raymond levantó la mirada de sus notas para ver cómo todo el mundo lo miraba—. Si caminara detrás de usted por la calle, ¿cuál sería su opinión?

—No lo sé. No sé nada de él.

—Tampoco usted sabía nada de Luis Vélez. ¿Y qué pasa con la señora mayor que estaba con él ayer en esta misma sala? ¿La recuerda?

—Sí, la recuerdo.

—¿Qué pasaría si caminara esa anciana detrás de usted?

—Esa es una pregunta ridícula.

—¿Por qué?

—Porque ella no podría ni adelantar a un niño de dos años con un triciclo cojo. ¿Por qué? Porque ni siquiera puede ver. ¿Qué daño podría hacerme?

—Así que tiene que ver con la capacidad física para hacer daño.

—Bueno, sí. Era un hombre muy grande. Un hombre grande puede hacerme daño.

—¿Cómo lo sabía?

—¿Cómo sabía qué?

—¿Cómo sabía que era un hombre muy grande? Todavía no se había dado la vuelta.

—Vi su reflejo en los cristales de los escaparates a medida que íbamos pasando por las tiendas.

—Entiendo. No tengo muy claro que eso le diera muchos detalles. Y más teniendo en cuenta que era ya casi de noche.

—Pues pude verlo. Con mucho detalle. Pude verlo muy bien. Todo. Era grande. Me debía de superar en más de cuarenta y cinco kilos.

—Y yo la supero en unos veintisiete o treinta kilos, pero, aun así, dice que yo no supondría ninguna amenaza. Y ante treinta o cuarenta y cinco kilos de diferencia, usted sigue estando igualmente en desventaja.

—Sé adónde quiere llegar —escupió Hatfield—. Y no me gusta nada.

—¿Adónde pretendo llegar?

241

—Está sugiriendo que fue por prejuicios.

—¿Eso cree?

—Usted sabe que sí. No juegue conmigo. Mire, todo lo que yo sabía es que era un hombre y que era grande. No sabía nada de su... ya sabe. Su raza ni su nacionalidad. ¿Cómo podría haberlo sabido? Ni siquiera había mirado a mi alrededor.

—Pero acaba de decir que vio su reflejo en los cristales de los escaparates. Ha dicho que las imágenes eran muy detalladas. Que lo vio perfectamente.

—Usted es muy desesperante —dijo, resoplando, visiblemente disgustada.

—Solo estoy repasando lo que podría saber sobre Luis Vélez para que podamos averiguar qué parte de él podría haberle resultado amenazadora. Sabía que era un hombre, que era grande y que era latino.

—No fue por eso. Hay otras cosas que no está teniendo en cuenta. Las sensaciones que te produce. En ocasiones, una persona simplemente te produce la sensación de que es una amenaza y no puedes decir por qué. Simplemente lo sabes.

—Pero no era una amenaza, señora Hatfield. Creía que ya había quedado claro que estaba equivocada a ese respecto. Era la persona menos amenazante que podría haber caminado detrás de usted por la calle. Era un buen samaritano. Luis Vélez estaba intentando hacerle ver que se le había caído algo importante. Su esposa y sus hijos lo querían mucho. Tres veces por semana se desplazaba a más de media hora de distancia, ida y vuelta, en metro para ayudar a una mujer ciega a hacer sus recados.

—¡Pero yo no tenía forma de saber eso!

La acusada estaba gritando. Raymond escribía lo más deprisa que podía.

—Pero ha dicho que se le da bien juzgar a la gente. Ha dicho que, en ocasiones, siente que una persona supone una amenaza, que

242

simplemente lo sabe. Algo desactivó esa capacidad suya para juzgar a la gente y estoy intentando averiguar qué fue.

—¡Está intentando confundirme! —Se había puesto en pie, dispuesta a bajar del estrado sin permiso—. Necesito un receso. ¿Podemos hacer un receso?

—No es necesario, señoría —dijo el fiscal—. No tengo más preguntas.

—Oh, Dios mío —dijo la señora G—. ¡Ese hombre es muy bueno en su trabajo!

Raymond acababa de leerle las notas que había tomado durante la sesión de la tarde.

La anciana todavía estaba en la cama. Él se había sentado en una de las sillas del comedor que había llevado hasta su dormitorio.

Levantó la mirada. Cerró el portátil.

—Entonces, ¿eso ha sido todo por hoy? —le preguntó la anciana.

—No, siguió. Pero no tomé tantas notas porque fue menos interesante. No supuso un gran cambio. Su abogado la volvió a interrogar, pero solo para intentar reparar el daño. Siguió haciéndole preguntas para destacar lo fácil que es cometer un error. Que es posible que gente completamente normal cometa errores. Y luego testificó el primer agente de policía que llegó a la escena del crimen, pero tampoco es que tuviera mucho más que añadir. No vio cómo sucedió. Nada que no se supiera ya.

—Entonces, ¿qué queda de juicio? ¿Sabes algo?

—Bueno, tanto la defensa como la acusación terminaron al final del día.

—Entonces, ¿el jurado empieza a deliberar mañana? Ha sido rápido.

—Creo que quedan los alegatos finales y, luego, la deliberación del jurado, sí.

—Ah. Los alegatos finales, sí. Pero el jurado se reúne ya mañana.

—Eso parece —dijo, pensando que no parecía haber descansado lo suficiente como para poder asistir.

—Tengo que estar allí entonces.

—¿Seguro que está en condiciones de ir?

—Estaré allí porque tengo que estar allí.

—Podría llamarla desde los juzgados y contarle cómo ha ido.

—No —respondió ella, con sorprenderte firmeza. Fue un «no» que sabía que no merecía la pena discutir—. Tengo que estar allí cuando se anuncie el veredicto. Ah, por cierto, esa mujer tan amable ha llamado.

—¿Qué mujer amable?

—Esa cuyo marido también se llama Luis Vélez. Obtuvo este número de teléfono por el reconocimiento de llamada.

—Ah. Sí. Es una mujer muy amable, sí.

—Mucho. Hemos estaba hablando un buen rato. Ya había visto la historia de Luis en el periódico, así que sabía lo que había sucedido, pero se alegraba de haber tenido noticias tuyas. Nos ha invitado a comer con ellos un domingo. Cuando queramos. Solo tenemos que llamar y decirles qué domingo queremos ir para que preparen más comida. Dijo que volvería a hacer esa tarta de chocolate que tanto te gustó.

—¿Le gustaría ir?

—No veo por qué no —respondió—. En mi muy larga vida hasta ahora jamás he conocido un Luis Vélez que no me gustara.

Capítulo 15

REALIDAD OBJETIVA O LA AUSENCIA DE ELLA

—En resumen —dijo el fiscal—, soy consciente de que la defensa se ha esforzado mucho por describir a la acusada como una ciudadana respetuosa con la ley. Irreprochable. Pero nadie hace nada malo hasta que lo hace. Nadie tiene antecedentes penales hasta que quebranta la ley por primera vez.

Raymond pensó que el fiscal parecía cansado. Se preguntó si le habría afectado el estrés de este caso como si la víctima hubiera sido alguien cercano. O si simplemente era así porque era importante para su carrera perder o ganar el caso. O quizá su cansancio no se debiera al caso. Quizá había estado de fiesta hasta tarde la noche anterior.

Miró a Isabel, que estaba meciendo al bebé en sus brazos. Ramón estaba nervioso. Todo el mundo podía oírlo, quejoso, y Raymond advirtió que todos intentaban no prestarle atención. Fuera lo que fuera lo que el fiscal dijera a continuación, Raymond se lo perdió porque estaba pensando en el bebé.

Ramón soltó un tremendo grito antes de que su madre lo moviera hacia delante y detrás para calmarlo.

Isabel se levantó como si fuera a salir de la sala, pero el fiscal le pidió que se quedara. Con un movimiento de mano.

—No —le dijo—. Tiene derecho a estar aquí. Ese bebé tiene derecho a estar aquí. Ese pequeño es un recordatorio importante para el jurado. Va a crecer sin un padre. La defensa les pedirá que imaginen qué habrían hecho de haberse visto en las circunstancias de la señora Hatfield —dijo, dándose la vuelta para mirar al jurado—. Que se enfrenta a una condena de cárcel cuando salió de su casa aquella fatídica mañana sin intención de hacerle mal a nadie. Yo voy a pedirles que imaginen cómo sería ser la señora Vélez o su bebé, o uno de sus dos otros hijos, ellos vivían sus vidas, planeando envejecer juntos. Y, entonces, llega una mujer que cree saber a quién debe temer. Se ha equivocado por completo en cuanto a su esposo o su padre y, a pesar de todo, se presenta en este juicio afirmando que sabe reconocer una amenaza cuando la ve. Pero ustedes saben que ese esposo y padre no suponía amenaza alguna. Todo el mundo lo sabe ahora, pero ya es tarde. Una mala decisión de esta mujer y su vida estalla por los aires. Y jamás volverá a ser igual. Dispara a un hombre que no le deseaba ningún mal y le dice que fue un accidente. Pero fue un accidente con consecuencias irreversibles para esta mujer y este niño. ¿Acaso no debería tener también consecuencias para la tiradora? Señoras y señores, hay accidentes y accidentes. Si se le hubiera caído la pistola y se hubiera disparado, eso sí sería un puro accidente. Pero fue ella quien apretó el gatillo. Seis veces. Seis actos voluntarios. Y, sin embargo, estaba equivocada. Lo siento mucho, pero cuando disparas seis veces a un conciudadano, no puedes equivocarte. Tiene que haber tenido la intención real de hacerte daño. O, al menos, debes poder señalar alguna prueba muy real de que tuvieras motivos para pensar que tenía la intención de hacerte daño. Y, si no es así, es homicidio involuntario. Claro que todos queremos vivir en una ciudad más segura. Todos queremos vivir en un mundo más seguro. Pero Luis Vélez no era una amenaza para nuestra seguridad. Una mujer con una pistola dispuesta a usarla con demasiada ligereza hace que nuestras calles sean más peligrosas.

Fue ella la que puso un arma de fuego en nuestras calles y mató a un hombre inocente. Y tiene que pagar un precio por ello. ¿Cuánto vale una vida? Díganmelo ustedes.

Volvió a su mesa.

Raymond esperó. Todo el mundo esperó. El fiscal jamás dijo «Gracias, señoras y señores del jurado». No dijo nada equivalente a «Eso es todo».

Se limitó a sentarse.

—Bien, de acuerdo —dijo el abogado de la defensa, tratando de ponerse en pie—. Es mi turno, supongo. Señoras y señores del jurado, todos ustedes son personas razonables. Cuando miran a mi cliente, saben en el fondo de su corazón que no es una asesina.

Raymond escribió unas cuantas notas al respecto, porque le pareció un comentario algo extraño. ¿Cómo puedes matar a alguien y no ser una asesina?

—Es madre de dos hijos. Juega al *bridge* todos los jueves. Va a la iglesia. Y ahora les pregunto: ¿qué clase de justicia se haría enviando a esta buena mujer a la cárcel? ¿Incluso durante treinta, sesenta o noventa días? Mírenla. ¿Les parece alguien que encaja en una celda?

Durante el silencio que siguió a esas palabras, los dedos de Raymond volaron por el teclado, anotando observaciones personales.

«La defensa parece sugerir que existe un "tipo" de persona que encaja en la cárcel, mientras que hay otro "tipo" que no —escribió—. ¿Basándose en qué? Se supone que debe basarse en sus acciones criminales, pero si no se pueden ver... ¿Qué se supone que se debe ver aquí?».

—Por supuesto que no —gritó el abogado defensor, con demasiada fuerza—. Se envía a una persona a la cárcel cuando supone un riesgo para la sociedad. Mi cliente no es un peligro para la sociedad y eso lo saben ustedes igual que yo. No va a volver a hacerle daño a nadie. Fue un accidente, señores. Un terrible accidente. ¿Por qué castigarla por ello? ¿Acaso no se le ha castigado ya lo suficiente?

Ha tenido que enfrentarse a un juicio como si fuera una vulgar criminal. Teme por su libertad. Tiene que levantarse cada mañana lamentando ese terrible error. ¿Por qué querrían que fuese todavía más duro para ella? Podría haber sido cualquiera de ustedes. Piensen en ello. ¿Cómo querrían que los trataran si estuvieran en su lugar? Solo apliquen esa regla de oro en sus deliberaciones y sé que todo irá bien. Confío en que hagan lo correcto.

Y, con eso, el juicio que tanto habían esperado y en el que tantas esperanzas habían depositado llegó a su fin.

Y con esa misma celeridad, Raymond se vio empujado a un mundo posjuicio para el que no se sentía preparado.

—Deberían salir y dar una vuelta —dijo el fiscal, inclinándose sobre la barandilla y dirigiéndose a ellos directamente—. Pueden tardar horas.

—El único problema aquí es mi amiga —dijo Raymond—. La señora Gutermann. No puede pasear durante horas.

—Y yo di a luz antes de ayer —añadió Isabel.

—Pero pueden estar deliberando mucho tiempo. Ni siquiera sabemos si alcanzarán un veredicto hoy. Al menos, podríais ir a la cafetería a tomar un café. Os prometo que iré a buscaros cuando vuelva el jurado.

—¿No os parece raro? —preguntó Raymond—. Me refiero, ¿que se haya acabado?

La señora G y él estaban bebiendo un té con leche y azúcar en una mesa de la vacía cafetería. Isabel estaba bebiendo, distraída, una botella de agua mineral. El bebé se había quedado dormido sobre su hombro.

—Me siento como si... —siguió. Entonces tuvo que detenerse para evaluar cómo se sentía. O, al menos, para encontrar una forma de traducirlo en palabras—. Como si llevara todo este tiempo preparándome para el juicio, pero hubiera olvidado prepararme para lo que sería mi vida después.

La señora G asintió con sorprendente energía.

—Muy bien explicado, Raymond, sé perfectamente a qué te refieres.

—Sin embargo, creo que ha ido bien —dijo—. ¿Vosotras no?

Era la primera vez que alguno de ellos se atrevía a decirlo. Sin ninguna duda, los tres no dejaban ni un instante de pensar en el veredicto, pero Raymond no estaba seguro de que hubiera sido buena idea especular al respecto.

—Eso creo —dijo Isabel—. Creo que el fiscal ha hecho un buen trabajo. Nadie puede haber escuchado lo que dijo y dejar a esa mujer libre.

Pausa larga. De varios segundos. Y, entonces, añadió, con menos confianza y menos volumen:

—¿O sí?

—No lo sé —dijeron Raymond y la señora G más o menos al mismo tiempo.

Isabel los miró por turnos.

—¿No os parece que todo irá bien? —preguntó Isabel.

—Sí, a mí sí —dijo la señora G—. El fiscal ha estado muy bien. Si la vida es justa, conseguiremos un buen veredicto.

Otro silencio muy largo.

—¿Lo es? —preguntó Raymond cuando no pudo soportar más ese silencio.

—A veces sí y a veces no —respondió la anciana.

A continuación, bebieron otro sorbito de sus bebidas en silencio. Quizá durante un minuto. Quizá fueran tres.

Entonces, Raymond levantó la mirada y se encontró con el fiscal, de pie, junto a la puerta de la cafetería.

—Han vuelto —dijo el hombre. Y se fue.

—Espere —gritó Raymond—. Espere. ¿Qué significa eso?

—Significa que han vuelto —gritó por encima de su hombro mientras andaba por el pasillo.

—¡Espere! Tengo que preguntarle algo.

—Tengo que volver —dijo. Y siguió andando.

Raymond miró a Isabel.

—Tengo que preguntarle algo. ¿Nos vemos arriba? ¿Puedes ayudar a la señora G a llegar allí?

—Por supuesto.

Antes de que hubiera terminado la segunda palabra, Raymond ya estaba corriendo. Recorrió el pasillo a toda velocidad hasta casi quedarse sin aliento.

—Espere —le gritó cuando lo alcanzó.

Raymond redujo el paso, jadeando, más a menos a la altura del fiscal. Anduvieron deprisa, tan deprisa como Raymond solía andar antes de conocer a la señora G.

—¿Por qué han vuelto tan pronto?

—No tengo ni idea, pero estamos a punto de descubrirlo.

—Solo han sido...

—Treinta y ocho minutos.

—¿Qué suele significar eso? ¿Cuando el jurado solo delibera durante treinta y ocho minutos?

—Significa que tenían más o menos claro qué iban a decidir, así que puede ser muy bueno o muy malo.

—Vale —dijo Raymond—. Gracias. Será mejor que vuelva con mis amigas.

El fiscal siguió andando sin él.

Sin comentarios.

—¿Han alcanzado un veredicto?

—Sí, señoría —dijo el presidente del jurado.

En un ritual que transcurría a un ritmo exasperantemente lento, un alguacil se acercó al presidente del jurado y este le entregó un papel. El alguacil se lo dio al juez. El juez lo miró durante lo que a Raymond le pareció una eternidad. Luego, asintió y se lo devolvió al alguacil, que a su vez se lo devolvió al presidente del jurado.

Raymond sintió que la ansiedad se apoderaba de Isabel y la señora G —una a cada lado de él— por oleadas, que se mezclaban peligrosamente con las suyas propias.

Durante un instante, se sorprendió a sí mismo conteniendo la respiración. Por completo. Inspiró con fuerza para compensar.

—¿Cómo declaran a la acusada? —le preguntaron al presidente del jurado.

Raymond estaba observando la cara de la señora G, así que nunca supo quién lo había dicho.

—En el caso del pueblo contra Vivian Elaine Hatfield... por el cargo de homicidio involuntario... declaramos a la acusada...

Entonces llegó la pausa que Raymond creyó que lo acabaría matando. Seguro que se le detuvo el corazón. Se inclinó hacia delante e intentó coger aire, pero fue incapaz de inspirar.

—No culpable.

Raymond, la señora G, Isabel y Ramón se quedaron sentados unos minutos después de que todo el mundo hubiera abandonado la sala. No hablaron entre ellos. ¿Qué podrían haber dicho?

El silencio cobró vida propia y se convirtió en una entidad, en algo físico. Como un cuarto adulto sentado en el banco con ellos, dominándolos a todos con su presencia.

—Deberíamos irnos —dijo la señora G, transcurrido un tiempo.

Se pusieron de pie. Salieron juntos de la sala vacía. Despacio. Raymond vio al fiscal, de pie en el pasillo. Tenía la espalda apoyada en la pared, las piernas cruzadas a la altura de los tobillos, hablando por teléfono.

—¿Podríais esperarme un minuto? —preguntó Raymond a sus dos amigas.

No respondieron, pero estaba claro que lo esperarían.

Raymond se acercó al hombre. Lo bastante cerca como para indicar que quería hablar con él, pero no tanto como para ser maleducado o parecer que quería escuchar su conversación.

—Ahora te llamo —dijo el fiscal al teléfono y colgó. Se metió el móvil en el bolsillo de la camisa y miró a Raymond. Lo abrasó con la mirada—. ¿Querías hablar conmigo sobre algo?

—Sí, señor.

—Si has venido a decirme que te he decepcionado, no hace falta. Nada de lo que me digas puede ser peor de lo que yo pienso sobre mí mismo en estos momentos. Créeme.

—No nos ha decepcionado. Creo que ha hecho un buen trabajo.

El hombre soltó una carcajada llena de amargura.

—Si hubiera hecho un buen trabajo, esa mujer tendría por delante seis meses de cárcel.

—Creo que lo ha expuesto muy bien, pero el jurado simplemente ha decidido ignorarlo. Al menos eso me parece a mí. Pero quería hacerle una pregunta... Tengo que hacer un trabajo para el instituto y supongo que tengo que llegar a algún tipo de conclusión sobre todo esto, pero no se me ocurre nada.

Era verdad, pero solo en parte. Sí, tenía que hacer un trabajo. Sí, quería que fuera un buen trabajo. Quería una buena nota que lo ayudara a justificar su ausencia de tres días. Pero también quería comprender ese momento, no por sus profesores y compañeros. Quería comprenderlo para sí mismo y su propia paz interior.

—Es decir, estoy completamente... —añadió, porque el hombre no decía nada—. No entiendo nada.

—Bienvenido al club.

—¿No sabe qué miembros del jurado han ignorado su exposición?

—Oh, tengo mis teorías. —Hizo una pausa. Suspiró, como si se resignara a prolongar una conversación que, en realidad, no deseaba mantener—. Vale. Esto es lo que pienso, pero no me cites en tu trabajo, ¿vale? Si estás de acuerdo con mi teoría, hazla tuya. Tribalismo.

—¿Tribalismo?

—Nuestros cerebros evolucionaron así. Pensamiento cavernícola. Bueno, no... No es pensamiento. Es más bien... reactividad. El problema es que no interviene demasiado el pensamiento. Es un reflejo emocional. Funciona así, pero de manera completamente subconsciente: ¿la persona a quien se está juzgando pertenece a nuestra tribu o a otra? Si esa persona es como nosotros, se pueden perdonar los errores. ¡Qué diablos! Todo el mundo comete errores. El error se transforma en anomalía porque ella es como nosotros y nosotros somos buenas personas. Si ella perteneciera a otra tribu, los errores tendrían que castigarse, porque así es esa otra tribu, así son ellos. El error solo demuestra que así es como son. Así que intenté apelar al jurado como la tribu de quienes respetamos la ley. No disparamos a la gente y ese es el «nosotros» en cuestión, pero no ha funcionado. Y siento mucho que no haya funcionado. Espero que le digas a tus amigas que siento mucho haberlas decepcionado. Ahora, si me disculpas...

Desapareció por el fondo del pasillo.

Raymond casi se quitó la mochila del hombro y volvió a sacar su ordenador. Quería escribir todo lo que el fiscal le había dicho, pero volvió a mirar a Isabel y a la señora G, las vio exhaustas y desanimadas y supo que necesitaban volver a casa. Además, lo que le acababa de decir el fiscal bullía en las sinapsis de su cerebro. No se le escaparía. No creía que olvidara esas palabras a corto plazo.

Raymond levantó la mirada y vio que el fiscal se había detenido y lo estaba observando, como si tuviera algo más que decir. El hombre se acercó.

—Y otra cosa, pero tampoco me cites. Les resultaba más fácil imaginarse a sí mismos teniendo miedo del señor Vélez que siendo el señor Vélez. No debería haber forzado el tema de los prejuicios. Porque cuando la acusada retrocedía, también lo hacía el jurado. Y lo sabía. Supe que había cometido un error en el momento. Pero era tan... evidente. Estaba allí, justo delante de las narices de todo el mundo y fui incapaz de ceder ante el jurado y fingir que no lo veía. Pero ahora tus amigas y tú tenéis que pagar las consecuencias de mi falta de autocontrol. Estéis donde estéis vosotros esta noche, que sepáis que estaré emborrachándome por haber tomado esa decisión.

Raymond abrió la boca, pero no pronunció ni una sola palabra.

De todas formas, era demasiado tarde. El hombre ya se había ido.

—Entonces, ¿hay algo más que pueda traerle antes de que me vaya con mi padre?

La señora G estaba sentada en el sofá, acariciando a la gata. Sin energía. Todo en ella parecía haber perdido la energía. Raymond pensó que incluso su respiración parecía indecisa, como si intentara decidir entre respiraciones si merecía la pena seguir respirando.

—No, Raymond —le respondió—. Gracias, mi apreciado amigo. Espero que no me malinterpretes. Creo que me vendría bien pasar algún tiempo sola para poner en orden mis pensamientos.

—Si me voy, ¿va a comer algo?

Se hizo un largo silencio, seguido de un suspiro. Suyo.

—No me gusta mentir a mis amigos... —le dijo por fin.

—¿Qué tal si le caliento un poco de sopa de pollo? Podría servírsela en una taza. Sería más beber algo que comer algo.

—Si es importante para ti, sí. Me la beberé.

Raymond se fue a la cocina y sacó un cazo. Y una lata de sopa. Y el abrelatas.

—¿De qué hablaste con el señor Newman? —le preguntó desde la distancia.

—¿Quién?

—El ayudante del fiscal del distrito.

—Oh, ¿se llama así? Bueno, ha sido muy interesante. De hecho, tengo que abrir el portátil y escribirlo todo antes de que se me olvide. Tenía algunas teorías sobre por qué el jurado ha hecho algo así.

Encendió el fuego bajo el cazo. Vertió una ración de sopa. Luego, se acercó a la puerta de la cocina y se apoyó en el marco para poder hablar con ella con mayor facilidad.

—Dijo que se debe a algún tipo de tribalismo. La acusada era una persona de su tribu, así que hubiera cometido el error que hubiera cometido, seguiría siendo una buena persona para ellos. Luis era de otra tribu, así que siempre sería culpa suya de alguna forma, porque así es como son los miembros de la otra tribu. Y, cuanto más lo pienso, más me recuerda a algo que usted misma me dijo.

—¿Algo que yo te dije? —preguntó, distraída, como si estuviera lejos de allí—. No lo recuerdo.

—Cuando nos conocimos. Cuando me paré para hablar con usted. Dijo que la mayoría de la gente no para, porque es una «ellos», no una «nosotros». Sin embargo, no creo que estuviera hablando de la raza. Más bien de la forma en la que las personas se apegan a la gente que conocen.

—Hay muchos tipos de tribus, Raymond, pero sigo sin recordar haber dicho eso. Eso sí, suena a algo que podría haber dicho yo, sí.

Raymond guardó silencio durante un minuto o dos, observando el visillo. Solo una vista silenciosa del edificio al otro lado de la casa. Entonces, echó un vistazo a la sopa y vio que ya estaba lista. A la anciana no le gustaban las cosas demasiado calientes.

—Si le doy esto y me voy, ¿me promete que se lo va a tomar?

—Te lo prometo.

Lo dejó sobre la mesa auxiliar frente a ella.

—¿Seguro que no hay nada más que pueda hacer?

—Oh, Raymond. Ya has hecho mucho. Hazlo por los demás, pero no lo hagas solo por los demás. Cuida también de ti. Tú también debes estar disgustado por el resultado. Así que, dime, ¿qué piensas tú al respecto?

—Ya se lo he dicho —respondió.

—Déjame que lo plantee de otra forma. No me has dicho cómo te sientes.

—No tengo derecho a sentirme de ninguna forma. ¿Cómo podría? No llegué a conocerlo. Usted e Isabel tienen derecho a esos sentimientos. —Quería decir algo más sobre el tema, pero no encontraba las palabras—. Solo voy a volver a casa de mi padre y a ponerme con ese trabajo. Quiero tenerlo hecho para el lunes por la mañana. También tengo que hacer otros deberes este fin de semana. Voy retrasado, ya sabe... con el parto de Isabel y todo eso.

—Vale, bien. Vas a trabajar.

—Vendré a verla durante el fin de semana —dijo Raymond.

—¿Desde la casa de tu padre? No hace falta.

—Pero sabe que lo voy a hacer de todas formas.

—Raymond —le dijo ella antes de que pudiera salir del apartamento—, tienes derecho. Siempre tienes derecho a sentir.

El lunes por la mañana a primera hora, antes de ir a tutoría, como habían acordado, Raymond entregó el trabajo a su profesora de ciencias sociales. Estaba orgulloso del resultado y ansioso por conocer su opinión.

—Oh —dijo la señorita Evans—. Ya has vuelto. Ha sido rápido.

Hojeó las páginas del trabajo a mayor velocidad de lo que le podría permitir leerlo o, incluso, leerlo por encima. Era una mujer de sesenta y tantos años, con piel de porcelana y un cutis maravilloso. La edad le había dejado una piel fina como el papel y casi translúcida. Incluso los días nublados se ponía grandes sombreros de ala ancha para ir o volver de la puerta del instituto a su coche.

—Siete páginas a espacio sencillo —dijo, aparentemente impresionada—. Bastante ambicioso.

—Tenía mucho que contar.

—Intentaré leerlo durante el almuerzo —dijo—. Así tendrás una nota para cuando vuelvas a clase esta tarde.

Se sentó en su mesa habitual y esperó. Era temprano. Faltaban seis minutos para la una. No había más estudiantes en el aula.

—Ya estoy acabando —dijo, sin levantar la mirada.

—Vale. Esperaré.

Menos de un minuto después, cerró el trabajo y escribió algo en la primera hoja con un bolígrafo rojo. Se puso en pie y recorrió el pasillo. Lo dejó sobre la mesa, delante de él.

Miró la nota. Suficiente bajo.

—¿Suficiente bajo?

—¿Creías que merecías más?

—Sí, mucho más.

—Bueno, lo siento mucho, pero esa es mi opinión sincera. Has tomado muy buenas notas y te he dado un punto por eso, pero no me han gustado las conclusiones a las que has llegado. Me han parecido completamente erróneas. Para empezar, ni siquiera estoy segura de por qué pensaste que tenías que incluir tus propias conclusiones sobre por qué el jurado tomó esa decisión. Esas personas estaban ahí para cumplir su obligación cívica. Escucharon los hechos que se le habían presentado e hicieron lo que creyeron mejor. Tienes diecisiete años y no estabas en la sala del jurado, pero te has lanzado a desarrollar tu teoría de que la gente ve los hechos de forma diferente en función de «nosotros» y «ellos». Suena a adolescente que cree que sabe más que nuestro sistema judicial probado y contrastado.

Raymond permaneció sentado, aturdido y en silencio, durante un instante. Entonces su cerebro se centró en un aspecto de su pequeño discurso.

—Espere. ¿Lo del tribalismo... le ha parecido una ocurrencia de un chico de diecisiete años?

—Bastante. Y, además, suena un poco *New Age*, si te soy sincera. Como si tuvieras la teoría de que la realidad es completamente subjetiva, pero sí que existe la realidad objetiva, ¿sabes? Y los miembros de ese jurado estaban intentando encontrarla.

Abrió la boca para discutir con ella. Para decirle que ella no había estado ahí. Que si la realidad no fuera subjetiva, no estaría asignando una honestidad cívica perfecta a un grupo de personas que ella ni siquiera conocía ni había visto. Incluso para decirle que su teoría del tribalismo de chico de diecisiete años la había tomado prestada de un fiscal del distrito de cuarenta años.

Pero volvió a cerrar la boca porque se dio cuenta, justo en ese momento, de que ella ya había tomado una decisión. Nada de lo que dijera cambiaría su opinión.

A última hora del día, asomó la cabeza en la clase de inglés del señor Bernstein.

El profesor estaba en la pizarra, borrándola, limpiándola antes de irse. Era un hombre joven, apenas tendría diez años más que Raymond, con barba cerrada oscura y de fácil sonrisa.

—Raymond —le dijo—, ¿qué puedo hacer por ti?

—No sé si es apropiado preguntarle.

—Bueno... —El profesor dejó caer la mano con el borrador a lo largo de su costado. Le prestó a Raymond toda su atención—. Siempre puedes preguntar.

—He escrito un trabajo. Ya sabe, sobre el juicio.

—Ah, sí, ya. ¿Cómo ha ido?

—No muy bien.

—Oh. Lo siento. ¿Tenías que entregármelo a mí? Nadie me había dicho nada.

—No, tenía que entregárselo a la señorita Evans, de ciencias sociales, pero es que... Es solo que me gustaría tener más de una opinión. Me preguntaba si podría leerlo y decirme lo que piensa. Ya sabe. Como obra de no ficción. Incluso puede calificarla. No tiene que contar para la nota de inglés si no quiere. Es solo que me interesa oír la opinión de otra persona.

—No hay problema, Raymond. Ningún problema. Déjalo aquí y le echaré un vistazo esta noche. Puedes pasarte por aquí mañana por la mañana antes de la primera clase y te daré mi opinión sincera.

—Oh —dijo Raymond—. Acabo de caer en algo.

Se sintió un poco tonto por no haberlo pensado antes.

—Tengo que imprimir... —Raymond estuvo a punto de decir «una copia limpia», pero cambió las palabras sobre la marcha—. Tengo que imprimir otra copia.

No quería que el señor Bernstein viera la nota de la profesora de ciencias sociales ni las notas que había garabateado durante su corrección. Quería una nueva visión, sin que la opinión de otra persona interfiriera en su cabeza.

—Te acompaño a la oficina —le dijo el profesor—. Creo que nos dejarán usar la impresora.

—¿Seguro que no quiere venir a la tienda conmigo? —le preguntó Raymond.

La señora G estaba sentada en la mesa del comedor, frente a Raymond. No bebía té. No comía pastas.

—Necesito descansar —respondió—. Te agradecería mucho que hicieras la compra por mí.

—Vale, pero tarde o temprano tendrá que salir a tomar el aire.

—Sí. Más tarde. Mientras tanto, deberíamos hablar de otro tema. ¿Has entregado tu trabajo hoy? ¿Cuánto tiempo tardarán en darte la nota?

—Ya me la han dado.

—No pareces contento.

—Me ha puesto una nota muy mala.

—¿Te han suspendido?

—¡No! No tan mala. Me pegaría un tiro. Suficiente bajo. Esa es una nota muy mala para mí. Computa. Me va a bajar la media.

—¿Qué es lo que no le ha gustado?

—Quiere creer que el jurado actuó bien y con honradez y que escucharon los hechos y cumplieron su deber cívico. Y que la realidad no es subjetiva.

—Oh. Entiendo. Cree que existe una cosa llamada realidad objetiva.

Raymond dejó de masticar y se quedó sentado un instante con la boca llena de galletas, incapaz de responder, así que siguió masticando y tragó deprisa.

—¿Cree que existe?

—Es difícil de saber. Es un tema polémico. Pero la ciencia tiene argumentos sólidos para afirmar que puede ser que no.

—¿Qué ciencia? Nunca he aprendido una ciencia así en el instituto.

—No, es poco probable que enseñen ese tipo de ciencia en el instituto. La ciencia más puntera. Mecánica cuántica, ese tipo de ciencia. Luis me trajo un par de audiolibros sobre el tema. Es fascinante, pero te abre tanto la mente que llegas a pensar que te estás volviendo un poco loco. La idea básica es que una cosa no es una cosa hasta que alguien la observa. Y el observador parece influir en qué acabará convirtiéndose dicha cosa. Pero, aparte de eso, no hay necesidad de ponerse en plan esotérico. Supongamos que soy testigo de un accidente y tengo una opinión, y tú también eres testigo, pero tienes una opinión completamente diferente. Y supongamos que discutimos y discutimos y discutimos sobre el tema, pero, al final, la única verdad es que ambos estábamos en lugares diferentes. Y que yo, desde mi ángulo, vi cosas que tú, desde tu ángulo, no has podido ver. Y... no todos los ángulos son físicos ni lógicos. A eso me refiero.

Raymond masticó en silencio durante un buen rato, alentado por la idea de que estaba volviendo a insuflar vida al semblante de la señora G. Rebuscó en su interior y probó suerte.

—Venga al mercado conmigo —dijo—. Será divertido. Como en los viejos tiempos. Hablaremos de este tema por el camino.

—Oh, Raymond, no. Ve tú. No me encuentro bien. Estoy muy cansada.

Raymond estaba en su dormitorio, más o menos inmerso en sus pensamientos, cuando todo surgió. Todo salió a la superficie.

Apareció de la nada. Puso su libro de matemáticas en la mesa, junto al ordenador, pero tenía varios libros y notas amontonadas allí —no había sido tan diligente ordenando su escritorio como solía serlo—, así que se cayó al suelo. Suspiró. Lo cogió. Volvió a soltarlo en la mesa. Se volvió a caer.

Lo siguiente de lo que fue consciente fue que estaba tirando todo al suelo con un brazo. El portátil aterrizó en la alfombra con doloroso estruendo. Los papeles volaron.

Pero aquello no fue suficiente. Solo avivó el fuego que sentía en su interior. Se acercó a la estantería de libros y también arrasó con ella, tirando todos sus libros al suelo. Cogió unos cuantos, como si fuera a colocarlos en su sitio, pero acabó estrellándolos contra la pared.

Cuando levantó la mirada, se encontró con su madre, de pie, junto a la puerta abierta de su cuarto, con una mano en el pomo. Tenía a su hermana menor, Larissa, apoyada en la cadera. Los ojos de la pequeña estaban abiertos de par en par por el miedo.

Raymond paró de lanzar libros y los dejó caer al suelo.

—Bueno —dijo su madre—, iba a preguntarte qué tal había ido el juicio, pero veo que no hace falta.

Raymond llegó al instituto más de quince minutos antes y fue directo a la clase del señor Bernstein. Corriendo, literalmente.

El profesor estaba junto a la ventana, apoyado en el frío radiador y hablando por teléfono. Levantó un dedo para pedir a Raymond que esperara.

Su trabajo estaba sobre la mesa de su profesor. Se acercó un poco y luego levantó la mirada para pedirle permiso. Bernstein se topó con su mirada y asintió antes de darse la vuelta para terminar su conversación en privado.

Raymond se acercó al trabajo con el corazón desbocado.

Sobre la portada, vio un enorme sobresaliente. «Excelente trabajo» había escrito el profesor debajo.

Hojeó las páginas para ver si había notas adicionales.

«Buena observación» decía junto a la conclusión.

Todo lo demás que había escrito permanecía intacto y sin puntualizar.

Levantó la mirada y se encontró a su profesor frente a él. Ya no estaba al teléfono.

—Creo que es un trabajo impresionante —dijo Bernstein—. Tus reflexiones sobre cómo el tribalismo afecta al sistema judicial me han parecido muy avanzadas. Me sorprende que esas observaciones hayan salido de un adolescente.

—Oh, bueno. Seré sincero: me basé en algo que dijo uno de los abogados.

Raymond supuso que, si no decía quién, no estaba incumpliendo su acuerdo de no citarlo.

—Vale. Eso tiene sentido. Pero no cambia nada mi opinión sobre tu nota. Has entendido bien lo que oíste y lo has plasmado muy bien. Tus argumentos son muy convincentes.

Raymond guardó silencio un instante, sin tener muy claro qué podía —o debería— decir.

—¿Qué? —preguntó Bernstein—. Pareces...

—Es solo que... A la señorita Evans no le gustó mucho. Dijo que mi conclusión parecía algo que habría pensado un chico de diecisiete años. Y no lo dijo a modo de cumplido, créame.

—Supongo que la gente diferente ve las cosas de forma distinta. Pero mantengo mi opinión. Y lo considero un trabajo para subir nota en inglés, así que este sobresaliente hará media con tu nota final.

—Bien. ¡Gracias! Eso me ayudará a compensar su suficiente bajo.

—¿Te puso un suficiente bajo? ¿En serio?

—Jamás bromearía con algo así.

—Y ella ha dicho que la conclusión sonaba infantil —repitió Bernstein, citándolo—. Y yo he dicho que sonaba demasiado avanzado para tu edad. Y resulta que estaba basada en los pensamientos de un abogado adulto. Curioso.

—Sí —dijo Raymond—. Yo también pensé que esa parte había sido bastante curiosa. Ella parece creer que existe una única realidad objetiva y que las buenas personas serán capaces de verla si la buscan.

—Hum... —dijo el señor Bernstein—. Ella vive en un mundo bonito y predecible. Tiene que ser agradable vivir ahí. Casi envidio su forma de pensar.

Raymond entró en la biblioteca del instituto después de la última hora de clase. Había estado a punto de saltársela para irse allí directamente, pero ya lo había hecho una vez antes y la bibliotecaria no había dado parte de ello. No quería volver a tentar a la suerte.

—Anda, mira quién está aquí —dijo ella, apenas levantando la mirada de su libro—. ¿Qué tal ese español?

—Oh —dijo Raymond—. Bueno, me da vergüenza decirlo, pero era, digamos, para un fin... específico. Ya no lo necesito, así que no he estudiado demasiado.

De hecho, después de devolver el diccionario español-inglés a la biblioteca, no se había comprado ninguna guía de conversación porque ya no había más Luises Vélez que buscar.

—Bueno, ya sabía yo que era demasiado bonito para ser verdad. Un estudiante que quería aprender algo solo por el placer de aprenderlo.

—Pues no estoy seguro —respondió Raymond—. He venido para preguntarle si había algún libro de mecánica cuántica. Esta vez, por nada en concreto. Solo por el placer de aprender.

—Interesante —dijo ella—. Casi has renovado mi fe en los estudiantes, Raymond. Además, da la casualidad de que tengo bastantes libros sobre ese tema. Sígueme.

Capítulo 16

DESESPERANZA

—Estoy empezando a preocuparme —dijo Raymond—. Hace casi ocho días que no sale.

—¿Solo han pasado ocho días?

Lo miró desde la cama. Giró la cara hacia donde él estaba de pie, junto a la puerta de su dormitorio. Eran las diez de un sábado por la mañana. Estaba despierta, pero seguía sin levantarse ni vestirse.

—El tiempo pasa tan despacio —añadió.

Pero a Raymond le pareció un poco melancólica.

—Quiero que mi vieja amiga, la señora G, vuelva —dijo Raymond para su propia sorpresa. Lo había pensado muchas veces, pero no esperaba decirlo en voz alta—. La echo de menos.

—Está aquí —respondió la señora G con voz débil y poco entusiasta.

—No, la verdad es que no. No la veo desde el juicio. Y estoy empezando a preocuparme. Creo que debería llamar a esa amable familia Vélez que nos invitó a cenar. Podríamos ir mañana.

—No, mañana no. Por favor, Raymond. El próximo domingo… o el siguiente.

—Mañana es mejor. Ya ha tenido mucho tiempo para descansar.

—Físicamente, sí, pero...

—Voy a llamarla ahora mismo y a decirle que vamos mañana.

—¡Espera!

Raymond estaba a punto de salir del dormitorio y se detuvo porque sonó demasiado serio como para ignorarlo. Casi al borde de la desesperación.

—No vayas —dijo ella—. No llames. Vale, si quieres que salga, saldré. Salgamos. Pero, por ahora, solos tú y yo. Por favor. Conocer a gente nueva, estar rodeada de muchas personas ahora... Necesito más tiempo. Mañana vamos adonde quieras, pero solo nosotros dos. En un par de semanas, quizá podamos ir a comer con tus amigos.

—Vale. De acuerdo, supongo. Pero... ¿adónde quiere que vayamos?

—Dame hasta mañana por la mañana para pensarlo. Ven a por mí y te diré adónde podemos ir y qué podemos ver. Solo que tú tendrás que verlo por los dos.

A las nueve de la mañana siguiente, llamó a su puerta y luego la abrió con la llave.

—¡Está preparada! —exclamó Raymond.

Estaba sentada en el sofá, con su vestido rojo y sus zapatos blancos y el mismo chal que se había puesto en el juicio. Llevaba el pelo recogido en una perfecta trenza blanca que caía sobre uno de sus hombros. Su bastón blanco y rojo estaba apoyado junto a ella, sobre el sofá. Sujetaba el bolso con fuerza en su regazo.

—Por supuesto que estoy preparada. Te dije que íbamos a salir y vamos a salir.

Raymond sintió que algo oscuro y pesado desaparecía de su estado de ánimo. Que esa sensación desaparecía físicamente de su cuerpo. Llevaba soportándola más tiempo del que había sido consciente de ello. Se sintió tan feliz que creyó poder salir volando.

«Estará bien —pensó—. Estará bien, después de todo».

—Entonces, ¿adónde quiere que vayamos?

—Al puerto de Nueva York —respondió.

—¿A qué parte?

—Da igual.

—Podríamos coger el metro hasta Battery Park y, luego, coger el ferri hasta la isla Ellis.

—¡No! Hasta la isla Ellis ni hablar. Solo quiero visitar la costa.

—¿Qué orilla concretamente?

—Battery está bien. Es perfecta. Pero nada de coger el ferri. Nada de isla Ellis.

—Entonces, ¿ha estado aquí antes? —dijo Raymond, señalando un banco que se acababa de quedar libre.

Raymond corrió hasta ese banco y colocó el bastón de la anciana encima para reservarlo.

A continuación, la acompañó hasta allí y la ayudó a sentarse.

Era una mañana fresca de primavera, con un fuerte viento. Raymond, de hecho, tenía un poco de frío. Pensó que, quizá, ese había sido el motivo por el que esa pareja, que no llevaba chaqueta, se había ido, dejando el banco libre. Era uno de los bancos más cercanos a la barandilla de hierro que hay dispuesta al borde del agua.

No tenían respaldo, así que Raymond y la señora G se sentaron inclinados hacia delante, acurrucados sobre sí mismos para protegerse de aquella fría humedad.

—Sí, he estado aquí antes —respondió—. La primera vez que estuve aquí fue en 1938. Tenía once años. Mi familia y yo llegamos en un barco al puerto de Nueva York, a la isla Ellis. Esa fue la primera vez que la vi.

Raymond guardó silencio y esperó a ver si decía algo más.

—Estás muy callado —dijo ella después de un tiempo.

—Es solo que... nunca me había hablado de su pasado. No parecía querer hablar del tema.

—Hoy voy a hacerlo —dijo la anciana.

Pero unos minutos después, nadie había dicho nada.

—Por aquella época, era muy distinta —dijo—. En muchos sentidos. Pero, en otros, era igual. La estatua, por supuesto, es la misma. ¿Puedes ver la estatua desde donde estamos, Raymond?

—Oh, sí. Tengo una buena vista de ella desde aquí.

—Y el sonido de las bocinas de los barcos. Eso es más o menos igual, pero estoy segura de que los barcos son mucho más modernos ahora. La brisa marina y el viento, eso nunca cambia. Eso lo recuerdo muy bien de todo el viaje. Sin embargo, creo que el puerto olía mejor por aquel entonces. Con menos contaminación.

—¿De verdad recuerda todos esos detalles de cuando tenía once años?

—Oh, sí. Tengo recuerdos muy vívidos. Solo que... a veces me pregunto... Tienes esos recuerdos y luego los repasas una y otra vez en tu mente. Y, pasado un tiempo, te preguntas si lo que recuerdas es lo que pasó en realidad o solo recuerdas los recuerdos.

Guardaron silencio un instante. Las aves marinas revoloteaban sobre sus cabezas, emitiendo sonidos extraños. O al menos a Raymond le parecían extraños.

—Veías cosas entonces que no se ven hoy —continuó—. Todavía había goletas atracadas y el horizonte era diferente. Muchos edificios altos, sí, pero recuerdo que, de todos, salía humo o vapor. Se caldeaban de otra forma por aquella época. Todos eran de ladrillo. Nada de acero y cristal. Oh, sí, tenían ventanas, pero no estaban hechos de ventanas de arriba abajo como ahora.

—Ha vivido en Nueva York casi toda su vida, ¿no? —dijo Raymond, al rato. Hizo algunos cálculos mentales—. Ochenta y un años. ¿Alguna vez había vuelto aquí?

—Oh, sí. Muchas veces. Pero hacía tiempo que no venía. Unos veinte años. Y es curioso, pero no recuerdo gran cosa de las últimas visitas. Recuerdo principalmente la primera vez.

Otro momento de silencio, pero esta vez, a Raymond le pareció apacible. Iba a decirle algo que lo ayudaría a encontrar sentido al mundo y las reacciones de la señora G. Podía sentirlo. Pero no tenía que hacer nada. Lo haría a su debido tiempo y ese tiempo sería pronto.

Como si pudiera escuchar sus pensamientos, la anciana dijo:

—Lo que estoy a punto de contarte solo se lo había contado a Rolf, mi difunto marido. Mi familia, por supuesto, lo sabía porque estaban allí, pero ya no están aquí. Soy la única que queda. Jamás se lo conté a Luis, pero ahora me arrepiento de no haberlo hecho.

Raymond esperó. No se atrevió a hablar.

—Conoces bien la historia mundial —dijo—, ¿no?

—Muy bien, creo. Sí.

—Bien. Pues... Yo nací en Alemania en 1927. Y ya te he contado que llegué a América en un barco en 1938.

Guardó silencio un instante. Parecía estar esperando algo por parte de Raymond. Algún tipo de reacción.

Así que dijo:

—Es bueno que saliera de allí cuando lo hizo, porque las cosas se pusieron muy mal después.

—Sí, mi joven amigo. Ese es el eufemismo del siglo. Las cosas se pusieron muy mal después de que me fuera, sí.

—Sobre todo si su familia era judía.

Temía haber metido la pata y la miró para ver cómo reaccionaba. Se limitó a esbozar una sonrisa triste.

—Es curioso. Lo éramos y no lo éramos. Mi padre no era judío, pero mi madre sí. En la religión judía, se consideran judíos los nacidos de una mujer judía, así que, en ese sentido, sí, éramos judíos. Desde un punto de vista secular... a ojos de la sociedad en la que crecimos... mis hermanos, mi hermana y yo teníamos una mitad de eso que era tan peligroso ser. Y ahora me siento mal por no habértelo dicho antes, porque eso es algo que tenemos en común. Ambos

269

conocemos una extraña verdad sobre el mundo: la gente te juzga por tu mitad más controvertida. Si conoces a alguien, Raymond, que tiene prejuicios, esa persona no pensará: «Este Raymond tiene una mitad blanca, así que respetaré esa mitad de él». La gente solo te juzga por la mitad que no les gusta. Si mi familia se hubiera quedado en Alemania, no habrían puesto la mitad de mí en un campo de concentración o habrían enviado esa mitad a la cámara de gas. No. Me habrían matado entera.

Una gaviota se posó en la acera, delante de Raymond, lo miró y se acercó a ellos, como si estuviera fascinada con sus palabras, pero sabía que no era por eso. Debía de esperar algo de comida.

Levantó la mano y el pájaro salió volando.

—¿Cómo consiguió salir su familia? —le preguntó, pasado un tiempo—. ¿Fue difícil salir?

—Ah —respondió—. Ya nos vamos acercando a mi vergüenza.

De repente, un recuerdo inundó la mente de Raymond. La vez que le dijo que la culpa podía destrozar a alguien, como si lo supiera por experiencia propia. Había hecho algo por lo que se sentía culpable y la vergüenza todavía no la había abandonado a pesar de las décadas transcurridas desde entonces. Solo podía esperar, inmóvil, a que le contara lo que había pasado.

—Mi padre no era rico, pero tenía un negocio y a la familia no le había ido mal. Era propietario de una tienda de ropa de caballero y el negocio había ido bastante bien hasta que los vecinos empezaron a murmurar que su mujer era judía. Entonces, todo se desmoronó y tuvo que cerrar después de sufrir vandalismo en la tienda, pero tenía algo de dinero ahorrado. En realidad, los ahorros de toda la vida de toda nuestra familia. No te diré cuánto era en marcos alemanes, porque eso no te ayudaría a hacerte una idea de la suma. El tipo de cambio no paraba de cambiar y, por supuesto, también la inflación. Si fuera en dólares americanos, al cambio actual, tendría

que decir que la cantidad rondaría los quince o veinte mil dólares. Usó la mayor parte para sobornar a un funcionario. Tan simple
como eso. Tenía ese dinero en efectivo, lo puso en el bolsillo de un
funcionario corrupto y lo siguiente fue que estábamos cruzando el
océano para empezar de cero.

—Vale... —dijo Raymond. Estaba esperando escuchar la razón
por la que sentía tanta culpabilidad y vergüenza, pero no tenía
intención de meterle prisa—. Así que cruzasteis el Atlántico en un
barco. Creí que lo mismo le daban miedo los barcos.

—¿Por qué creerías eso?

—Le pregunté si quería coger el ferri hasta la isla Ellis y reaccionó mal.

—Oh, pero no por el ferri. Es por la isla en sí misma. Me dio
mucho miedo. Incluso mis padres tenían miedo. Podía verlo y sentirlo. Los funcionarios nos llevaban por el edificio de inmigración
como si fuésemos ganado. Y tenían tanto poder sobre nosotros,
estábamos tan indefensos... No, aquello fue un horror. Cuando
entramos en el puerto, todos corrimos a la barandilla del barco para
ver la estatua y su sola imagen nos animó y emocionó. Estábamos
experimentando el país en sí mismo y la promesa de lo que podría
tenernos deparado el futuro, pero todo fue distinto cuando tuvimos
que enfrentarnos a los funcionarios del gobierno de este país. No
quiero volver a poner un pie en esa isla.

—Entonces... —dijo Raymond.

—¿Entonces?

—Hay algo en todo esto que cree que es vergonzoso y que ni
siquiera quiso contárselo a Luis, pero no lo veo por ninguna parte.

—Bueno. Quizá te cueste comprenderlo, Raymond, pero necesito que lo comprendas, así que intenta ponerte en mi situación.
Pagamos a un funcionario corrupto y dejamos todo atrás. A todos
mis amigos del colegio. Todos mis amigos del colegio eran judíos,

porque, a medida que iba pasando el tiempo, ya no nos dejaban mezclarnos con la población no judía. Mis abuelos. Todos mis parientes lejanos. Los dejamos allí. Huimos y los dejamos atrás.

—Tenía once años.

—Sí, tenía once años.

—Todo aquello escapaba a su control.

—No.

—¿Eso es lo que tanta vergüenza le provoca? ¡Usted no podía hacer nada! ¿Qué podría haber hecho?

La señora G suspiró profundamente. Miró al otro lado del puerto, como si hubiera algo allí que pudiera ver, pero quizá solo estaba escuchando u oliendo.

—Pasaron siete años y, como seguro que sabes, la guerra acabó en 1945. Mis padres habían estado siguiendo las noticias, pero intentaron mantenernos al margen todo lo posible tanto a mí como a mis hermanos. Pero se escuchan cosas. Después de la guerra, creo que mi padre habría pasado página. No quería saber demasiado. Pero mi madre sí. Ella escribió cartas a todo el mundo. A todos nuestros amigos y conocidos de Alemania cuya dirección tenía anotada en su libreta. Judíos y no judíos por igual. Escribió a todo el mundo. ¿Sabes cuántas respuestas recibió?

—Yo... No lo sé. Ni idea.

—Cero. Ni una sola carta. Ni siquiera de nuestros vecinos, que no eran judíos. Algunos todavía vivirían en sus casas y habrían sobrevivido a la guerra, pero no enviaron ninguna carta ni respondieron a las preguntas de mi madre. Así que regresó. Sola. Nosotros estábamos estudiando y, además, jamás nos habrían sometido a esa avalancha de horrores. Mi padre tenía que trabajar, pero, la verdad, tampoco creo que hubiera ido. Mi madre volvió para intentar averiguar quién había sobrevivido. Quería saber qué familiares, amigos y conocidos quedaban con vida.

Raymond se cerró el cuello de la camisa y esperó a ver qué más decía. La observó para ver si tenía frío, pero parecía cómoda, envuelta en su chal de punto.

Un grupo de turistas corrió a la barandilla, riendo y hablando en un idioma indescifrable para Raymond, sacándose fotos con la estatua al fondo.

La señora G guardó silencio.

—Entonces... —empezó Raymond, vacilante, por si ella quería que dejara de preguntar—. ¿Encontró a algún familiar o algún amigo vivo?

—No.

—¿Todos habían muerto?

—Bueno, no lo sabemos, Raymond. No es fácil saberlo. Hizo algunas averiguaciones para intentar conocer el destino de todos aquellos que habían acabado en un campo de concentración durante la guerra. Quizá alguien más hubiera podido huir como habíamos huido nosotros. Quizá alguien sobreviviera al campo, fuera liberado por las tropas aliadas y se marchara a algún sitio que le recordara menos al infierno, pero pensar eso era demasiado optimista. Mi madre, que era una mujer realista, los llamaba «desaparecidos y dados por muertos». Si alguien sobrevivió, jamás lo supimos.

—Eso tiene que haber sido...

Pero no se le ocurrió nada más que decir.

—No sé si serás capaz de imaginártelo, Raymond. Piensa en todo el mundo que conoces, todos tus amigos, los profesores y estudiantes de tu instituto, todos tus primos, tus abuelos, tus tíos y tías, y luego imagina que todos han desaparecido, dejándote a ti y a tu familia directa solos.

Durante un instante, lo intentó. Y no es que no tuviera suficiente imaginación. Quizá no quisiera siquiera imaginarlo.

—Entonces... —empezó Raymond—. La parte vergonzosa. Sigo sin verla. Se siente culpable porque...

—Sobreviví.

Silencio. Quizá hasta contar hasta diez.

—Que usted se hubiera quedado y hubiera muerto con ellos —dijo Raymond— no habría cambiado nada la situación.

—De acuerdo. Tú lo ves así. Yo lo veo de la siguiente forma: ¿quién era yo para sobrevivir?, ¿qué tenía de especial mi vida para que me permitieran conservarla? Te acaba pesando, Raymond. Les arrebataron la vida a millones de personas, pero a mí me dejaron conservar la mía. Al principio, sentí que tenía que vivir por ellos. Pensé que tenía que vivir la vida más extraordinaria de toda la historia de la humanidad. Sentí que tenía que vivir por todos ellos, pero entonces, transcurridos unos cuantos años, esa idea acabó abrumándome y basculé al otro extremo y viví la vida menos extraordinaria que te puedas imaginar. He trabajado toda mi vida como costurera y no he tenido hijos, pero estaba decidida a vivir una vida muy larga. Hasta los cien años o más. Porque era mi obligación sacarle el mayor partido a aquello que se me había dado. Pero seguía afligida porque no entendía por qué se me había dado. Tú sabes por qué, ¿verdad?

—Porque... tu padre tenía dinero.

—Sí, porque mi padre tenía el equivalente a unos cuantos miles de dólares y sus padres no tenían nada. Dinero, amigo mío. El dinero pagó nuestras vidas. Y eso se llama privilegio. Nosotros compramos nuestras vidas y aquellos que no pudieron hacerlo fueron sacrificados como animales. ¿Eso hace que nuestras vidas valgan más? Por supuesto que no. Ninguna vida vale más que otra, excepto en virtud del propio carácter. Pero yo tenía once años. Mi carácter no era mejor que el de mis iguales.

Resopló un poco bajo el frío. Sacó un pañuelo de su bolso y se sonó la nariz.

—No quiero ese privilegio —añadió. Con firmeza.

—No sabía que ser medio judía en la Alemania nazi fuera una lección de privilegio.

—No, no lo era, pero ahora conozco la historia desde ambos lados. Y ahora soy yo la que está en el lado incorrecto y no quiero estar ahí. ¿Cuántas veces crees que puedo haberle dado un golpecito a alguien en el hombro y haberle devuelto la cartera que se le había caído? ¿Cuántas carteras tendría que devolver antes de que alguien me disparara?

—Yo... no lo sé.

—Sí, sí que lo sabes, Raymond. Lo sabes. Nadie va a dispararme y lo sabes. Dispararán a mi amigo Luis, pero jamás a mí. Y la gente del otro lado, ni siquiera lo ven. Veo mi privilegio porque he vivido con él y sin él. El jurado ni siquiera lo vio. No lo han visto, Raymond. ¿Qué se puede hacer con un mundo en el que la gente no ve?

Permanecieron sentados un rato junto al agua. Otros diez o quince minutos más como mínimo.

Raymond no fue capaz de encontrar una respuesta a su pregunta. No tenía ni idea de qué se podía hacer con un mundo en el que la gente no ve.

Raymond llegó a la puerta del apartamento de su padre pasadas las tres de la tarde. Llamó, más dubitativo de lo esperado.

«Que abra papá. Que abra papá. Que abra papá».

Abrió Neesha.

Entrecerró los ojos cuando lo vio allí.

—No te toca este fin de semana —le dijo.

«Obvio. Si lo fuera, habría venido el viernes».

—Necesito hablar con mi padre.

—Vale. Para eso vienes fines de semanas alternos. Para tener mucho tiempo para hablar con Malcolm.

—Solo será un minuto —dijo.

Durante varios segundos, no sucedió nada. No se dijo nada. Raymond estaba empezando a pensar que no lo iba a dejar entrar.

Entonces escuchó la voz retumbante de su padre.

—¿Quién es, cariño?

Se hizo otro silencio extraño, que pareció mutar a un tira y afloja sin palabras ni movimiento.

Al levantar la mirada, Raymond se encontró con el rostro de su padre tras ella.

—Raymond, ¿qué estás haciendo aquí?

—Solo quería pedirte consejo.

—¿Se trata de algo urgente?

—La verdad es que creo que no, pero es importante para mí.

Malcolm suspiró. Aunque a Raymond no le pareció que lo hiciera como si estuviera disgustado con él sino como si se estuviera preparando para discutir con su mujer.

—Dame un segundo para que coja una chaqueta —le dijo—. Iremos a tomarnos un refresco con helado, como en los viejos tiempos.

Mientras esperaba, nadie lo invitó a entrar.

Se quedó en el rellano, con la oreja pegada a la pequeña apertura de la puerta, escuchándolos dándole vueltas al asunto.

—Es mi hijo.

—Y yo tu mujer.

—Es solo un chico. Necesita una figura adulta en su vida.

—Estoy preparando una cena especial y lo sabes.

—Y me la comeré. Faltan horas para eso.

—Podría haber llamado.

—Hablaré con él sobre eso.

—No, no lo harás.

—He dicho que lo haré y lo haré.

—Siempre dices eso, pero luego no quieres ofender a nadie.

—Volveré en menos de una hora. Te quiero.

No hubo respuesta.

El padre de Raymond salió al pasillo y él dio un paso atrás para dejarle algo de espacio.

—Supongo que lo has oído todo —dijo su padre.

Raymond no respondió. Ambos caminaron hacia el ascensor, el uno junto al otro.

—Entonces, ¿por qué no has llamado?

—Supuse que Neesha cogería el teléfono y no me dejaría hablar contigo ni me permitiría venir.

—Has sido sincero, la verdad. Y no voy a decir que no tengas razón.

Raymond pidió una zarzaparrilla con helado y su padre solo una bola de helado de vainilla. Sabía que su padre no quería perder el apetito.

Se sentaron en una mesa redonda de acero inoxidable junto a una de las ventanas delanteras, desde donde podían ver lo que parecía la totalidad de la población mundial pululando por allí. La mesa tenía estrellas brillantes adornando su superficie. Con ligero relieve. Raymond las acariciaba con un dedo mientras hablaba.

—¿Qué harías si tuvieras una amiga que estuviera... totalmente...? No sé muy bien cuál es la palabra que busco. Me viene «deprimida», pero creo que es algo más que eso. Como si estuviera cansada del mundo. Como si ya no pudiera soportar cómo es el mundo.

—Me parece que la palabra que estás buscando es «desesperanzada».

—Sí —dijo Raymond, mirando directamente a su padre a la cara—. Desesperanzada.

Malcolm suspiró profundamente.

—Seguramente no sea lo que quieres escuchar, pero no hay mucho que puedas hacer por ella. Solo puedes escuchar.

—¿Escuchar? Eso no parece una gran ayuda.

—Bueno, ese es el problema, hijo. Creo que me estás preguntando cómo puedes arreglar algo así para otra persona. Y, por desgracia, la respuesta es... que no puedes arreglarlo. De hecho, cuando intentamos arreglar los sentimientos de alguien, muchas veces comprobamos que no se puede. ¿Alguna vez alguien te ha dicho lo que deberías hacer para dejar de sentirte como te sientes cuando, en realidad, lo único que querrías es que te escucharan?

—Sí. Más veces de las que podría contar.

—Cuando nos importa alguien, no queremos que sufra y eso es normal. Pero cuando una persona ha perdido la esperanza en el mundo... ¿qué puedes hacer? No puedes cambiar el mundo para que le guste más.

—No —respondió Raymond.

Un camarero con un delantal de rayas rojas y blancas apareció con el helado y la zarzaparrilla. Pareció captar el estado de ánimo de la mesa, así que dejó deprisa la comanda y se fue.

—¿Esto es por el juicio? —le preguntó su padre—. ¿Y por la exculpación de la tiradora?

—Creía que sí. Al principio. Pero resulta que, en parte, es por eso, pero también por otras cosas malas de su pasado que creo que, en realidad, nunca ha superado.

—Ya veo.

—¿Escuchar? ¿De verdad crees que eso será suficiente?

—No sabría decirte.

Raymond le dio un gran sorbo a su bebida. O, al menos, lo intentó. La pajita se había llenado de helado y era difícil beber, pero, por lo poco que pudo probar, comprobó que estaba buena.

—¿Qué sabes de leyes? —le preguntó Raymond a su padre.

—No demasiado. Probablemente lo que cualquier persona que no sea abogado.

—¿Hay algo que podamos hacer con esa mujer ahora?

—¿Como qué?

—¿Apelar o algo así?

—No creo que se pueda apelar una absolución. Creo que solo se pueden apelar las condenas. De lo contrario, iría en contra del principio de que no se puede juzgar a alguien dos veces por la misma causa.

—Ah, vale.

—Creo que tienes que hablar con un abogado para preguntarle si queda alguna otra opción en un caso así.

«*Vale, como si yo pudiera permitirme un* abogado».

Entonces cayó en la cuenta. Sí que conocía un abogado. Don Luis Javier Vélez. El hombre que le dio su tarjeta de visita por si hubiera algo que pudiera hacer para ayudar. Ya solo tenía que recordar dónde había puesto esa tarjeta. Pero, de todas formas, ya había encontrado a ese hombre una vez sin necesidad de tarjeta.

Bebieron y comieron en silencio un minuto o dos.

—Es bonito que te preocupes por el mundo —dijo su padre— y que tengas personas que te importen, pero tienes que dejar que sean esas personas quienes procesen lo que tengan que procesar. Solo tienes que estar ahí para tus amigos. En ocasiones, eso es lo único que podemos hacer los unos por los otros.

Raymond asintió con la cabeza, aunque aquello no fuera precisamente lo que esperaba escuchar.

—¿Sabes lo que yo creo que es bonito? Que hablemos más de lo que lo hablábamos antes.

—Totalmente de acuerdo —dijo su padre—. Yo también creo que es bonito.

—Tengo otros dos pequeños favores que pedirte —dijo Raymond—. ¿Me prestas tu teléfono móvil? Y, el próximo domingo, ¿te importa que me vaya algo antes? ¿Como a mediodía?

Su padre rebuscó en el bolsillo de su chaqueta y frunció el ceño.

—Creo... Lo he olvidado.

—Entonces, ¿puedo entrar y usar tu teléfono cuando volvamos?

—Me parece una pena que tengas que hacer todo el camino de vuelta solo para usar el teléfono. Tienes que ir justo en dirección contraria para ir a casa.

Raymond apartó la mirada. Miró por la ventana y observó a la gente pasar para que así su padre no pudiera ver la decepción en sus ojos. Acabado el helado, no era bienvenido en el apartamento de su padre. Su padre no estaba dispuesto a discutir otra vez con su mujer.

—Pero te diré lo que vamos a hacer —dijo Malcolm, rebuscando en su cartera.

«*El dinero no lo va a* arreglar».

—Te voy a dar mi tarjeta telefónica. Tiene un número PIN y puedes usarla en una cabina telefónica y todos los cargos irán directamente a mi factura. Y sí, por supuesto, si tienes que ir a alguna parte el domingo, no hay problema. Ya lo solucionaremos.

—La señora G me habló de su amable invitación —dijo Raymond—. Muchas gracias. Todavía puedo cerrar los ojos y saborear esa tarta de chocolate. Me preguntaba si podría ser el domingo que viene.

Estaba en una cabina completamente abierta de una acera muy transitada, cerca de la boca del metro. Cuando Sofía Vélez le respondió, el estruendo del tráfico casi ahogó su voz.

—El próximo domingo nos viene muy bien. Nos alegrará volver a verte. Pásate por aquí y tráete a tu amiga sobre las doce y media o la una.

—Vale, bien. Será bueno para ella. Espero. Está muy...

Pero fue incapaz de encontrar la forma correcta de encajar la palabra «desesperanza» en la frase.

—Oh, ya imagino que tiene que ser duro para ella. Sabemos lo que ha pasado con el juicio. Luisa lo estuvo siguiendo por Internet.

Es horrible cuando pasa algo así y ni siquiera lo mencionan en las noticias. Cabría esperar que a la gente le importara más.

—Sí —dijo Raymond—. Cabría esperar. ¿Puedo hacerle una pregunta? ¿Qué haría para ayudar a una amiga si hubiera perdido la esperanza por completo?

Un largo silencio. Al menos, al teléfono. En el oído izquierdo de Raymond. El resto del mundo, en su oído derecho, casi lo llenaba todo con su ruido.

—Es una pregunta complicada —respondió ella—. ¿Me lo puedo pensar?

—Por supuesto.

—Quizá, cuando vengas el domingo, tenga algo más que decir.

A la mañana siguiente, Raymond se pasó por la biblioteca, a última hora, cuando debería estar en el aula de estudio.

Cada vez que aparecía a esas horas, esperaba encontrar algún otro estudiante usando las instalaciones, pero, una vez más, solo estaba la bibliotecaria.

—Raymond —le dijo, como si su nombre fuera una gran ironía—, ¿dónde se supone que tendrías que estar?

—En el aula de estudio... —Se acercó más al mostrador mientras hablaba—. Pero, en serio... ¿puedo estudiar aquí? Quiero decir... es una biblioteca.

—Claro —respondió—. Te haré una nota.

Raymond respiró con mayor libertad. Cogió una silla por su respaldo de madera, la acercó a su mesa y se sentó frente a la bibliotecaria. Rebuscó en su mochila y sacó el libro que le había prestado. El libro de física cuántica para principiantes.

—¿Vas a devolverlo?

Raymond se limitó a asentir con la cabeza.

—¿Te lo has leído entero? No es lo que yo llamaría un libro sencillo.

—No, no lo es, pero me lo he leído entero.

—¿Crees que lo has entendido? Porque conozco gente con el doble o el triple de tu edad que no entendería algo así.

Raymond se sentó y pensó un instante. Quería darle una respuesta sincera. No quería soltarle lo primero que se le pasara por la cabeza. Parecía querer mantener una auténtica conversación con él, así que quería contribuir.

—Sí y no. Algunas cosas las he tenido que leer cuatro o cinco veces. A veces solo podía, digamos, desconectar mi imaginación, mis reacciones ante las cosas, e interpretarlo literalmente. Pero otras cosas... como la parte sobre que cuando lo observas, es una ola y, cuando no, es una partícula. Como que no es materia real hasta que la observas. ¿Y eso de la superposición cuántica? ¿Cómo puede una cosa estar en más de un lugar a la vez, pero tener la misma reacción a determinado estímulo, aunque estén a kilómetros de distancia porque no son dos cosas distintas sino una sola cosa en dos lugares diferentes? Si intento reflexionar sobre eso, siento que me va a estallar el cerebro.

—Bien —respondió ella—. Entonces lo has entendido.

—Sostiene que la realidad solo es real cuando la hacemos realidad.

—Algo así, sí.

—Entonces, ¿eso es así? ¿Esto es ciencia de verdad?

—Difícil de decir. Es nueva ciencia. Es ciencia controvertida. Pero, la nueva ciencia suele ser controvertida. A ver, no es nueva, nueva, pero... comparada con Galileo...

Permanecieron sentados en la distancia durante lo que, posiblemente, solo fue un segundo o dos. Raymond estaba mirando el libro que había dejado en la mesa de la bibliotecaria, la ilustración de la portada, que parecía una superficie flexible de ondas de luz doblándose.

—¿Le puedo hacer una pregunta sobre algo que no tiene nada que ver con los libros?

—Claro —respondió—. ¿Por qué no?

Abrió los brazos como para indicar que no había nadie en la biblioteca.

—Creo que puedo hacerte un hueco en mi apretada agenda.

—¿Qué haría si tuviera una amiga que hubiera perdido por completo la esperanza en la humanidad?

—Hum... —respondió ella. Y se volvió a sentar—. Interesante pregunta. Pero, esta amiga... ¿Su desesperanza tiene que ver con que el mundo sea un lugar en el que la gente hace cosas horribles?

—Sí, justo eso.

—Ya me lo imaginaba. Suele pasar. Bueno, pues entonces diría que tienes que hacer cosas extraordinarias.

Raymond abrió los ojos como platos.

—¿Yo?

—Alguien tiene que hacerlo. Y tú eres quien ha preguntado.

—Entonces, si hago cosas extraordinarias...

Se quedó bloqueado.

—El mundo seguiría siendo un lugar en el que la gente hace cosas terribles. Pero eso es lo que pasa con la desesperanza. Perdemos la esperanza cuando lo terrible nos embiste y olvidamos que el mundo también puede ser maravilloso. Solo vemos el horror a nuestro alrededor. Así que lo que tienes que hacer por tu amiga es poner de relieve lo maravilloso para equilibrar la situación. El mundo es horrible y maravilloso al mismo tiempo. Lo uno no niega lo otro, pero lo maravilloso nos mantiene en el juego. Hace que sigamos adelante. Y, siento ser yo la que te lo diga, Raymond, pero eso es lo mejor que el mundo va a llegar a ser.

Raymond no respondió. Se limitó a quedarse sentado, reflexionando.

—¿Es una mala respuesta? —le preguntó ella pasado un tiempo.

—No, de hecho, se lo he preguntado a varias personas y esa es la mejor respuesta que me han dado hasta ahora.

Capítulo 17

Luz en la oscuridad

Raymond abrió la puerta y se acercó al mostrador de la lujosa oficina de Don Luis Javier Vélez. La recepcionista era una mujer muy guapa de mediana edad con el pelo oscuro y ojos brillantes pero nada amigables. Clavó sus ojos en Raymond y él se quedó paralizado.

No había nadie más allí, pero el señor Vélez estaba ocupado. Podía oír el murmullo sordo de las voces y se intuían dos figuras al otro lado de los cristales tintados.

—¿Te puedo ayudar en algo? —le preguntó la mujer.

Estaba claro por su tono que no quería ayudarlo en absoluto y que había dado por hecho que no podría hacerlo.

—Querría hablar un minuto con el señor Vélez.

—Pero no tienes una cita, ¿verdad?

—Bueno, no.

—No ve a nadie que no tenga cita.

—Vale. Ya lo sé. Estuve a punto de llamar. Pero es que lo conozco. Nos hemos visto antes. De hecho, he estado en su apartamento y conozco a su mujer. Pero fue hace algún tiempo y pensé que, si llamaba, quizá no me recordara. Quería que me viera.

—Sin embargo... —empezó.

Pero Raymond simplemente siguió hablando.

—Mire, me dio su tarjeta... —Sacó la tarjeta para que ella pudiera verla, pero se limitó a mirarla por encima y volver a clavar sus ojos en él. Raymond mantuvo la mirada esquiva mientras hablaba—. Me dijo que si alguna vez había algo que pudiera hacer para ayudar...

La recepcionista suspiró. Raymond reunió el valor para mirarla a la cara cuando levantó el teléfono. Pensó que estaba algo frustrada porque ahora tendría que encargarse de él. Ya no podía echarlo.

—Señor Vélez —dijo—, perdón por molestarle mientras está con un cliente, pero no me pidió que no le pasara llamadas. Hay un jovencito aquí que quiere verlo, pero no tiene cita. Dice que le dio su tarjeta y le dijo que se pusiera en contacto con usted si alguna vez necesitaba algo.

Una pausa mientras ella seguía a la escucha.

—Vale —dijo la mujer antes de colgar.

El pulso de Raymond empezó a acelerarse mientras esperaba a escuchar la respuesta.

—Dice que ahora mismo no cae, pero que, si quieres sentarte y esperar, tiene unos minutos libres entre cliente y cliente y que te puede recibir.

El señor Vélez no miró a Raymond hasta que acompañó a su cliente a la puerta, se despidió y cerró la puerta.

Entonces centró toda su atención en él.

—Oh —dijo—. Ajá. Ahora sí te recuerdo, sí. Un día llegué a casa y te encontré sentado en la cocina, desayunando con mi mujer.

—Sí, señor.

—Pero no recuerdo tu nombre.

—Raymond.

—Vale, Raymond, tengo exactamente tres minutos antes de que llegue mi siguiente cliente, a no ser que llegue tarde, claro. Así que pasa y dime qué puedo hacer por ti. Y habla deprisa.

Raymond lo siguió hasta su lujosísimo despacho. Era moderno y elegante, todo de cuero negro y resplandeciente acero inoxidable. Se sentó en una cómoda silla dispuesta al otro lado del escritorio del señor Vélez. El abogado se sentó tras su enorme mesa, reclinado en su silla, con los dedos formando una especie de triángulo frente a su barbilla, mirando a Raymond, esperando a que hablara.

Como no abrió la boca al instante, Vélez intervino.

—Sé lo que ha pasado —dijo—. Es muy difícil no enterarse de los detalles del caso cuando la víctima se llama como tú. Muchos colegas abogados no paraban de decirme que se alegraban mucho de que siguiera vivo. Entonces supe que debía tratarse del tipo que andabas buscando, Luis Vélez. Desapareció de repente. Todo encajaba.

—Sí, señor —dijo Raymond, todavía perdido y asustado, también abrumado por razones que todavía no era capaz de comprender.

—Y el juicio fue un asco.

—Oh. Así que lo sabe.

—Sí. La declararon inocente, así que ahora te preguntas si esta ciudadana de gatillo fácil gana y se va de rositas o si hay algo más que la ley pueda hacer.

—Sí, señor.

—Y me vas a decir que es para ayudar a tu amiga o a la viuda porque eres un chico servicial, pero, llegados a este punto, estás intentando descifrar qué piensas sobre este mundo por motivos meramente personales. ¿Me equivoco?

—No, señor —respondió, deseando poder decir algo mejor, para variar, pero Luis tenía razón.

—Sí que hay algo más que la ley puede hacer. Desde luego. Me vienen a la cabeza dos cosas. Podríamos llevar el caso a un juzgado federal y acusarla de privar a la víctima de sus derechos civiles, pero no depende de nosotros que se presenten cargos.

—Eso suena raro —dijo Raymond—. Llamar asesinar a alguien privarlo de sus derechos civiles.

—El primero y principal derecho fundamental que tenemos es el derecho a la vida. Pero hay una opción mejor, en mi opinión. Un juicio civil. La viuda lleva a la tiradora a un juzgado de lo civil. La carga probatoria es diferente, así que es más fácil de ganar. Lo que está en juego es su dinero, no su libertad, así que eso hace que el jurado sea menos pusilánime. Creo que es la forma de proceder, si me pides mi opinión. Esa mujer de gatillo fácil debería pagarles la universidad a los tres hijos Vélez. ¿Qué derecho tiene a quedarse en casa y gastarse todo su dinero, mientras la viuda lo pasa mal intentando sacar a esos tres niños adelante ella sola?

—¿Y qué pasa si no tiene tanto dinero?

—Pues que les pague, al menos, un par de años de universidad a los tres. Conoces a la viuda, ¿verdad?

—Sí, señor.

—Dile que me llame.

Su teléfono sonó y pulsó un botón, al parecer, el de manos libres.

—Dile que saldré en menos de un minuto, Marjorie.

—Solo hay un problema —dijo Raymond, ya de pie—. Me preocupa ella...

—¿Quién?

—La viuda. No estoy seguro de que ella pueda...

—Bueno, no hay duda de que está forrada —dijo Vélez, caminando junto a Raymond hacia la puerta.

—No, no está forrada.

—Se te da muy mal el sarcasmo, Raymond. Sé de sobra que una mujer con tres hijos y que, de repente, se queda viuda no nada en la abundancia. Si estuviera forrada, no sería tan importante sacarle algo a la señora Gatillo.

Se quedaron un instante junto a la puerta de la recepción. Vélez tenía la mano en el pomo.

—¿Está diciendo que la ayudará gratis?

—No, estoy diciendo que estoy considerando aceptar el caso a comisión. Si pierdo, no gano nada, pero no pienso perder. Cuando gane, me quedaré con un porcentaje de lo que el jurado conceda. Dile que llame y que pida cita.

Vélez abrió la puerta. Saludó con la cabeza a su siguiente cliente, una mujer que estaba sentada en la recepción.

Raymond cruzó la sala. Hacia la puerta principal.

—Eh —le oyó decir a Luis Vélez—, Raymond.

Se detuvo. Se giró.

—¿Hoy no es martes? —le preguntó el abogado.

—Sí, es martes.

—¿Te estás saltando las clases?

—No, señor. Son las vacaciones de primavera.

—Oh. Vacaciones. Han caído muy tarde este año.

—Sí, señor. Han caído muy tarde este año.

Raymond salió al pasillo lujosamente enmoquetado.

Bajó veintiún pisos solo en el ascensor, todavía procesando lo que acababa de pasar. Había conseguido una gran victoria, pero no fue consciente de ello hasta estar a medio camino del metro.

Todo había pasado tan deprisa…

—Quítate esos vaqueros —le dijo su madre—. Voy a poner una lavadora de color y necesito todos tus vaqueros.

—Los llevo puestos —le respondió Raymond.

Era una obviedad. Pero acababa de entrar por la puerta. Todavía le estaba dando vueltas la cabeza por todo lo que le había sucedido esa mañana. No estaba preparado para lidiar con el estilo de comunicación estridente de su madre.

—Pues ponte un pantalón de chándal o algo. Y si tienes tirado algo por el suelo de tu dormitorio, tráelo. Venga, date prisa. Solo tengo un día libre esta semana y tengo unas seis lavadoras que poner.

Raymond suspiró.

—No hay nada en el suelo de mi habitación. Nunca hay nada en el suelo de mi habitación.

«De hecho, ¿me conoces de algo?».

—Bien —respondió ella—, pues entonces solo dame los vaqueros.

Raymond estaba haciendo clic en «Enviar» en el correo electrónico que le había escrito a Isabel para contarle las novedades cuando su madre abrió la puerta de su dormitorio. Sin llamar.

—¿Y qué es exactamente esto? —le preguntó. Sonaba enfadada.

Sostenía en la mano lo que, obviamente, era un billete, pero no estaba lo suficientemente cerca de Raymond como para que pudiera ver de cuánto.

—No puedo verlo —dijo.

Su madre se acercó adonde estaba sentado, en su mesa, y se lo puso tan cerca que tuvo que apartar la cara para no recibir un puñetazo en la nariz.

Era un reluciente billete de cien dólares.

—Estaba en tus vaqueros. No has sido lo bastante listo como para haber revisado los bolsillos antes de dármelos.

Al principio, se quedó mirándolo. Lo estaba sujetando tan cerca de su cara que se puso bizco al mirarlo. Unos segundos después, todo encajó en su cabeza.

—Ah, ya. Cada vez se le da mejor. Ni me he dado cuenta.

289

Miró a su madre, que lo observaba como si le estuviera a punto de reventar la cabeza, dejando escapar una enorme nube de vapor hirviendo.

—¿Pues me gustaría saber de dónde ha salido exactamente? —le gritó.

—No, solo es... No es nada. No es... es solo un tipo que da dinero anónimamente a la gente que cree que lo merece.

—¿Qué has hecho exactamente para merecerlo?

—Nada. Solo intentar ayudar a una amiga. Estaba haciendo una consulta para una cosa que necesitaba para una amiga. No he hecho nada malo.

—¿No estarás vendiendo drogas?

—Por supuesto que no.

—¿O a ti mismo?

—Por Dios, mamá. ¿Es que no me conoces? Quiero decir... ¿Acaso no me conoces en absoluto o qué?

—Yo solo sé que has salido mucho últimamente.

—Solo he estado por ahí con mis amigos.

—Todos los susodichos, adultos. Lo que es raro.

Lo que sí era raro es que su madre usara la palabra «susodicho», pero no dijo nada.

—Los susodichos no están metidos en nada de lo que me estás acusando.

Su madre lo miró en silencio durante unos segundos. Luego soltó un largo y audible suspiro y Raymond supo que lo dejaría estar.

—Vale, bien —dijo antes de salir por la puerta.

—Eh. ¿Mamá?

—¿Qué?

No dijo nada. Simplemente alargó la mano. Ella suspiró, volvió a la mesa y le devolvió el billete de cien dólares.

«Buen intento», pensó mientras su madre se iba sin mediar palabra. Esta vez fue lo suficientemente inteligente como para guardarse sus pensamientos para sí mismo.

Llamó a la puerta de la señora G una hora después, usando su repiqueteo especial «Soy Raymond». En una mano llevaba un ramo de lirios y rosas que destacaban por su color de las flores blancas de velo de novia. En la otra, tenía una pequeña caja de una tienda que se hacía llamar chocolatería. En ella, cuatro carísimas trufas de chocolate artesanales.

Había tenido que andar mucho para hacerse con todo aquello. En su barrio no había floristerías ni chocolaterías en cada esquina.

—Entra, Raymond —le gritó a través de la puerta.

Entró con las llaves.

Estaba sentada en el sofá, desplomada hacia delante, con el mentón casi apoyado en el esternón, como si mantener la cabeza erguida le supusiera un esfuerzo mayor del que estaba dispuesta a hacer. Seguía vestida con su camisón, con una bata de felpa azul por encima.

—Huelo a flores —dijo. Sin energía, en opinión de Raymond.

—Eso es porque he traído flores.

Se quedó de pie en mitad del salón durante un instante con la esperanza de que ella dijera algo más, de que reaccionara de alguna forma.

Cuando no lo hizo, añadió:

—¿Tiene algún jarrón o algo así donde pueda ponerlas?

—En el armario que hay encima del frigorífico. Ese armario está muy alto. Quizá tengas que subirte en una silla. Lo guardé tan arriba cuando Rolf murió porque no imaginé que nadie más pudiera regalarme flores.

—Soy alto —dijo.

—Eso es cierto. Lo eres. Bueno, veamos a ver si llegas.

Entró en la cocina y cogió uno de sus tres jarrones sin problemas. Al alcanzarlo, tuvo la punzante sensación en algún lugar de su mente de que eso tenía algo que ver con el estado emocional y mental de la anciana. Si le hubiesen preguntado, no habría sido capaz de explicarlo. Solo era una sensación de que todo iba mal.

Echó agua al jarrón en el fregadero. Desenvolvió el ramo y tiró el papel. Dispuso las flores con cuidado en el jarrón de forma que lucieran bien.

Las llevó a la mesa del comedor.

—¿Me haces un favor? —le preguntó la señora G con un fino hilo de voz.

—Por supuesto. Lo que necesite.

—¿Podrías acercarlas un segundo?

Raymond llevó las flores hasta donde estaba, se sentó en la esquina del sofá y se las acercó. Ella levantó el mentón, un gesto prometedor. La observó mientras inspiraba profundamente. Entonces, levantó su arrugada mano y empezó a explorar las flores con el tacto.

—Rosas —dijo—. Y lirios. Me encantan los lirios. ¿Y estas florecitas son velo de la novia? Gracias por regalármelas. Son muy bonitas.

Raymond se quedó sentado más tiempo del necesario y se dio cuenta de que había esperado más bien que dijera algo como «Deben de ser muy bonitas». No «Son muy bonitas». Era la primera vez que se paraba a pensar que algo podía ser bonito a pesar de no poder verlo. Se alegró de saberlo. Se alegró por ella.

—También le he traído esto.

Le entregó la pequeña caja de la chocolatería y ella la levantó con cuidado, como si su contenido pudiera ser frágil como un huevo hueco. Inspiró profundamente.

—Oh, huele muy bien. Hace siglos que no como un buen chocolate. Pero dime, Raymond, ¿por qué te gastas tanto dinero en mí? Me siento mal por eso. ¿No deberías gastarte el dinero en tus cosas?

—Es solo que he recibido algo de dinero inesperadamente —dijo.

Se sentó en silencio y la observó mientras le daba un mordisquito a una trufa de chocolate.

Y entonces añadió:

—Lo digo mucho, ¿no?

—Estaba a punto de señalártelo. ¿Cuál es tu secreto? Millones de personas querrían saberlo.

—No estoy seguro.

Sí que tenía una opinión al respecto, pero no se sentía preparado, ni siquiera capaz, de traducirla a palabras. Era algo que había empezado a suceder después de que Raymond empezara a prestar ayuda. Cuanta más gente lo veía intentando ayudar a alguien, más parecían querer ayudarlo.

—Espero que no le importe —dijo—. Le he dicho a la familia Vélez, la otra familia Vélez, que iríamos a comer con ellos este domingo.

Esperó, pero ella solo suspiró. No se negó, lo que ya le pareció un avance.

—Solo quiero ayudarla a que vuelva a ser la de antes —añadió.

—Sí, lo sé. Y lo siento mucho, Raymond. Sé que quieres que supere todo esto, pero hay partes de mí que jamás he conseguido dejar atrás tras décadas de vida. Siento que se me ha roto el alma en tantos pedazos que no puedo imaginarme recogiéndolos todos e intentando recomponerla. Y me siento culpable porque me gustaría hacerlo por ti. Ha sido muy amable por tu parte gastarte ese dinero para regalarme flores y bombones. Y eso no quiere decir que no me haya animado tu regalo. Por supuesto que sí. Es como una luz en la oscuridad. Una pequeña llama en la noche infinita. Es un gran consuelo tenerte a ti y contar con tu amabilidad, pero sigue siendo una larga noche.

Raymond permaneció sentado en silencio unos segundos. Los dos se mantuvieron callados.

—Pero vendrá conmigo el domingo, ¿verdad?

—Sí —dijo ella, más resignada que motivada—. Iré porque es importante para ti que vaya y tú eres muy importante para mí.

Raymond estuvo a punto de contarle que Don Luis Javier Vélez quizá presentara el caso civil. Puede que, al final, la tiradora absuelta tuviera que pagarles la universidad a los tres hijos de Luis. Abrió la boca para contárselo, pero luego la volvió a cerrar y decidió esperar hasta estar seguro de que de verdad aquello iba a pasar. No creía que pudiera soportar una decepción más.

—Espero que os guste el pollo con bolitas de masa —dijo Sofía Vélez.

Ya los habían llamado a la mesa. Raymond y la señora G estaban de pie, junto a la puerta del comedor, cogidos del brazo, esperando a que les dijeran dónde tenían que sentarse.

—¡Oh, genial! —dijo la señora G. Raymond no sabía muy bien si su entusiasmo era auténtico o si lo estaba fingiendo por educación, pero, de ser así, no le había salido nada mal—. Es una de mis comidas favoritas. Solía preparar esa receta para mi marido, pero hace años que no como ese plato.

—Suena bien —dijo Raymond, aquello no se parecía a nada que hubiera comido antes.

Luis hijo les señaló un par de sillas situadas en el centro de la mesa, apartó con cuidado una para la señora G y la sujetó y guio para que se sentara. Esperaron a que todos los miembros de la familia ocuparan su lugar en torno a la mesa. Los Vélez eran tantos que a la familia le costó un buen rato sentarse.

—La abuela va a bendecir la mesa —dijo Luis padre.

Al principio, Raymond se sintió alarmado y luego aliviado. Teniendo en cuenta que era judía, no estaba seguro de cómo se sentiría la señora G con una oración cristiana. De todas formas, ella no tenía que bendecirla. Solo tenía que escuchar. Y, además, como la abuela bendeciría la mesa en español, no pasaría nada. Seguro.

Luisa, la adolescente que le había dado la medalla, estaba sentada a su izquierda. Deslizó su mano en la suya. Al principio, lo sorprendió, pero entonces levantó la mirada y vio que todo el mundo se había dado la mano. Cogió la mano de la señora G con la mano derecha.

La abuela pronunció cuatro o cinco frases en español y entonces dijo:

—Amén.

Raymond no sabía si había acabado su oración en inglés o si la palabra era igual en ambos idiomas.

—Amén —dijo Raymond, no veía cómo o por qué no debía hacerlo.

—Amén —dijo la señora G.

Se soltaron de la mano y Luis padre empezó a servir los platos, que se fueron pasando a lo largo de toda la mesa.

—¡Oh, huele de maravilla! —dijo la señora G.

—Bueno, espero que les guste mi comida —dijo Sofía—. Nos alegra mucho que hayáis venido. Nos alegra mucho volver a ver a Raymond. Nos causó una gran impresión. Estaba tan triste por creerse incapaz de darle la ayuda que necesitaba. Ya sabe. Encontrar al otro Luis Vélez. Y, entonces, cuando supimos lo que había pasado...

En el comedor se hizo el silencio, solo interrumpido por el sonido de los platos al servirse, pasarse y colocarse.

—Lo que quiero decir —continuó Sofía, titubeante— es que tiene mucha suerte de tener un amigo tan considerado.

—Y soy muy consciente de ello —respondió la señora G. Cogió un poco de pollo con bolitas de masa—. No pasa ni un solo día en que no me sienta agradecida.

Probó la comida y todo el mundo la observó y esperó su reacción. Todo el mundo. Incluso la niña pequeña. Quizá porque había dejado bien claro que le encantaba esa comida.

—¿Está tan bueno como el que solía preparar usted? —preguntó Sofía.

—No, este está mejor. A mí jamás me salió tan rico. Y, si se me permite decirlo, era una cocinera bastante buena.

—Me alegra que le guste.

Comieron en silencio un minuto o dos. Raymond se quedó embelesado con la comida. Era más sustanciosa de lo que estaba acostumbrado. Cada mordisco que se metía en la boca parecía hacerse más contundente que el anterior.

Sofía volvió a hablar.

—He estado pensando sobre la pregunta que me hizo Raymond.

Dirigió su comentario más o menos donde se encontraba la señora G.

—Creo que desconozco la pregunta —respondió la señora G.

—Oh, lo siento. Me preguntó qué se puede hacer por una persona que está pasando un mal momento. —Raymond sintió que se ruborizaba mientras ella hablaba—. Y, en realidad, no lo sé. Lo único que se me ocurre es que es importante saber que la gente se preocupa. No solo por ti, aunque eso también sea algo bonito, sino también por lo que ha pasado. Con su amigo, con el amigo que perdió. Lo he pensado y creo que el juicio me habría resultado muy triste porque habría sido como si el jurado dijera que mi amigo no importaba. Así que solo quería que supiera que nos importaba a todos los que estamos ahora sentados a esta mesa.

Raymond observó a la señora G con atención mientras masticaba y tragaba.

—Gracias —respondió ella—. Eso ayuda un poco.

—Espero que nos crea —añadió Luis padre.

—Por supuesto que sí. Claro que los creo. Porque comprenden lo que significa ser Luis. Me temo que fue justo eso lo que le faltó al jurado.

Comieron en un silencio extraño un segundo o dos.

Entonces la abuela empezó a hablar en español muy deprisa. Raymond esperó, paciente, tanto a que acabara de hablar como a que alguien se lo tradujera. De forma vaga y distante, deseó haber seguido estudiando el idioma.

Cuando por fin terminó, la señora G lo sorprendió respondiéndole directamente.

—*Lo recuerdo también* —le dijo.

Raymond miró a la señora G un instante. Todo el mundo en la mesa la miró.

—¿Habla español? —preguntó.

—Un poco. Sí. Le pedí a Luis que me enseñara. Primero le pedí que me enseñara a decir «Lo siento, no hablo muy bien español». Quería poder disculparme ante un hispanohablante por no conocer bien su idioma. Porque me di cuenta de que todo el mundo en esta ciudad parecía hacer lo opuesto. Ya sabes, hacerlos sentir culpables por no hablar inglés. Pero luego decidí que no era suficiente, porque ¿por qué disculparse por no poder hacer algo que resulta fácil aprender a hacer?

—No me sorprende que Luis la quisiera tanto —dijo Luisa.

—Oh, y el sentimiento era mutuo, cariño. Lo adoraba. Luis ya tenía edad suficiente como para ser mi nieto, pero para mí era como un hijo. Bueno, Luis era más que un miembro de mi familia. Era... No estoy segura de poder encontrar la palabra adecuada. Era un héroe en mi vida. Sí. No es exagerar. Era mi héroe. El mundo está lleno de hombres que intentan mostrar lo que significa ser un hombre, pero, en realidad, no lo saben. Creen que significa ser duro, no sentir, no revelar nada. Y entonces apareció Luis y decidió que su definición de hombre era alguien a quien no le asustaba ser amable, algo que requiere coraje. ¿No creen?

—Sí que requiere coraje —respondió Luis padre. Pero a Raymond le sonó un poco melancólico. Como si le quedara mucho camino por delante para conquistar esa montaña.

—¿Y qué ha dicho la abuela? —preguntó Raymond con la esperanza de llevar la conversación a temas más livianos.

—Bueno, si no estoy equivocada —respondió la señora G—, nos estaba contando que cuando ella era pequeña, el barrio celebraba una fiesta en memoria de la persona caída en desgracia. Si al mundo no le importaba esa persona, al barrio sí le importaba. Yo le he dicho que yo también lo recordaba. En el barrio en el que vivimos ahora, el barrio al que yo me mudé, Raymond, se habría celebrado una fiesta. Recuerdo que despidieron de su trabajo a un hombre. Su mujer acababa de tener un bebé, su primer bebé, y estaban a punto de ser desahuciados por no pagar el alquiler. Así que los vecinos organizaron una fiesta e hicieron una colecta y consiguieron suficiente como para sacarlos del apuro hasta que volvió a encontrar trabajo. Pero bueno, mejor no hacer suposiciones porque mi español está lejos de ser perfecto y puede que la abuela no haya dicho eso en absoluto.

—No, no se equivoca —dijo la abuela en inglés con un marcado acento—. Eso es justo lo que he dicho.

—¿Habla inglés? —dijo Raymond sin pensar. Luego sintió vergüenza por haber supuesto lo contrario.

—Sí —dijo la abuela—. Así es. Pero en mi casa, me gusta hablar en mi propio idioma, el que me resulta más familiar.

—Claro —reaccionó Raymond—. Lo entiendo.

Y así era. Es importante sentirte en casa cuando estás en casa.

—¡No puedo creerlo! —gritó Sofía desde la cocina—. ¿Quién ha dejado el helado fuera?

Asomó la cabeza en el comedor.

—¿Quién ha hecho esto?

Raymond ya sabía que había sido Luis hijo, porque el chico se estaba encogiendo frente a él, con la cabeza cada vez más oculta tras el cuello de su camisa, como una tortuga metiéndose en su caparazón.

Sofía se dio cuenta y lo fulminó con la mirada.

—Lo siento, mamá —dijo el chico con una voz apenas audible.

—¿Y se puede saber por qué lo has sacado del congelador?

—Solo me he comido una cucharada.

—Bueno, ¡una cucharada más de la que deberías! —gritó—. ¿Y luego vas y te lo dejas en la encimera? ¿Cómo puedes ser tan descuidado? ¿Cómo puedes no haberte dado cuenta de que no lo habías devuelto a su sitio?

—Lo olvidé —dijo Luis hijo, con la cara roja como el fuego.

—Vete a tu habitación —le dijo su padre.

El chico se fue de la mesa.

—¿Se puede salvar algo? —le preguntó Luis padre a su mujer.

—No, está completamente derretido.

—Así que tenemos tarta, pero no tenemos helado —dijo Luis—. Nos las arreglaremos.

—¡Pero es un día especial con compañía especial y quería servir tarta de chocolate con helado de vainilla!

—Puedo ir corriendo a la tienda y comprar más —se ofreció Luisa.

Pausa.

Entonces, Sofía preguntó:

—¿Sola, *m'ija*?

—Es media tarde, mamá. Si eso te hace sentir mejor, Raymond puede acompañarme.

—¿Yo? —preguntó Raymond. Y lo lamentó al instante. Se inclinó a su derecha y le susurró a la señora G—. ¿Estará bien aquí sin mí si me voy?

—Por supuesto —le dijo ella—. Estaré bien, charlando con esta adorable familia.

—Vale —le dijo Raymond a Luisa.

—Bien. Vamos entonces.

Camino de la tienda, prácticamente no cruzaron palabra. Solo caminaron. Pero ya de vuelta, con el helado en la mano, Raymond pudo sentir que ella no paraba de mirarlo. Pudo verlo gracias a su visión periférica. Se sintió incómodo. Pero no se atrevió a comprobarlo.

—Entonces... —empezó ella, vacilante—, tengo que preguntarlo. ¿Te la has vuelto a poner porque sabías que me ibas a ver? ¿O la has llevado puesta todo el tiempo?

—¿La medalla? La he llevado puesta todo el tiempo.

—Bien. ¿Sabes? Estaba muy preocupada por ti cuando te fuiste. Si hubiera tenido tu número, te habría llamado.

—No lo sabía, pero no tenías por qué preocuparte por mí. Tendrías que haber estado preocupada por la señora G. No era yo quien tenía problemas. Yo solo estaba preocupado por ella.

—Pero yo no la conocía a ella. Te conocía a ti.

Raymond no respondió porque sonó un poco como algo que podría decir un miembro de un jurado si fuera tan sincero y espontáneo como una adolescente.

—Entonces, ¿crees que estará bien? —le preguntó ella.

—No tengo ni idea. Lo que está claro es que no está bien ahora mismo.

—Es muy amable por tu parte que cuides tanto de ella.

—Es mi amiga.

Luisa lo detuvo de repente. Y literalmente. Lo cogió de la manga y lo hizo parar en seco en la acera. Casi tira el helado. Se quedaron uno frente al otro en un extraño silencio uno o dos segundos. Ella lo estaba mirando directamente a la cara, pero él era incapaz de despegar los ojos del suelo.

—¿Qué? —le preguntó Raymond, a la defensiva.

Ella se puso de puntillas y lo besó brevemente en los labios. Luego volvió sobre sus talones, sin apartar la mirada de su cara.

—Oh —dijo—. No querías que hiciera eso, ¿verdad? Lo siento. Es solo que pensé que eras un chico tímido, pero que yo te gustaba.

—Y me gustas —respondió—, pero así no.

—No.

Silencio. Le soltó la manga y Raymond volvió a caminar. Deprisa. Ella tuvo que acelerar el paso para seguirle el ritmo.

—¿Es que te gusta otra persona? ¿Es eso?

—No —contestó Raymond, deseando poder hablar de otra cosa.

—¿Prefieres a las chicas de tu edad?

—No.

—¿No te gusta nadie?

—No.

—Pero te ha gustado alguien, ¿no? Seguro. Es decir, tienes... ¿qué? ¿Dieciséis?

—Diecisiete.

—Oh. Vale. No tenemos que hablar del tema si no quieres.

—Gracias —dijo Raymond, acelerando, sin apartar la mirada de la acera.

Casi choca con un hombre bajito y fornido que le dijo:

—¡Eh! ¡Mira por dónde vas, chico!

—Lo siento —masculló Raymond antes de seguir caminando deprisa.

—¡Eh, espera! —le gritó Luisa desde atrás—. Yo no puedo andar tan deprisa.

Redujo el paso para esperarla, pero le costaba mucho frenarse. Quería volver al apartamento lo antes posible y dejar de estar a solas con Luisa.

—No, en serio —le dijo, como si jamás hubiera prometido dejar de hablar del tema—. ¿No te gusta nadie y jamás te ha gustado nadie?

—Eso es —respondió, sintiendo cómo el helado le enfriaba el costado. Quizá lo estuviera sujetando con demasiada fuerza.

—¿Y eso es... algo? ¿Hay gente así?

—Sí.

—Así que tú nunca...

Arrastró las palabras, como si no quisiera continuar. Desde luego, Raymond esperaba que no lo hiciera.

—¿Y formarás una familia?

—Puedo tener una familia. La señora G dice que puedo tener el tipo de familia que quiera. Puedo... No sé. Un grupo de amigos o alguien que se sienta igual que yo.

—¿Pero no quieres tener hijos?

—Nunca me lo he planteado. Quiero decir que… jamás me he imaginado teniendo hijos, no.

—Oh —dijo—. Bueno. No quería hacerte sentir que no está bien ser como quieras ser.

Pero lo había hecho.

—Podemos hablar de otra cosa si lo prefieres.

—Sí, por favor —dijo Raymond antes de añadir—: De todas formas, gracias por fijarte en mí.

Recorrieron el resto del camino en silencio.

Raymond y la señora G se sentaron en el sofá del salón juntos, después del postre, esperando a que llegaran sus tazas de té. Habían enviado a todos los niños salvo a la pequeña a hacer los deberes a sus respectivos dormitorios, incluida Luisa. Todo un alivio para Raymond.

La señora G se inclinó y le susurró al oído.

—¿Qué te pasa?

—Nada —respondió.

—Bien. Vale. Ya me lo contarás luego.

Sofía entró en la habitación con la leche y el azúcar y los dejó en la mesita que había frente a ellos.

—Lo siento mucho —dijo Sofía.

—¿Por qué? —preguntó la señora G.

—Oh, por todo lo que ha pasado. Quería que nos vieran como una familia feliz. Y, bueno, somos felices. No quiero que piensen que queríamos engañarles para que creyeran que somos felices, pero luego ha surgido ese problemilla.

—¿Y dónde he estado yo cuando ha ocurrido eso? —preguntó la señora G.

Sonaba cansada. Raymond podía notarlo en su voz.

—El problemilla. Ya sabe. Con el helado. Y que nuestro hijo Luis tuviera que irse de la mesa.

—Ah, ¿eso? Oh, Dios mío, eso no ha sido nada. Yo no le daría más vueltas. Es un niño. Y los niños hacen cosas así. No tienen el cerebro completamente desarrollado. Son lo que son.

—¿Lo ves, Sofía? —dijo Luis padre.

Había entrado en el salón y se disponía a sentarse. El sonido de sus palabras hizo que Raymond se diera cuenta, por primera vez, de que el hombre estaba al alcance de su oído.

—Ya te he dicho que te había parecido peor a ti que a ellos.

Se dejó caer en una butaca orejera y suspiró, con ambas manos sobre el estómago.

—Oh, Dios mío, sí —dijo la señora G—. No conozco ninguna familia que no tenga problemillas de ese tipo. ¿Quién fue quien dijo...? No recuerdo de quién era la cita, pero alguien dijo que cuando decides entre quedarte solo o tener familia, estás eligiendo entre sentirte solo o sentirte desbordado.

Sofía rompió a reír, ya parecía sentirse mejor.

—Bueno, en cualquier caso, dejo que los chicos se expresen. Luisa no ha dejado de hablar de Raymond desde la última vez que estuvo aquí.

—Ah —dijo la señora G—. Entiendo. Eso explica muchas cosas.

Raymond, al sentirse descubierto, se aseguró de no decir nada más.

—Espero que lo entiendan —dijo la señora G como diez minutos después—. Pero estoy muy cansada. Me canso mucho cuando salgo. Y, luego, he comido demasiado. No había comido mucho últimamente, pero todo estaba tan rico que me he llenado y ahora me siento como si me fuera a quedar dormida en cualquier momento.

—¡Pero si apenas ha comido nada! —exclamó Sofía.

Raymond deseó que no hubiera dicho eso. Si conociera a la señora G, sabría que la anciana había comido mucho más de lo habitual en ella.

—Pero lo entendemos —dijo Luis—. Eso sí, tiene que prometerme que volverá otro día y eso no es negociable.

Se levantó y se acercó al sofá. Ayudó a la señora G a levantarse.

—Lo prometo —dijo la anciana—. Muchas gracias por su hospitalidad. Me quedaría más tiempo, pero estoy agotada.

Raymond la agarró del brazo por si le costaba mantenerse de pie, algo que le solía suceder cuando estaba cansada. Luis le dio un golpecito en el hombro y, cuando Raymond se giró, vio un billete de veinte dólares en su mano y quizá hubiera otro billete debajo.

—Coged un taxi —le dijo.

—Gracias —le dijo Raymond antes de coger el dinero.

De haber estado solo, lo habría rechazado. Podía coger el metro sin problemas. Pero la señora G estaba cansada y lo aceptó.

Ambos iban sentados en el asiento de atrás del taxi y Raymond no apartaba la mirada del taxímetro.

Había empezado a llover y las calles iban pasando bajo patrones de gotas de agua por las ventanillas del vehículo. Raymond podía oír el característico sonido de las ruedas, chirriando bajo el asfalto mojado.

Las parejas caminaban por la calle, cogidas de la mano, bajo sus paraguas o corriendo si no tenían ninguno. En una esquina, Raymond vio a una pareja en la acera, mirándose el uno al otro, discutiendo a gritos e ignorando la lluvia.

—¿Cree que alguna vez tendré una familia? —le preguntó a la señora G.

—Ah, vale, ¿es eso lo que tanto te preocupa? Sí, por supuesto que sí, si es que la quieres.

—¿Pero qué clase de familia?

—Eso es lo último que deberías preguntarte, Raymond, porque esa es la parte que menos importa. La clase que quieras. Si quieres más intimidad emocional, tendrás una pareja que entienda cómo eres. Si quieres tener hijos, pues los tendrás. Propios, adoptados o en acogida. O simplemente serás el mejor tío del mundo para los hijos de tus amigos. Una familia es amor. De qué tipo o cómo funciona es lo de menos. Eso es solo algo por lo que te preocupas antes de saber que esos detalles no son para nada lo más importante.

Capítulo 18

EL VIOLONCHELISTA

Raymond iba caminando del apartamento de su padre al metro cuando lo oyó por primera vez. Era una nota musical sostenida, tocada en directo por algún instrumento de cuerda. Tenía una resonancia que podía sentir en sus entrañas, como si la cuerda viviera en su intestino grueso, justo debajo del estómago, y algún arco invisible la estuviera haciendo vibrar. Era una bonita nota grave, pero también casi insoportablemente triste. Las lágrimas brotaron de sus ojos casi al instante, algo que lo sorprendió bastante.

Se quedó de pie, en mitad de la acera y miró a su alrededor hasta que encontró al músico. Era un hombre de mediana edad, sentado en un taburete de tres patas, en una esquina, cerca de las escaleras del metro, tocando el violonchelo. Calvo salvo en las sienes, tenía el pelo gris y alborotado. Frente a él, en la calle, había colocado un sombrero bocarriba en el que Raymond vio unos cuantos billetes de un dólar.

Se acercó.

El hombre levantó la mirada y le sonrió un instante antes de volver a centrar su atención en el instrumento.

Raymond se agachó para escucharlo mejor. Era una pieza clásica lenta y sentida. Cuanto más escuchaba, más le costaba contener las lágrimas. Las notas parecían ser capaces de encontrar la pena de Raymond en los lugares en los que se había escondido y sacarla a la luz. Se secó las lágrimas con la manga.

Sacó un billete de cinco dólares de su bolsillo y lo dejó en el sombrero de aquel hombre. Era el único billete mayor de un dólar que había recibido el músico.

Mientras, el violonchelista prolongó la última nota y se hizo el silencio en la calle. Bueno, vale, el silencio en términos musicales. Los sonidos de la ciudad seguían ahí, para nada comparables con aquella música, en opinión de Raymond.

—Gracias —le dijo el hombre, mirándolo directamente a la cara. Raymond hizo todo lo posible por no cruzar la mirada con el violonchelista—. Es un verdadero regalo. De hecho, puedo almorzar con eso.

Silencio. Raymond no lo rompió. Esperaba que el músico volviera a tocar. Pero se limitó a seguir observándolo, como si tuviera monos en la cara.

—Parece que la música te pone triste —le dijo el hombre.

—Supongo —respondió Raymond, aún deseoso de que volviera a tocar.

—Pero tú ya tenías esa pena dentro antes de que oyeras mi chelo.

—¿Cómo lo sabe?

—El violonchelo es un instrumento sorprendente. Puede atravesar los muros de una persona y sacar cosas a la superficie. ¿Por qué crees que lo toco? Pero no puede sacar algo que no estuviera ahí dentro antes.

Entonces, volvió a tocar. Se sentó con las piernas cruzadas sobre el hormigón y escuchó. Las lágrimas volvieron a brotar. Raymond era incapaz de contenerlas. Así que, pasado un tiempo, dejó de intentarlo.

Parecía producir una sensación física real en su interior, una especie de dolor que subía y bajaba con la música, que rebotaba por dentro a medida que cada nota se desvanecía y moría.

Una vez acabada la pieza, que el arco del hombre se quedara quieto y sus cuerdas enmudecieran, Raymond le hizo una pregunta.

—Si atraviesa los muros y te saca cosas, cosas que duelen, ¿por qué estoy sentado aquí, oyéndolo? ¿Por qué no he corrido en dirección contraria?

—Porque es mejor sentirlo.

—Si duele, no.

—Sobre todo si duele. Recuerda que ya estaba ahí. Y como un viejo amigo mío solía decir: mejor fuera que dentro.

Y, entonces, tocó otra pieza.

Cuando el arco se volvió a detener y la última nota se evaporó, Raymond le hizo otra pregunta.

—¿Estará aquí dentro de una hora o así?

—Hijo, voy a estar aquí todo el día.

—Vale —dijo Raymond—. Gracias. Ahora vuelvo.

—Tiene que prepararse para salir —le dijo a la señora G—. Por favor. Quiero llevarla a un sitio.

Estaba acurrucada en el sofá, todavía en camisón, despeinada y desaliñada, con la gata ronroneando en su regazo.

—Oh, Raymond —le dijo, seguido de un profundo suspiro—. ¿Por qué no vas a hacer la compra sin mí?

—No es ahí donde quiero llevarla.

—Entonces, ¿adónde?

—No quiero decirlo. Quiero que confíe en mí.

—Ya es tarde. Me canso mucho por la tarde.

—De verdad que creo que merecerá la pena —la animó—. Por favor, confíe en mí.

En cuanto lo dijo, supo que no se negaría. Su acuerdo tácito era que él hacía todo lo posible por ella y, a cambio, pedía lo menos posible. Pero si Raymond le pedía que hiciera algo, siempre que fuera razonable y estuviera a su alcance, al menos tenía que intentarlo. Otro suspiro profundo. Entonces, apartó a la gata y se levantó con gran esfuerzo. Raymond le ofreció su mano para ayudarla, pero la anciana no lo advirtió.

—Bien —dijo ella, arrastrándose despacio a su dormitorio—. Dame diez minutos. Dale de comer a la gata mientras tanto, por favor.

—Tuve un sueño anoche —le dijo durante el trayecto en metro al Midtown.

Raymond esperó, pensando que diría algo más, pero parecía que ella también estaba esperando, como si quisiera estar segura de que realmente quería oírlo.

—¿Qué soñó? —le preguntó un rato después.

—Soñé con mi amiga Anna. Annaliese Schmidt. Era mi mejor amiga del colegio, en Alemania. Tenía la misma edad en mi sueño, la edad que tenía cuando la vi por última vez. Yo tenía más de noventa y Anna seguía siendo una niña y, a pesar de todo, me hablaba como si fuéramos iguales. Me dijo algunas cosas muy duras.

Pausa. Raymond casi llegó a pensar que tendría que animarse a preguntar. Pero, entonces, la señora G se aclaró la garganta y continuó.

—Me dijo que estaba siendo muy egoísta al basar mi participación en este mundo en función de si me resultaba agradable o no en ese momento. Dijo que, por supuesto, el mundo podía ser cruel, eso es un hecho. Me preguntó si sabía lo que ella habría dado por llegar a los noventa y dos años.

—Vaya —dijo Raymond.

La anciana parecía haber acabado. Observó su perfil para ver si estaba alterada por lo que le estaba contando, pero su rostro permaneció relajado y tranquilo.

Se quedó allí sentado, con una pregunta en la mente, mientras el vagón del metro traqueteaba por el túnel. Entonces, la pregunta lo superó y lo dominó y ya no se pudo contener.

—¿Y cree que solo fue un sueño?

—¿En lugar de qué?

—No lo sé. No sé cómo decirlo. En lugar de que la auténtica Anna fallecida quisiera decirle eso.

Se hizo otro silencio mientras la anciana reflexionaba.

—Eso es lo que creo —respondió—. Da igual si esas palabras procedían del alma de Annaliese Schmidt o del interior de mi propio cerebro. Creo que lo único que importa es que esas palabras eran correctas.

—Oh —dijo Raymond y, pasado un tiempo, añadió—: ¿Son correctas?

—Eso creo —dijo ella—. Sí.

Salió del metro, al Midtown, con la mano de Raymond en la parte baja de la espalda. Ayudándola. Se detuvo al final de la escalera, casi a nivel de la calle, y levantó la barbilla, como si hubiera algún olor mágico en el aire.

—Escucha —dijo.

El violonchelista todavía estaba tocando.

—Lo sé —dijo Raymond—. A mí también me gusta. Creo que es muy bonito. Triste, pero bonito.

—¿Podemos acercarnos y escuchar?

Se acercaron al violonchelista y escucharon en silencio. Mientras el hombre tocaba, no los miró. Parecía completamente inmerso en la música.

Raymond miró a su amiga y la encontró llorando en silencio. Grandes lágrimas, una tras otra, rodaban por sus arrugadas mejillas y su mentón. Al verlo, él también volvió a llorar.

Ella se acercó a él y se puso de puntillas, sujetándose a su antebrazo. Le susurró lo más cerca del oído que pudo. No quería molestar al músico.

—¿Estoy impidiendo que vayamos a ver lo que querías enseñarme? ¿Adónde querías llevarme?

—Aquí —le susurró a su vez—. Esto es lo que quería enseñarle.

Volvió a apoyar los talones. Juntó las manos frente a su cara, como si estuviera rezando, y luego se las llevó al corazón.

El violonchelista acabó su pieza y miró a Raymond, esbozando una enorme sonrisa al reconocerlo.

—Has vuelto.

—He traído a una amiga —dijo Raymond.

—Gracias. Me siento muy honrado. La mayoría de la gente no me presta demasiada atención. Las personas son curiosas, ¿verdad? Solía tocar para la filarmónica y la gente pagaba bastante por las entradas. Mucho dinero. Pero ahora me siento aquí y toco la misma música y la mayoría no me echa ni un cuarto de dólar al pasar. La misma música. Una forma radicalmente distinta de valorar las cosas.

—¿Tocaba usted en la Filarmónica de Nueva York? —preguntó la señora G, con la voz teñida de asombro.

—Oh. No. No tocaba en esa filarmónica. Nada tan importante. De una ciudad más pequeña. Ahora no quiero decir qué ciudad porque han pensado que era Nueva York y sería una total decepción.

Guardaron silencio un instante. El violonchelista se sentó y Raymond y la señora G se quedaron de pie, pero no parecía decidido a tocar otra pieza.

—Mi padre tocaba el violonchelo —dijo la señora G—. Cuando era pequeña. Entonces nos mudamos a Nueva York y jamás volvió a tocarlo. Se lo trajo, pero jamás volvió a sacarlo de su funda hasta el día de su muerte. Así que me resulta muy emotivo escucharlo. No recuerdo habértelo contado. ¿Te lo había contado, Raymond?

—No —respondió Raymond.

—Entonces, ¿solo ha sido una coincidencia?

—Yo solo pensé que era bonito —respondió—. Triste, pero bonito.

—Sí —dijo el violonchelista—. Eso es lo que más me gusta del instrumento. Imita la vida a la perfección. La cantidad justa de belleza. La cantidad justa de tristeza.

Entonces, levantó su arco y volvió a tocar. Más lágrimas rodaron por las mejillas de la señora G.

A mitad de la pieza, un camarero apareció de ninguna parte, acercándose desde la terraza de una cafetería cercana, dos edificios más abajo. En la mano derecha llevaba una silla de madera de talla intrincada con un asiento de tela bordada.

—He pensado que quizá querría sentarse —le dijo a la señora G—. Solo tiene que devolvérmela cuando se vaya.

Ambos le dieron las gracias y Raymond la cogió del brazo para ayudarla. Suspiró al sentarse, casi un gruñido. Sin duda, todo un alivio para sus pies.

—Es una maravilla —le dijo en voz baja a Raymond, que estaba agachado a su lado—. Es como un concierto solo para mí. Hace décadas que no voy a un concierto.

Abrió su bolso y buscó su cartera. La abrió y sacó el borde de unos cuantos billetes.

—¿De cuánto son? —le preguntó.

—Todos son de cinco.

—¿No hay ninguno de diez?

—No, solo de cinco.

Sacó dos billetes y se los entregó a Raymond.

—Échalos en su... lo que quiera que está usando para recoger el dinero.

Raymond los puso en el sombrero del chelista.

De repente, el hombre dejó de tocar. Justo en mitad de una nota. Levantó la mano que no sujetaba el arco y le dedicó un gesto grandilocuente de agradecimiento, como si estuviera agitando un sombrero de fieltro invisible.

—No puede verlo —le dijo Raymond.

Solo entonces se dio cuenta de que no había cogido su bastón rojo y blanco. Quizá el cansancio y la falta de ánimo hubieran hecho que se olvidara de cogerlo. O puede que confiara en que él le dijera todo lo que necesitaba saber sobre la acera bajo sus pies.

—¿Me he perdido algo? —preguntó ella.

—Un gesto de gratitud —le dijo el violonchelista.

Durante un instante, apoyó un codo en una de sus rodillas, como si hubiera perdido el interés en seguir tocando o el hilo de la pieza que había interrumpido.

—Su amigo ha tenido una reacción emocional a la música —le dijo a la señora G—. Le pasa a mucha gente. Lo ha hecho llorar. Creo que la ha traído aquí para que pudiera llorar también. Es solo una suposición. No lo digo en el mal sentido.

—No lo he pensado ni por un segundo.

—Creo que pensó que sería una buena idea una pequeña catarsis, pero solo es una suposición, basada en mis observaciones.

—Puede que no le faltara razón —dijo la señora G—. Al fin y al cabo, lo único que duele más que las lágrimas derramadas son las lágrimas contenidas.

—Así es —dijo el violonchelista—. Será mejor que empiece desde el principio. Soy incapaz de recuperar el hilo de una pieza cuando lo he perdido.

Durante casi dos horas, permanecieron allí sentados, en la calle, escuchándolo tocar, al parecer sin querer poner fin al concierto.

—Entonces, ¿no se ha equivocado en sus suposiciones? —le preguntó ella en el metro, de vuelta a casa—. ¿Crees que necesito llorar?

—No sabía si iba a llorar —dijo Raymond—. Ni siquiera se me pasó por la cabeza. Yo lloré, pero no pensé que usted fuera a llorar. Solo pensé que era bonito. Siempre estoy buscando cosas bonitas del mundo que pueda compartir con usted, pero, por lo general, no puede verlas... La música podía disfrutarla tanto como yo, así que quise compartirla.

La señora G colocó su mano cálida en la mejilla de Raymond. La acarició con suavidad y luego la sujetó un instante. A continuación, volvió a darle unos golpecitos y devolvió la mano a su regazo.

—Esperaba que fuera otra luz para usted —añadió—. Ya sabe. En esa larga noche.

—Cada vez hay más luz en ella —le dijo—. Me parece muy interesante lo que ha dicho el violonchelista.

—¿Qué en concreto?

—Concretamente su observación acerca de que ese instrumento tiene la misma proporción de tristeza y belleza que la vida. Y ahora estoy aquí, sentada, pensando «¿Quién soy yo para decir que ese equilibrio de la vida es incorrecto?». Debo tener un ego enorme para pensar que sé más que Dios sobre cómo debe ser.

—¿Cree en Dios?

Raymond se preguntó si se lo había dicho ya o no. Quizá.

—Creo en algo —le respondió—. En algo que espero que sepa mejor que yo cómo debería ser el mundo.

Capítulo 19

La fiesta de barrio y la puesta de sol

Raymond iba de camino a la puerta del apartamento cuando su madre asomó la cabeza desde la cocina.

—¿Te vas? —le preguntó. Demasiado animada como para sonar natural.

—Sí —respondió, con la esperanza de que no tuviera que decir nada más.

—¿Con tus amigos?

—Sí.

—¿Con la señora mayor? ¿O con esa familia que ha perdido al padre? ¿O con la otra familia de mismo nombre que todavía tiene padre?

—Sí.

Lo observó con mirada curiosa.

—¿Eso último ha sido un sí o un deja de preguntar?

—Ambos. ¿Algún motivo por el que me estés sometiendo a un tercer grado?

La mirada de su madre cambió. Desanimada. Se transformó en algo que parecía frágil y herido. No estaba acostumbrado a verla así y se sintió culpable.

—No era esa mi intención —le dijo ella.

Raymond se quedó inmóvil durante todo un minuto, aferrado al pomo de la puerta, casi indeciso, en parte allí y en parte lejos, al menos en su cabeza, esperando a ver si le decía algo más.

—Solo estaba intentando interesarme un poco por tu vida —añadió.

—Oh. Entendido. Lo siento.

Abrió la puerta, pero ella tenía algo más que decir.

—Sé que dije que iba a intentar comprenderte mejor. Y lo he intentado. Pero creo que no lo estoy consiguiendo.

La conversación se mantuvo en pausa un instante. Raymond cruzó la puerta, casi desesperado por librarse de aquella inquietud. Pero, en cuanto lo hizo, recordó lo que le había dicho la señora G sobre eso de hacer las paces con su familia de origen, sobre todo con su madre.

Volvió a meter la cabeza.

—En cualquier caso, gracias por intentarlo.

—No se me está dando muy bien —dijo.

—Aun así... gracias por intentarlo.

Raymond y la señora G, cogida del brazo, se reunieron con Isabel y sus tres hijos en la esquina. Caminaron todos juntos hasta el apartamento de Luis y Sofía Vélez y su familia.

Al principio, caminaron en silencio.

—¿Así que solo vamos allí a comer? —preguntó Isabel al rato.

—Eso creo —dijo Raymond—. Querían conocerte. Y a los chicos. Pero Sofía estaba muy... No sabría muy bien cómo definirlo. Parecía emocionada y no paró de insistir en que teníamos que ir todos y que tenía que ser este domingo, ni el domingo pasado ni el domingo que viene, así que... No sé. Sonaba como si, de hecho, hubiera algo más, pero no quiso darme más detalles. Así que no sé muy bien qué decirte. Pero puede que haya algo más.

Oyó a la señora G suspirar y supo que la anciana esperaba que no hubiera mucha más gente. No estaba de humor para nada más.

—Espero que tengan una mesa muy grande —dijo Isabel—. Vamos a ser muchos para comer. Además, tengo algo que contaros y creo que este sería un buen momento, así que allá va. Son noticias muy buenas.

—Una buena noticia sería de agradecer —dijo la señora G.

—Me he reunido con el abogado esta mañana, Raymond. Ese amigo tuyo. Me ha recibido en su despacho a pesar de ser domingo. Y se va a hacer cargo del caso. Cree que tiene un caso muy, muy bueno. Nos da un noventa y cinco por ciento de posibilidades de éxito. Y va a ir a comisión, así que no tengo que pagarle hasta que ganemos. Algo que cree que va a pasar. Así que llevo todo el día muy emocionada por eso.

—Espera —dijo la señora G—. ¿Se supone que debería saber algo de eso? Porque no sé nada.

—Oh —dijo Isabel—. Creía que Raymond se lo había contado.

Raymond tragó saliva como si así pudiera tragarse toda la vergüenza que estaba sintiendo en ese momento.

—No quise decirle nada hasta saber si salía bien o no —le dijo, con un fino hilo de voz—. Creí que, quizá, era demasiado pronto.

—¿Tienes un amigo abogado?

—Sí. Algo así. Es uno de los hombres llamados Luis Vélez a los que visité, pero que resultó no ser su Luis Vélez.

Caminaron en silencio unos cuantos pasos. Solo sus pisadas en el asfalto y el ruido del tráfico lo interrumpían.

—Pero ya se ha acabado el juicio —dijo la señora G.

—Pero habrá un juicio civil —dijo Isabel.

—Oh. Un juicio civil. Entiendo.

—No sabemos cuánto dinero tiene —dijo Isabel—. Pero, durante la instrucción del caso, podremos averiguarlo. Dice que el tribunal le permitirá que conserve lo suficiente como para poder vivir, pero no mucho más. Alquiler, comida, servicios básicos y cosas así, pero nada de lujos para ella nunca más. Todo lo que haya por encima de lo necesario para vivir será para mí y para los niños en función de lo que decida el jurado. Si ganamos. Pero él confía en que vamos a ganar.

—Entonces, ¿tendrá que pagar algo por lo que hizo? —dijo la señora G, con la voz embargada por la emoción.

—Eso parece.

—¡Eso sí que es una buena noticia!

Caminaron en silencio otra media manzana, inmersos cada uno en sus propios pensamientos. Incluso los niños parecían perdidos en su propia mente.

Entonces, la señora G dijo:

—En alguna parte, hay una banda tocando bidones metálicos. ¿No lo oís?

Raymond no oía nada. Miró a Isabel, pero ella tampoco parecía oírlo.

—¡Lo oigo! —gritó Esteban.

Y, entonces, media manzana después, Raymond también los oyó.

Doblaron la esquina para entrar en la calle de Luis y Sofía. Había unas treinta personas en la calle. Quizá más. No estaban en la acera. Todos estaban en la calle. A ambos lados de la manzana, habían colocado las barricadas de madera que la policía solía utilizar para cortar al tráfico una calle.

La banda de bidones metálicos estaba tocando en mitad de la calle. Salía humo de una barbacoa de tamaño industrial situada justo detrás de ellos. La gente deambulaba por allí con vasos de papel rojos en la mano, bebiendo. Dos niñas pequeñas vestidas muy elegantes bailaban con la banda.

Sofía vio a Raymond y a sus amigos y corrió hasta donde se habían quedado, contemplando aquella inesperada escena.

—Bienvenidos a nuestra fiesta del barrio —les dijo.

—¿Ha organizado una fiesta en el barrio? —preguntó Raymond—. ¿Para quién?

—Bueno, pues para todos vosotros —respondió—. ¡Para quién si no!

Sofía se pasó por su mesa y se detuvo. Habían colocado una mesa plegable en la acera, en mitad de la manzana. Incluso le habían puesto un mantel de papel de un color azul brillante, pegado con celo para que la brisa no se lo llevara, y globos llenos de helio atados a sus cuatro esquinas.

—Todavía no ha llegado mucha gente —dijo Sofía—, pero tenemos perritos calientes y hamburguesas gratis y, en cuanto empiecen a cocinarlos, creo que el olor hará que baje más gente.

Se la veía un poco estresada por la baja asistencia y Raymond no pudo evitar contagiarse de su agobio.

—Y uno de nuestros vecinos ha traído dos barriles de cerveza del trabajo. Creo que eso terminará convenciéndolos para que salgan. Ahora mismo, están mirando por las ventanas, aún dudan... A todo el mundo le gusta mezclarse con la multitud. Y creo que cuanta más gente venga, más gente vendrá.

—No te preocupes —le dijo la señora G con delicadeza—. Es todo un detalle, venga la gente que venga.

—Estamos haciendo una colecta —dijo Sofía—. Durante todo el día. Para los niños. Y muchos, cuando los hemos invitado, ya han donado. Otros han dicho que no podían venir, pero han contribuido a la colecta. Así que, aunque no venga mucha gente, ya tenemos una buena cantidad para empezar.

Entonces, se alejó, como si ya no pudiera soportar la presión del momento.

Un hombre de unos treinta años se acercó a la mesa. Un afroamericano con la cabeza rapada y con barba, pero sin bigote.

—Usted es la viuda —le dijo a Isabel. No sonó a pregunta.

—Sí —dijo ella.

—Solo quería decirle que siento mucho su pérdida. Y siento que el jurado no lo entendiera, pero quería que supiera que hay mucha gente que lo entiende, que ha sido una gran pérdida para usted y que estuvo muy mal que sucediera de esa forma.

Le ofreció su mano a Isabel y ella se la estrechó. El hombre no agitó su mano exactamente. Más bien la sujetó y se la apretó.

Isabel abrió la boca, pero no pronunció ni una sola palabra.

—No pasa nada —dijo—. No tiene que decir nada. Yo solo quería que lo supiera. Y he metido un cheque en el tarro de la colecta. No es mucho, pero es todo lo que puedo hacer. Ya sabe. Para los niños.

Le soltó la mano y se dio la vuelta para irse.

Raymond levantó la mirada y se encontró con una señora mayor y una pareja joven detrás del hombre, esperando su turno para hablar con la viuda.

La señora mayor se acercó primero.

—Solo quería decirle lo mucho que lo siento. Puede que su marido no le importara a la gente tanto como debiera, pero sí que me importa a mí. Aunque no llegara a conocerlo. Pero tengo tres hijos de más o menos tu edad. Su edad. Así que lo entiendo.

—Gracias —dijo Isabel.

Entonces se acercó la última pareja, pero ya no eran los últimos. La cola había crecido a sus espaldas. Había ya unas cincuenta personas en la calle y unas veinte estaban en la cola para hablar con la viuda. Para ofrecerle sus condolencias y dejarle claro que a ellos sí les importaba, aunque a aquel jurado no pareciera haberle importado lo suficiente.

—Alguien debería decirles que usted también ha sufrido la pérdida —le susurró Raymond a la señora G.

—Por supuesto que no —le susurró ella—. Que Isabel disfrute de su momento. Deja que disfrute. Esto solo es para la viuda de Luis y sus hijos. Me alegra mucho saber que le importa a tanta gente, pero esto no tiene nada que ver conmigo.

Una hora de fiesta después, la banda cambió. Los bidones de metal fueron sustituidos por un grupo de cuatro miembros con un vocalista, que tocaban canciones pop actuales y que aceptaban peticiones.

—¡Algo lento! —gritó Isabel.

Entonces le pasó el bebé a su hija de once años, María Elena, y le ofreció la mano a Esteban.

—A Esteban le gustan las canciones lentas —dijo.

Madre e hijo se pusieron en pie, cogidos de la mano, y se unieron a otras tres parejas que estaban bailando en mitad de la calle.

La cabeza de Esteban apenas llegaba a la cintura de Isabel, pero, aun así, juntos componían una estampa adorable. O, quizá, precisamente por eso. Raymond vio que varias personas que los observaban les estaban sacando fotos con sus móviles.

—Oh —dijo Raymond de repente, impulsado por un pensamiento súbito. Le ofreció su mano a la señora G—. ¿Me concedería este baile?

—Con gusto —respondió ella.

La señora G se había bebido dos medios vasos de cerveza después de comerse un perrito caliente y media hamburguesa. De alguna forma, la combinación de comida y bebida parecía haber obrado maravillas en su estado de ánimo.

Raymond se levantó, la cogió de la mano y la acompañó hasta el centro de la calle.

—Tengo que confesarle —le dijo— que soy un pésimo bailarín.

—No importa. En cualquier caso, serás el mejor bailarín con el que haya bailado en casi veinte años. No puedes perder.

Colocó su mano sobre la cintura de Raymond y, con la mano derecha, cogió la de su compañero de baile. Dejaron algo de distancia entre ellos. Raymond intentó, no sin cierto patetismo, marcar el paso.

—Lo siento —le dijo en un momento dado, tras perder el ritmo de forma estrepitosa.

—Creía que ibas a dejar de disculparte todo el tiempo.

—Oh. Vale. Sí.

Casi añadió un «Lo siento», pero se dio cuenta a tiempo.

—Yo sabía mover el esqueleto —dijo la señora G entre canciones.

—¿Que usted qué?

—Es una expresión. Significa que era una buena bailarina. O, al menos, una bailarina entusiasta.

Se apartó de Raymond, sola en mitad de la calle, y empezó a bailar. Movía las piernas hacia delante y atrás, primero una pierna atrás, luego la otra adelante. Extendió los brazos a los lados, con la palma extendida y los dedos hacia arriba. Dio una vuelta y volvió a empezar. La gente se arremolinó a su alrededor para verla, algunos grabándola con sus teléfonos móviles. Cuando llegó a la parte en la que juntaba ambas rodillas y luego las abría, cruzando las manos delante de ellas de un lado a otro, el público empezó a aplaudir.

En ese momento, ya había como ochenta personas en la calle.

La señora G dejó de bailar, sin aliento, y la gente estalló en aplausos. La anciana dibujó en su cara una sonrisa que Raymond jamás le había visto antes. Pasado un rato, todos aceptaron que ya habían visto todo el baile que llevaba dentro.

—Tocad la canción del conejito —gritó un desconocido a la banda—. Todo el mundo conoce esa canción.

La conocían. Y la tocaron. Más de la mitad de los asistentes a la fiesta formaron una cadena humana y comenzaron a zigzaguear por la calle, interrumpiendo su baile con tres graciosos saltitos cada vez que lo marcaba la música. Raymond se mantuvo justo detrás de la señora G, con las manos sobre sus hombros, unas tres series de saltitos. Entonces notó que se desplomaba, hasta casi caer.

Él la atrapó por instinto y la sujetó de pie.

—Necesito sentarme —le dijo.

La sacó de la cola y volvieron a la mesa, donde ya no había nadie. La ayudó a sentarse.

—¿Está bien? —le preguntó, desesperado, presa del pánico.

—Estoy bien. Solo necesito descansar un minuto.

Se quedaron allí, sentados en silencio, observando la serpiente de bailarines haciendo sus saltitos. O, al menos, Raymond los estaba observando. La volvió a mirar y se la encontró con los ojos cerrados y todo el cuerpo inerte. Simplemente tirada en la silla, con la mirada perdida.

A Raymond se le subió el corazón a la garganta.

—¡Señora G! —gritó, agitando los hombros de su amiga.

—¿Qué? —preguntó ella—. ¿Por qué me gritas?

—Oh. —Su cuerpo se quedó sin aire, de golpe y de manera involuntaria—. Oh, está bien. Me ha asustado.

—Pensabas que había estirado la pata, ¿eh?

—Es solo que... bueno, no se movía y tenía los ojos abiertos, pero no miraba a nada...

—Raymond —dijo ella, algo desesperada—: soy ciega.

—Oh. Vale. Bueno, ahora me siento muy estúpido. No parecía la de siempre, pero supongo que eso es porque está cansada.

La anciana alargó una mano, buscó la de Raymond al otro lado de la mesa y le dio unas palmaditas.

—No te vas a deshacer de mí con tanta facilidad, amigo mío. Voy a llegar a los cien años si puedo. Quizá más.

—Me alegra escucharla decir eso.

—Ya te lo he dicho.

—Sí —respondió—. Supongo que sí, que me lo había dicho.

Luis padre se acercó al anochecer con el tarro de la colecta para entregárselo a Isabel en una ceremonia oficial.

—Cada vez que contamos, sumamos una cantidad diferente —dijo, aparentemente avergonzado—. Pero son más de setecientos dólares.

—¡Eso es maravilloso! —dijo Isabel.

—Escuche —respondió Luis, con voz pesada—. Tengo cuatro hijos. Sé que setecientos dólares no dan para mucho en estos tiempos.

—Eso es maravilloso —repitió Isabel—. Es mucho. Serán de gran ayuda. Y aunque solo se hubiesen recaudado cincuenta dólares, estaría profundamente agradecida. Porque ha sido maravilloso que toda esta gente se preocupara tanto.

—Bueno, en eso consisten las fiestas de barrio —dijo Luis—. Se supone que son para eso.

Raymond y la señora G caminaron juntos hasta la boca de metro mientras el sol se ocultaba. Isabel y sus hijos se habían quedado en la fiesta. Pero la señora G había tenido ya suficientes experiencias por aquel día.

La puesta de sol planeaba frente a ellos, entre los edificios, haciendo que Raymond tuviera que protegerse los ojos con un brazo. Se preguntó si esa luz podría molestar a la señora G o no. Si acaso era consciente de ella.

—Me siento como en una de esas viejas películas del Oeste —dijo ella.

—No la sigo.

—Al final, siempre caminaban hacia la puesta de sol. O, de hecho... Supongo que lo hacían montados a caballo. Pero como no tenemos caballo, tendrá que valer así.

Raymond sonrió.

Caminaron como un minuto sin decir palabra.

—¿Seguro que puede caminar? —le preguntó.

—Positivo. Ya te lo he dicho. Solo necesitaba descansar un minuto después de bailar. No me trates como si fuera tan frágil. Si no fuera un hueso duro de roer, no estaría aquí. ¿Acaso ya habías olvidado que, si de mí depende, pienso vivir hasta, por lo menos, los cien años?

—No, lo recordaba, pero últimamente... No sé. Ha estado tan desanimada por todo lo que ha pasado. Supongo que creía que había cambiado de opinión.

—Bueno, si era así, he vuelto a cambiar de opinión.

—¿Qué ha cambiado?

—Oh, muchas cosas.

—¿Tiene que ver con esas luces?

—Tiene más que ver con el hecho de tener un amigo que ha dedicado mucho tiempo a encenderlas, intentando complacerme y ayudarme a lidiar con todo. El mundo es un lugar duro, amigo mío. No voy a dejar de pensarlo. Y, a pesar de todo, tenemos que estar agradecidos de estar en él. Ese parece ser el reto al que nos enfrentamos.

—Sí —dijo Raymond—. A veces es difícil.

—Bueno, si queremos ser sinceros con nosotros mismos, es difícil casi todo el tiempo, pero nos tenemos mutuamente. ¿Qué más nos queda aparte de nosotros mismos? ¿Y qué haríamos unos sin los otros? Sería insoportable.

—Supongo que sí —dijo Raymond.

—Pero al menos tengo un buen amigo. Y tú me tendrás a mí hasta que cumplas los veinte, te guste o no.

—Me gusta la idea —dijo Raymond.

—El mundo me ha quitado mucho —dijo la anciana tras una pausa, un instante de silencio—. O, al menos, así es como me siento la mayor parte del tiempo. Pero también te trajo a ti y todo lo que tú has traído a mi puerta. Isabel y esos tres maravillosos niños, un Luis Vélez que ha organizado una fiesta para nosotros, otro Luis Vélez que es abogado y que puede conseguirles dinero a los niños y esa adorable gata que me arropa cuando se sienta en mi regazo, ronroneando, y que jamás se mete entre mis pies. ¡Y también un concierto de violonchelo privado! Y, a pesar de tener una vida propia que vivir, dedicas tu tiempo a hacer todo eso por mí. Todo son buenas noticias, Raymond, ¿y quién soy yo para decir que no es suficiente? ¿Quién soy yo para decir que la vida me ha robado mucho y dado poco? Solo vivo aquí. No me voy a ninguna parte. Y está bien que no me vaya. Me quedan muchas cosas por aprender.

—Eres la persona más sabia que he conocido en mi vida.

—Bueno, eso no basta, amigo mío. No entiendo cómo funcionan las cosas y mucho menos cómo deberían ser, pero soy lo suficientemente inteligente como para apreciar lo que tengo, que no es poco.

El sol se ocultó por completo y ellos siguieron caminando juntos. Despacio. Hacia una puesta de sol metafórica. Hacia lo que el destino les tuviera reservado.